NO TE Enamores DE ROSA SANTOS

‣ **Título original:** *Don't Date Rosa Santos*
‣ **Edición:** Melisa Corbetto
‣ **Coordinación de diseño:** Marianela Acuña
‣ **Diseño:** María Natalia Martínez
‣ **Arte de tapa:** Carolina Marando
‣ **Foto de tapa:** © Rohappy/Shutterstock.com

un sello de
V&R Editoras

© 2019 Nina Moreno
© 2019 Vergara y Riba Editoras S. A. de C. V.
www.vreditoras.com

Publicado bajo un acuerdo con Triada US Literary Agency
a través de IMC, Agència Literària.

MÉXICO:
Dakota 274, colonia Nápoles - C. P. 03810
Del. Benito Juárez, Ciudad de México
Tel.: (52-55) 5220-6620 / 6621 · 01800-543-4995
e-mail: editoras@vreditoras.com.mx

ARGENTINA:
Florida 833, piso 2, oficina 203 (C1005AAQ) · Buenos Aires
Tel.: (54-11) 5352-9444
e-mail: editorial@vreditoras.com

Primera edición: septiembre de 2019

ISBN: 978-987-747-574-6

Impreso en México en Litográfica Ingramex, S. A. de C. V.
Centeno No. 195, col. Valle del Sur, C. P. 09819
Delegación Iztapalapa, Ciudad de México.

NO TE enamores DE ROSA SANTOS

Nina Moreno

Traducción: Ana María Perez

Para papá:

una parte del sueño fue imaginarte leyendo esto.

Pero construiremos nuevos, tú me enseñaste eso.

Esta historia siempre fue tuya y, cuando vuelva a verte, te la contaré.

✕ —

Las mujeres Santos nunca van al mar.

Había una vez, hace una vida atrás, una mujer embarazada que se escapó de Cuba con su esposo, luego de subirse a un bote que él había construido en secreto, sin nada más que chatarra y una esperanza desesperada. Abandonaron una vida entera durante la muerte de la noche. Pero ya era tarde: la tormenta fue repentina y violenta y el bebé no pudo esperar. Ella gritó a los vientos enfurecidos y arrancó a su hija en llanto de su cuerpo, mientras él luchaba contra el mar embravecido.

Cuando Milagro Santos alcanzó la otra orilla, fue solamente con su bebé recién nacido.

Mi mamá creció en una tierra nueva y, a pesar de las advertencias, se atrevió a enamorarse de un chico que amaba al mar. Pero el día anterior a su cumpleaños número dieciocho, una tormenta de primavera se formó en mar abierto y destrozó otro sueño. Hallaron el bote

de mi padre, pero jamás dieron con su cuerpo. Mamá lo esperó en el muelle, sus sueños se grabaron en los recuerdos del pueblo mientras apretujaba su vientre, conmigo adentro.

Eso es el mar para nosotras. Y yo soy un puente destinado a crecer lo suficientemente grande para saltar sus tragedias. La canción de mi vida dice que conocer el mar es conocer el amor, pero que amarnos es perderlo todo. Aún susurran que estamos malditas, pero no sé si es por una isla, por el mar o por nuestros propios tenaces corazones.

$$\times \times \times$$

—Es ahora o nunca —Ana-María se sentó sobre mi escritorio mientras yo caminaba de un lado a otro frente a ella. Tenía el teléfono en su mano y había puesto el temporizador. Ya quería abandonar este ejercicio para largar todo lo que había estado callándome por meses.

—Entonces, creo que elegí mi universidad…

—No digas "creo" —Ana ya sacudía su cabeza—. La elegiste, debes oírte segura o ella no te tomará en serio.

Agité mis hombros en un esfuerzo para aflojarme. Mi abuela no estaba siquiera en la habitación, pero mi pulso ya estaba martilleando de manera salvaje.

—Bien, aquí va, Mimi: elegí mi universidad.

—*¡Qué bueno!* —Ana exclamó con entusiasmo en un pesado acento cubano que se oyó alarmantemente como mi abuela.

—Pero queda en otro estado.

—*Ay, mi amor, ¿por qué quieres abandonarme?* —Ana dejó escapar un llanto de dolor. Estaba poniéndose por completo en situación.

—Queda a solo dos estados de aquí —dije con los ojos en blanco—. Pero la escogí porque tiene un programa de estudio en el extranjero…

—¿Cómo? —Ana se puso de pie con un jadeó dramático—. ¿Un país diferente? *¡Eso no es una* universidad!

Pellizqué las esquinas superiores de mi camisa y jalé de la tela para alejarla de mi piel húmeda por el sudor.

—Es una universidad. Hay clases con créditos reales que contarán para mi grado y al programa al que me postulé… —hice una pausa y Ana asintió con su cabeza. Enderecé mis hombros—. El programa es en Cuba.

La Universidad de Charleston había aceptado mi solicitud de intercambio la semana anterior. Inmediatamente después de haber recibido el correo, celebré gritando en silencio dentro de mi habitación antes de postularme para su programa de estudio en el extranjero.

Un semestre completo en la Universidad de La Habana.

Estaría en clases dictadas por profesores cubanos, habría excursiones y visitas culturales. Mi acento mejoraría en La Habana Vieja, los Viñales y Santiago. Por fin tendría historias propias sobre la isla que, durante tiempo, había formado parte de una herencia que no podía tocar.

Por supuesto el programa era costoso, pero no había tiempo para dudar. Corría contra un reloj controlado por políticos. Tenía ayuda financiera, becas de estudio y una caja de zapatos de ahorros por trabajar en la bodega. Una de las únicas formas de viajar de forma legal hasta allí era la visa de estudio. No tenía una familia esperándome en Cuba, por lo que la escuela era la respuesta.

Ana jadeó y se apartó del escritorio, barriéndome a un lado, luego de mi declaración. Apretujó su pecho y se lanzó hacia atrás

estrellándose sobre mi cama, mientras mis almohadas caían a un lado. La actuación era digna de una *telenovela*.

—Y supongo que aquí es cuando la hermana perdida-desde-hace-tiempo irrumpe en la habitación y me dice que está robándose mi herencia —suspiré y dejé caer mis manos sobre mis caderas.

—O mejor aún: tu madre-perdida-desde-hace-tiempo.

Era una simple broma, pero dio en el blanco, como siempre. Si mamá todavía viviera aquí a tiempo completo, tal vez no estaría tan asustada por decirle a Mimi que quería vivir y aprender en el país del cual ella se había escapado. Por un vez tendría un mediador, ya que mamá solía hacer enfadar a Mimi lo suficiente como para que se olvidara de todo lo demás.

Ana se puso de pie y me sujetó de los hombros. Ana-María era afrolatina, y sus padres también eran de Cuba. La señora Peña abandonó la isla cuando era una niña pequeña, cuando su familia en Estados Unidos tuvo el dinero y la posibilidad de reclamarlos. El señor Peña escapó siendo un adolescente. Ahora estaban aquí, juntos. Mi mejor amiga estaba rodeada de primos y hermanos, no anhelaba conocer la isla como yo. Al menos no abiertamente.

—Estás tan preparada como tu ansiedad y varios problemas familiares te permitirán estarlo —sugirió con un apretón afectuoso mientras me empujaba hacia fuera de la puerta—. Ve por ellos, tigre.

Era viernes por la tarde en la casa Santos, por lo que sabía con exactitud dónde estaría mi *abuela:* sentada frente a la ventana, en nuestro pequeño cuarto de lavado al este de la casa, en donde los vecinos acudían en busca de respuestas, orientación y un poco de magia. La *curandera* del vecindario supervisaba las preocupaciones sobre jardines en apuros, malos sueños, cambios de carrera y suerte

terrible. Fabricaba esperanza desde su ventana que olía a hierbas y toallas de suavizante.

La encontré allí, destapando una botella. Al otro lado de la ventana estaba nuestro vecino, Dan, que cargaba a una bebé en sus brazos. Dan y su esposo, Malcom (mi consejero universitario y hechicero de la matriculación doble) habían finalizado recientemente la adopción de su hija, Penny. Mimi sacudió la botella y examinó el líquido a la luz de la vela.

–¿Qué sucede? –pregunté a Dan, distraída momentáneamente por los círculos negros debajo de sus ojos. Dan manejaba sus turnos desprovistos de sueño bastante bien, pero ahora lucía como si estuviera listo para caer. Era un paramédico, actualmente con licencia de paternidad.

–Penny ha comenzado su dentición –dijo con un bostezo–. Y Malcom aún está en su trabajo, hasta el cuello de citas y papeleo ahora mismo.

Malcom era el asesor más solicitado en la Universidad Comunitaria de Port Coral. Tenía un aura tranquila y reflexiva, y un asombroso parecido a Idris Elba.

–Esta es la temporada de fechas límite para las solicitudes universitarias.

–¿Por qué no pasas? –pregunté. Dan y su familia venían a cenar regularmente a casa.

–Porque Mimi está trabajando y no pretenderé que haga favoritismos como Malcom hace contigo. Hablando de eso, hoy no…

–¿Lo vi? Pues, sí. Sí, lo vi –a espaldas de Mimi le lancé una mirada a Dan con los ojos bien abiertos. Me había reunido con Malcom para ver si podíamos encontrar alguna beca de último momento para mi

programa de estudio en el extranjero. Dan estaba demasiado cansado como para entender de inmediato. Ladeé mi cabeza hacia Mimi de manera significativa hasta que su mirada adormilada finalmente fuera reemplazada por una expresión de sorpresa. Todos estaban alarmados de que aún no le dijera a mi abuela sobre Cuba.

—Para ti —dijo Mimi mientras nos ignoraba y le entregaba una botella azul delgada y alta—. Bébelo con té una hora antes de acostarte.

—¿Hora de acostarse? —preguntó Dan—. Nunca hemos oído hablar de ella —Penny rio y dio unas pataditas.

—Para Penny y sus encías —Mimi tomó una botella más pequeña, su contenido era de color dorado. Abrió la tapa y capté el aroma a tarta de manzana mientras pasaba a mi lado.

Dan sostenía a Penny mientras esperaban al otro lado de la ventana. Sus ojos se entrecerraban y la niña sujetó sus mejillas con un manotazo alegre.

—Ya vuelvo —les dije y me apresuré detrás de Mimi.

—Revuelve la sopa por mí —dijo por encima de su hombro mientras se movía a través de la cocina iluminada de forma cálida.

Normalmente solíamos ser solo nosotras dos, pero la casa siempre hacía que se sintiera llena. Con más luz, más personas y más amor. Levanté la tapa de la olla que estaba sobre la estufa e inhalé profundamente. Las historias sobre la sopa de Mimi iban desde regresar a las personas de las puertas de la muerte, hasta sanar corazones rotos. El secreto estaba en el caldo, que estaba cuidadosamente nutrido con hierbas, vegetales y huesos. Agité el líquido a fuego lento y tomé otra bocanada fortificante.

—¿Mimi?

—*Aquí* —gritó desde alguna parte alejada de la casa.

Volví la tapa a su lugar y fui hasta el umbral de su invernadero, en la parte más alejada de la cocina. Era una muy mala idea intentar hablarle mientras trabajaba, pero quería superar este obstáculo.

–¿Dónde estás?

–¡Aquí! –volvió a gritar, pero aún no podía verla.

El lugar era llamado técnicamente solárium y estaba pensado para holgazanear con un vaso de té helado. Mimi lo transformó en un invernadero. Era el corazón palpitante de nuestra casa, aireado y cálido aun cuando las ventabas estuvieran cerradas. Había plantas verdes y exuberantes que se extendían y mecían desde sus macetas, estantes con libros bien leídos y botellas llenas de medicinas y pociones alineadas, había una campanilla de viento de madera y acero que se mantenía estable cuando el día era agradable, se ponía un poco más salvaje con la lluvia y se agitaba como un niño asustado cuando venía la mala suerte. Era nuestro jardín seguro y protegido que a veces rugía como una jungla tropical. Vivíamos en Port Coral, Florida, pero ahora, en este lugar, estábamos en la isla de Mimi.

Salió de entre las hojas de la palmera, mientras sonreía. Traía una manta azul, como el cielo sin nubes en verano, entre sus manos que brillaba a la luz. Deslicé mi palma sobre la tela aterciopelada y suave mientras un sentimiento de alegría se agitaba en mi interior, al igual que con sus sopas. Se dirigió hacia mí, de regreso a su ventana. Me sacudí la sensación a sol y la seguí.

–Mimi, escogí universidad –confesé mientras ella le entregaba la mantita para bebés a Dan. Ambos me miraron, él sonreía de oreja a oreja.

–*Pero,* ¿tú no estás ya en la universidad?

–Bueno, sí, pero eso es la inscripción simultánea –comenzaba a

sudar de nuevo. Durante los últimos dos años me abrí camino entre la escuela secundaria, el colegio comunitario y las clases de verano. No fue fácil, especialmente no con mi trabajo a tiempo parcial en la bodega, pero ahora estaba a solo unas semanas de graduarme con un diploma de escuela secundaria y un título de grado de dos años. Este otoño me transferiría de nuestra universidad comunitaria a una universidad para finalizar mi licenciatura en Estudios Latinoamericanos.

—Ah sí, lo sé. Bueno, cuéntame —se cruzó de brazos con la melodía familiar de sus brazaletes. Ese sonido era el que me decía en dónde estaba cuando desaparecía entre sus plantas. Abrí la boca, pero el silencio se extendió.

Mimi esperó, y yo no pude hacerlo.

—Si pudieras ir a cualquier parte del mundo, ¿a dónde sería? —lancé la pregunta con manos temblorosas. Dan sacudió su cabeza.

—Hawaii —decidió. Las velas al lado de Mimi parpadearon.

—Espera, ¿qué? —no me esperaba esa respuesta—. *Cualquier* lugar del mundo, Mimi.

—Te oí —sonrió con suficiencia—. Me gusta la Roca, es muy apuesto.

—No puedo negar eso —rio Dan.

—Pero, ¿qué si pudieras ir a Cuba?

Su sonrisa se desvaneció.

Todo lo que sabía de Cuba provenía de este pueblo costero, a cientos de kilómetros de esa isla que era una completa desconocida para mí. Conocía mi cultura por la comida que comía en nuestra mesa, por las canciones que se reproducían en el tocadiscos de mi *abuela,* por las historias que fluían a través de la bodega y el hogar animado de Ana-María, pero no podía encontrar a mi familia en esas historias, no podía encontrarme.

—No iría a Cuba —dijo Mimi con simpleza, como si eso bastara.

Mi abuela era amable y paciente, pero ante la mención de su isla, se cerraba por completo. Mucha gente acudía a ella para preguntarle demasiado y ella les daba respuestas y esperanzas. Sin embargo, jamás tuvo respuestas para mí.

—Gracias por esto —dijo Dan a Mimi. Le pagó por el té para dormir y el bálsamo para la dentición y me dio una sonrisa tranquilizadora. Penny enterró sus pequeñas manos bajo la manta.

Mimi comenzó a asear la mesa, podía oler la sopa y oír el tarareo de la música que salía de mi habitación.

—Pero las cosas han cambiado —dije. El rostro de Mimi se sacudió en mi dirección. Esta era la primera vez que la presionaba con este tema. Mi corazón acelerado golpeó con obstinación su ventana cerrada—. Han estado cambiando por años.

En mi primer año vi a mi presidente salir de un avión en La Habana. Todos en la bodega se habían paralizado, mientras observaban con incredulidad. Incluso a los catorce años, nunca esperé ver que las aguas entre nosotros se volvieran transitables nuevamente. Tan pronto como descubrí los programas de estudio en Cuba me lancé directo a la doble matriculación, para tomar clases universitarias paralelas a la secundaria.

—*Ay*, las cosas cambian para ti, pero nunca para la gente de Cuba —Mimi exhaló con brusquedad.

—Entonces aun si pudieras ir, ¿jamás regresarías? —el abismo entre Cuba y yo se hizo más profundo.

—Mi espíritu lo hará, *mi amor* —el lamento de su voz me perseguía como un viejo fantasma—. Se preocupan más por los turistas que por la gente cubana que aún sufre. Eso es lo único que nunca cambia

—Mimi cerró su ventana con un ruido seco. Dio un paso hacia mí y levantó la mano de forma suave hasta mi mejilla—. ¿Dónde queda tu universidad, *niña*? ¿Algún lugar lujoso?

Y eso fue todo. Tal como lo había esperado. No había razones para estar sorprendida o desilusionada, no había razones por las que llorar.

—No importa, aún estoy decidiendo —dije mientras intentaba mantener un tono neutral.

—Ay, Rosa —suspiró—. Tomarás una decisión inteligente pronto.

La sopa hervía a fuego lento, las campanillas de viento cantaban suavemente y las velas iluminaban mi camino a mi habitación. Estaba en casa, y hablar de Cuba no tenía lugar aquí. Mimi jamás regresaría, mi madre siempre se marcharía y yo era un ave que no podía volar a su puerto, en busca de respuestas que estaban enterradas en el fondo de un mar al cual no podría conocer.

Abrí la puerta de mi habitación y Ana apartó la vista de su teléfono. Su sonrisa cargada de esperanza se derrumbó ante mi expresión.

—¿Cómo te fue, campeona?

Me dejé caer vencida sobre la silla de mi escritorio.

—Debes decírselo pronto. Podrías perder el lugar si no lo confirmas para mayo.

Necesitaba hacer un sinfín de cosas. Tomé mi bolígrafo y pasé las páginas de mi diario, mis objetivos estaban ordenadamente acumulados. Los adornos de hojas de vid crecían y florecían entre las fechas del calendario. Llevaba todos mis planes, que ahora se sentían como secretos, en este cuaderno lleno de garabatos y tareas.

Mi portátil hizo un sonido avisándome que había llegado un nuevo correo al buzón de entrada. Eran solo dos palabras: *Te amo* y un enlace a un álbum de fotos. Eché un vistazo a las fotos de mi madre

de esta semana: un cactus en el desierto, un bosquejo de una mesera en una servilleta de un restaurante, una pintura a medio acabar contra un muro de ladrillos. La semana próxima probablemente recibiría imágenes del progreso de esas pinturas y algunos vistazos del lugar que mi madre visitara a continuación. Me pregunté si podría regresar a Puerto Coral antes del verano.

Sonó el teléfono de Ana.

—¿Qué pasa, mamá? —escuchó lo que fuera que la señora Peña dijo antes de ponerse de pie de inmediato—. Pero ¿por qué tengo que ir? No estoy elevando el tono de mi voz… También te amo —cortó la llamada y puso los ojos en blanco—. Reunión de emergencia en el pueblo, esta noche. Teníamos reuniones una vez al mes y la última había sido hacía dos semanas atrás.

—¿Qué sucede?

—No lo dijo, pero conociendo a este pueblo seguro que Simon cambió la música en el restaurante sin preguntarle a los *viejitos* y mi madre me llamó con dramatismo.

Me puse de pie y comprobé mi reflejo en el espejo que estaba encima de mi mesa de noche y mi pequeño altar. Había un par de velas de colores pastel y flores frescas junto a unas fotos sepia de mi abuelo y la única polaroid que tenía de mi padre. Volví a aplicarme labial y me metí un caramelo de fresa en la boca.

—Dile a Mimi lo de la Universidad en La Habana ahora, no va a gritarte frente a las demás personas —Ana rodó por mi cama y me siguió fuera de la habitación.

—¿Qué? —me detuve en el corredor, se chocó contra mi espalda—. Ni de broma. Ese no es el plan.

Mimi no era de gritar, de todos modos. Se cerraba y mantenía

callada cuando estaba molesta. Su silencio era letal y yo intentaba desesperadamente evitarlo.

—Ah, dulce bebé Rosa —era un apodo de por vida, lo odiaba.

Una vez en la cocina, le dijimos a Mimi sobre la reunión de emergencia y la ayudamos a empacar la sopa, la cual insistió en llevar. Arrastró la olla desde la estufa a la mesa y luego se frotó la espalda donde siempre parecía molestarla mientras tomábamos los recipientes y comenzábamos a llenarlos. Mimi siempre sanaba a los demás, pero era imposible hacer que visitara al doctor con regularidad. No estaba segura de si esto era algo de los ancianos en general o solo una cosa de los cubanos, ya que los *viejitos* también actuaban como si pudieran vivir por siempre del café, el ron y sus cigarrillos.

Cuando todos los recipientes estuvieron llenos, Mimi echó una mirada rápida de desaprobación a mi atuendo.

—*Nos vamos*, pero antes te quitas esos pijamas.

—No son pijamas —sujeté la bolsa con la sopa—. Es un mameluco —pasé a su lado camino a la puerta, sabiendo que continuaría con sus pociones y opiniones, como siempre.

—*¿Qué es un mameluco?* —le pregunté a Ana, que reía.

La plaza del pueblo quedaba a solo dos calles de distancia y la tarde de abril lucía cálida y dorada mientras el sol se sumergía al fondo del cielo. Las aceras estaban cercadas por líneas de árboles en flor y las puertas de las tiendas cantaban con los tintineos amigables de sus campanillas. Nos dirigimos hacia la reunión en la sala de reuniones de la biblioteca.

Mimi repartió la sopa mientras Ana y yo tomamos asiento cerca de su mádre, la señora Peña se había tomado un descanso. Tenía el delantal sobre su regazo y los bolígrafos aún entre sus rizos. Todos

seguíamos llamándola la bodega, pero El Mercado, que una vez fue una parada rápida en el vecindario para jugar a la lotería, comer bocadillos y beber café, se había convertido en la tienda de comestibles más grande y en un restaurante de delicatesen, gracias a la comida del señor Peña. Era un cocinero asombroso, pero odiaba hablar con la gente, por lo que su esposa siempre acudía a estas reuniones y estaba a cargo de atender a los clientes en el deli.

—No olvides poner tu batería en la camioneta. Tienes banda de jazz mañana —dijo la señora Peña a su hija mientras le entregaba una bolsa de patatas fritas para compartir.

—Dios, no hables tan alto —Ana se hundió en su asiento.

—¿Qué hay de malo con el jazz? —quise saber mientras hacia un gesto alusivo con las manos.

—Estoy cansada de llevar lentejuelas y tocar congas.

De lo que Ana estaba cansada era de la banda de la escuela. Por lo que había oído, su padre era un excelente trompetista, que jamás había vuelto a tocar. Sin embargo, su familia le hacía pasar un mal momento en cuanto su batería la alejaba del camino que ellos habían establecido para ella. Para ellos, la banda de la escuela equivalía a becas escolares, lo cual equivalía a la universidad, que equivalía a una maestría que no era en música.

Una multitud más grande de lo habitual se acordonó dentro de la habitación para la reunión. Malcom y Dan habían tomado dos asientos una fila más adelante, Penny estaba brincando alegremente sobre el regazo de Malcom, mirando a cualquier lado y lejos de estar interesada en la hora de dormir. Dan dejó caer su cabeza sobre el hombro de su esposo. Podía reconocer una siesta reparadora cuando la veía. Ana y yo compartimos las patatas mientras los demás se

saludaban brevemente y se acomodaban. Los cuatro *viejitos* se sentaron en la fila de adelante, como siempre. Eran los *latinos* más ancianos del vecindario y, la mayoría del tiempo, estaban fuera de la bodega bebiendo café, jugando al dominó y chismorreando. Consideraban que su deber era cubrir cada reunión para su blog y recientemente habían creado una cuenta en Instagram, lo que significaba que su nueva respuesta a todo era: "revisa nuestras historias". Reconocía cada rostro a medida que la habitación comenzaba a llenarse, hasta que dejé de hacerlo.

–¿Quién es ese? –susurré a Ana con una patata a medio camino de mi boca. Se enderezó un poco en su asiento y echó un vistazo al chico que acababa de sentarse delante nuestro. Me quedé viendo la parte de atrás de sus brazos repletos de tatuajes.

–No lo sé –admitió.

Conocíamos a casi todos por su nombre o parentesco, por lo que era una sorpresa que ninguna de las dos lo reconociera. Echó su cabeza hacia atrás para escuchar a la mujer que estaba detrás de él.

–Está sentado cerca de la señora Aquino, así que tal vez trabaje para ella –dijo.

La familia Aquino manejaba la zona portuaria. Jamás había estado allí, claro, pero conocía a la señora por medio de estas reuniones. Me preguntaba si el Chico Tatuajes era nuevo en el pueblo, mientas estudiaba las olas azules casi luminiscentes que brotaban desde sus muñecas hacia sus antebrazos y que luego desaparecían bajo las mangas de su camisa ajustada alrededor de sus bíceps. Me incliné para echar un mejor vistazo y me enderecé automáticamente en cuanto Mimi puso un pie frente a mi línea de visión.

Se deslizó al asiento junto al mío y extendió su mano para

apartarme el cabello del rostro. Empujé su mano con cuidado, pero simplemente comenzó a quejarse de mi atuendo.

—Mira lo cortos que son estos, puedo ver todo —chasqueó los dientes manifestando su desaprobación en susurros en español—. No entiendo esto de los mamelucos.

—Me estás poniendo toda *tikitiki* —le dije y tiré de mis pantalones cortos. Eso era el sonido de los nervios agotados y era el equivalente cubano de *me estás estresando*.

Nuestro alcalde, Simon Yang, dio un paso delante de la habitación. Llevaba la versión casual de oficina de la playa: unos pantalones cortos de color caqui y una camisa de botones con las mangas enrolladas. Además de sus deberes de alcalde, tenía una tienda de desayunos en el paseo marítimo. Su perro de servicio, Shepard, se sentó a su lado.

—¿Cuáles son las noticias importantes? —quiso saber Gladys, se oía molesta—. Mi liga se reunirá en quince minutos —su cabello gris estaba alborotado y su sudadera de bolos amarilla y roja decía *Gladys Esquiva Canaletas* en la parte de atrás. Ya se había retirado, pero nadie sabía de qué.

Simon suspiró.

—Desafortunadamente, tendremos que cancelar el Festival de Primavera.

La habitación se quedó en silencio. Ana se incorporó a mi lado. Faltaban dos semanas para el Festival de Primavera. Había comenzado como una forma para que los pescadores locales y las plantaciones de cítricos cercanas compartieran sus productos, pero se había convertido en una especie de fiesta para el pueblo que incluía comida, música e incluso fuegos artificiales en el puerto. Este año

iba a ser especialmente importante porque dos de nuestros vecinos contraerían matrimonio.

Los *viejitos* se apresuraron a sacar sus teléfonos.

—¿Cancelarla? ¿Por qué? —demandó el señor Gómez.

—Por el puerto —Jonas Moon se puso de pie. Jonas era un pescador de voz suave y pelo rojo rizado. Estaba comprometido con Clara de la tienda de libros en el paseo marítimo; eran ellos quienes se casarían—. Van a comprarlo.

Ante esta revelación, la habitación rompió en un bullicio. El Chico Tatuaje se puso de pie al lado de Jonas, al frente. Cuando se volvió hacia nosotros, vi su incipiente barba oscura y sus vigilantes ojos café. Con sus coloridos brazos cruzados, parecía distante.

—Oh, Dios mío, ese es Alex —me susurró Ana bajando la cabeza.

—¿Quién es Alex? —me incliné en su dirección.

—El Señor Alto, Oscuro y Loco. ¡Ese es Alex Aquino! —me miró boquiabierta, esperando que yo confirmara las noticias aparentemente increíbles.

—No sé quién es —confesé.

—Tiene un año o dos más que nosotras. Asistía a clase de Arte con él y jamás dijo una palabra. Era tan desgarbado que juro que algunas veces simplemente desaparecía. Era bastante torpe.

Negué con la cabeza, incapaz de conectar ese nombre y mucho menos esa descripción con el desconocido de los enormes brazos pintados de colores brillantes que se encontraba frente a nosotros.

—Oí que abandonó el pueblo luego de graduarse, pero supongo que ha regresado.

—Bueno, no parece muy contento con la idea —dije con voz queda.

Jonas levantó sus manos pidiendo silencio.

—Un promotor inmobiliario hizo la oferta —dijo—. Planean convertir el área en un distrito de usos múltiples. Levantarán condominios y el puerto probablemente se convertirá en algo privado para los residentes.

—¿Y ustedes tan solo van a entregárselos y dejar que eso pase? —demandó Gladys.

—No, señora, estamos trabajando con Simon para solicitar subvenciones que protejan la tierra de ser vendida. En la costa, la universidad ha ayudado a los pueblos pesqueros más pequeños con nuevos métodos de acuicultura —en su mayoría almejas— y ven el potencial para certificarnos como un nuevo distrito de conservación. Eso detendría la venta.

—Suena inteligente —dijo el señor Gomez.

—Desafortunadamente, la universidad acaba de recortar los fondos de extensión.

La mirada alicaída de Jonas me recordaba a lo que sentí cuando vi por primera vez el precio del programa estudio en el extranjero. Me senté.

—¿Qué haría el programa de la universidad exactamente?

Alex me disparó con la mirada antes de desviarla en otra dirección.

—Traerían equipos de alumnos y profesores para cultivar las granjas de almejas y capacitar a nuestros pescadores para trabajarlas —explicó Jonas—. Convertirían a los barcos en criaderos abiertos y crearían una línea nueva, estable y sostenible de trabajo —hizo un gesto hacia Alex, quien frunció levemente sus cejas oscuras—. Alex ha estado restaurando arrecifes de ostras en el Golfo y conoce a algunas de estas personas, por lo que nos ha estado ayudando en el proceso de solicitud. Pero hoy nos enteramos del recorte a la financiación y,

sin este proyecto, no podemos detener la venta a tiempo.

—Y sin el puerto, no habrá Festival —Simon se puso de pie a un lado y se encogió de hombros con las manos dentro de sus bolsillos.

—Sin puerto no habrá Puerto Coral —dijo Clara, mientras daba voz a todos nuestros miedos. Era una mujer británica-nigeriana con una colección de cardiganes para envidiar. Su tono suave y roto me recordó lo que significaba perdernos el festival este año. Nuestro fin de semana de árboles floreciendo, festines y música para celebrar que la temporada tenía todos los ingredientes para una caprichosa boda de primavera. Cuando Jonas le había propuesto matrimonio todos supimos que sus nupcias en el Festival de Primavera serían perfectas. Incluso su madre, que vivía en Nigeria, había conseguido una visa y boletos de avión.

—¡Pero tu boda! —exclamé.

—Ya habrá otros días —argumentó Clara, señalando hacia arriba. Jonas se retorció las manos.

—Tal vez otros matrimonios —acotó Gladys—. Mejor, búscate un hobby —le dio una palmadita al saco de bolos a su lado—. El casamiento es para las aves.

Las personas rompieron en pequeñas conversaciones resignadas. Jonas y Alex se voltearon para hablarle a un alicaído Simon. La señora Peña suspiró como si ya pudiera ver el letrero de CERRADO en la bodega.

—¡No! —me puse de pie.

—¿Qué estás haciendo? —preguntó Ana, desconcertada.

—Dame un segundo —dije, pensado con rapidez.

Jonas me observó con una expresión cargada de curiosidad. La mirada aguda de Alex era oscura y llena de irritación. Parecía ansioso

de que esta reunión acabara. Mi estómago comenzó a retorcerse por los nervios al enfrentarse a esa mirada imponente. Incluso cuando había enderezado mis hombros, como había visto en un video sobre posturas de poder.

—Una concesión, ¿cierto? ¿Eso es todo lo que necesitamos? Si financiamos el proyecto, luego estamos hechos y eso quita ese problema de la lista.

—¿Qué lista? —quiso saber Jonas.

—Siempre hay una lista, ¿de cuánto dinero sería la concesión?

—La que necesitamos para establecer aquí el proyecto es de veinte mil —Jonas se frotó el entrecejo. Gladys dio un silbido. Veinte mil no era poco dinero, pero yo era una becada con los ojos puestos en un programa de estudio en el extranjero que costaba prácticamente lo mismo. Era hora de ponernos creativos.

—Necesitamos una gran idea y rápido. No podremos juntar esa cantidad por nosotros mismos en este marco de tiempo. Necesitamos traer dinero de afuera.

El señor Gomez me apuntó con su teléfono.

—¿Y cómo hacemos eso? —preguntó Jonas. Le eché un vistazo rápido a Clara.

—Tendremos el Festival de Primavera, sea cómo sea —declaré con una certeza repentina. La idea se estaba formando rápidamente en mi mente.

—No hay tiempo suficiente —miré a Alex, sorprendida de escuchar su aporte. Su brusco y negativo aporte. Era desconcertante oírlo viniendo de alguien tan agresivamente alto.

—Tenemos el suficiente para intentarlo —proseguí con obstinación, incluso cuando Ana tironeó de mis pantalones cortos.

–¿Intentarlo y tener la fiesta? –su tono era serio, no se burlaba.

–No sería *solo* una fiesta –entrecerré los ojos mientras un enrojecimiento de vergüenza quemaba mi cuello–. Puede ser una recaudación de fondos comunitaria, lo suficientemente grande como para alcanzar esa suma de dinero.

Todos estaban acostumbrados a mis enormes ideas, incluso las consentían cuando era más pequeña y metía mi nariz en las conversaciones, haciendo demasiadas preguntas. No estaban acostumbrados a ver que alguien se mostrara poco impresionado al oírlas. O tal vez la que no estaba acostumbrada era yo. Pero no podía dejarlo pasar.

–Podrías no hacer esto, ¿sabes? –susurró Ana mientras jalaba nuevamente de mis pantalones. Miré a Mimi. El *hogar* tenía muchas capas para mí, y esto se trataba de eso. La gente y la política ya habían roto el corazón de mi abuela. No podíamos perder Puerto Coral.

–Desafortunadamente, el puerto no puede permitirse ser el auspiciante del festival con todo lo que sucede –dijo la señora Aquino. La mirada de Alex se suavizó.

–El Mercado auspiciará el festival este año.

–¿*Qué?* –demandó Ana. El alivio me inundó tan de pronto que tuve que sujetarme del asiento frente a mí.

–Rosa tiene razón, podemos hacerlo. Mi esposo prepara los mejores sándwiches y *croquetas* cubanas de este lado de Miami. Anunciaremos el festival y nuestro propósito a los turistas y luego les vendemos un *lechón asado* que hará que quieran aventarnos su dinero, pondremos un poco de *salsa*, serviremos unos *mojitos* y bada bing, bada bum, ¡pueblo salvado!

–¿Bada qué? –preguntó el señor Gomez.

–Me encanta –Xiomara, la dueña de la escuela de baile se puso

de pie–. Puedo hacer un show gratis y ofrecer lecciones de danza. Entre todos nuestros negocios, tendremos algo para ofrecer.

–Y no sería necesario cancelar su boda –les dije a Clara y Jonas. No parecían convencidos, pero me aferré a la esperanza que vi brillar en sus miradas–. Aún podemos hacerla, tu madre estará aquí y será tan romántica como imaginaban.

–¿Pero cómo? –preguntó Clara–. Ya hemos cancelado todo. Y si convertimos al festival en un evento para recaudar fondos, Jonas tendrá que trabajar para convencer a la universidad de nuestro éxito. Una boda no encaja en todo esto.

–Lo hará, me aseguraré de que pueda encajar –intercambiaron miradas dubitativas. Me rehusé llevar la mía hacia a Alex Hosco Arrecife de Ostras–. Puedo hacerlo. Soy extremadamente organizada y este semestre todas mis clases son virtuales. Déjenme enseñarles mi bullet journal, tan solo las plantillas serán suficientes para demostrarles lo que digo.

–Por favor, no –dijo Ana.

–Dije que era para las aves –refunfuñó Gladys.

–Aún estoy a bordo, si tú también quieres –Clara sonrió de oreja a oreja y chocó juguetona su hombro contra el costado de Jonas.

–Siempre –él besó su mano y algo sucedió entre ellos.

–Hagámoslo –dijeron con corazones en los ojos.

–¿Tienes alguna idea de lo que estás haciendo? –preguntó Ana mientras negaba con su cabeza ante mi sonrisa radiante.

–Claro que no –dije–. Pero eso jamás me ha detenido antes.

La mañana siguiente, me senté fuera de la bodega a comer mi desayuno con los *viejitos*. El último semestre se dictaba completamente de forma virtual y me permitía hacer turnos extras en la bodega, aunque era extraño no asistir a la escuela todos los días. Comí mi *pan tostado y café con leche* mientras los cuatro hombres discutían sobre el juego de entrenamiento de primavera de béisbol. Terminé la rebanada de pan caliente con mantequilla dulce en unos segundos.

El señor Saavedra me echó un ojo antes de meter la mano dentro de sus bolsillos para pescar un antiácido que luego me ofreció. Lo tomé con ayuda del resto de mi café frío. El señor Gómez, el señor Saavedra, el señor Restrepo y el señor Álvarez siempre vestían pantalones holgados bien planchados, camisas con botones y olían fuerte a loción para después de afeitarse y cigarrillos. Los cuatro juntos formaban la totalidad de los abuelos del pueblo.

—Necesitamos comenzar a divulgar el festival y el evento para recaudar fondos —les dije.

—*Claro* —respondió en español el señor Saavedra—. Ya hemos publicado sobre el tema —me entregó su teléfono y chequeé su actualización más reciente, era una imagen del puerto con un pie de foto que leía: *Festival de Primavera, ¡dale!*

—¿Dale? —pregunté.

—A la gente le gusta Pitbull —el señor Gomez dio unos golpecitos en su frente—. Hay que ser listo con la publicidad, Rosa.

—Me gusta, tengo algunas ideas para compartir con el señor Peña también.

—Estas muy ocupada para estas cosas —se quejó el señor Gómez—. Preocúpate por la universidad.

—Lo hago y lo tengo bajo control, confíen en mí.

—No como ese chico Aquino —el señor Restrepo hizo un ruido de desaprobación con sus dientes—. ¿Regresa con todos esos tatuajes? *Qué oso.* Siempre son los más calladitos.

—Sí, ¿cuál es su problema? —me incliné más cerca. La única vez que Alex había hablado por propia voluntad en la reunión había sido para criticar mi increíble idea.

—No te preocupes por él —el señor Saavedra me miró con frialdad. Conocía esa mirada, era la misma que me daba cada vez que me escapaba de la mesa de los niños para interrumpir a los más grandes—. Preocúpate por la universidad. Y en no hacerte tatuajes —agregó.

—Universidad, universidad —me puse de pie—. *Ay*, olvídenlo.

—¿Ya has elegido una? —inquirió, no por primera vez, el señor Gómez. Solo un puñado de personas sabía lo de Charleston, pero definitivamente necesitaba contarle a Mimi antes que a los *viejitos*.

—Aún no —les mentí—. Y dejen de hacer publicaciones al respecto.

Volvieron a su juego de dominó. Me dirigí hacia la parte de atrás, donde las persianas de las puertas estaban levantadas. Dentro estaba el primo de Ana, Junior, que descargaba las entregas.

—Ey, mejor estudiante —me llamó mientras pasaba.

—No soy la mejor estudiante —repliqué. Lamont Morris me había quitado el título. También se había postulado para la matrícula doble y se transferiría a Duke durante el otoño.

—De acuerdo, nerd —Junior tenía unos años más que yo y se encargaba de las existencias de la bodega. Solía vender hierba, pero ahora estaba enfocado volverse un éxito viral con su mix tape.

El cuarto de atrás era un espacio amplio en donde se ocupaban de las entregas en una parte y donde armaban las mesas y sillas en la otra. Era más que un salón de descanso, era la segunda sala de estar en donde los pequeños Peña crecieron mientras sus padres trabajaban por largas horas. Había una alfombra tejida a mano, un televisor que aún dependía de una antena y una pequeña pintura de la tienda en el panel de corcho, entre los horarios y los muchos recordatorios de la señora Peña. La pintura había sido un regalo de mi madre.

Dejé caer mi mochila sobre la mesa al lado de Benny. Su pierna estaba extendida sobre una silla frente a él y tenía una compresa de hielo en su rodilla. El hermano de Ana era una estrella del fútbol, tenía un año menos que nosotras y era realmente popular en la escuela. Su lesión no solo significaba que su vida deportiva estuviera en pausa, sino también su vida social. Últimamente, había estado vagando mucho con nosotras.

—Gracias a ti, ahora soy el chico de los recados —me dio una mirada de disgusto mientras sostenía una lista de cosas por hacer.

—Tu mamá fue la que nominó a la bodega —me senté y abrí mi mochila.

—Luego de *tu* dramático monólogo. Vi el Instagram del señor Gomez. Ahora mamá dice que vamos hacer todo cubano: aceitaremos un cerdo y haremos un concurso de quién lo atrapa antes de asarlo.

—¿Qué? —mi sonrisa se desvaneció.

—Eso es lo que mi tío dijo que tenían que hacer antes de que se les permitiera casarse con una de las chicas de su aldea.

Saqué mi cuaderno mientras me preguntaba si eso era cierto.

—Pero oye, tuve una mejor idea: deberíamos buscar a la Tortuga Dorada.

—Dios mío, ¿eso otra vez? —los *viejitos* habían publicado una vieja foto del artefacto para los "jueves del recuerdo" de Instagram y Ben se obsesionó. Según la leyenda local, la Tortuga Dorada fue descubierta por primera vez en un barco pirata hundido por un grupo de adolescentes, que en lugar de entregarla a sus padres o —no lo sé— a un museo, escondieron la pequeña estatua tortuga para que sus amigos la encontraran. Entonces nació la tradición de que cada clase del último año la ocultara para la siguiente. Hasta que se perdió para siempre hacía cerca de dos décadas.

—Aún está allí afuera. Entonces, ¿por qué no intentamos encontrarla? —preguntó. Sonaba serio y determinado, en absoluto como el Benny despreocupado de siempre.

—Porque todos estamos ocupados —deslice su lista de cosas por hacer cerca de él—. Tienes que terminar todo esto y yo tengo que llenar una solicitud de beca más, escribir un ensayo para mi clase de Humanidades y ayudar a planear una pequeña boda.

–¿Qué sucedió con Rosa la soñadora?

–Ella está aquí –señalé mi diario con unos golpecitos.

Junior se acercó a nosotros suspirando más fuerte con cada bolígrafo y pedazo de papel que sacaba de mi bolsa.

–¿Cuántas veces tengo que decirte que esos libros no te ayudarán en el mundo real? –dijo–. Necesitas algunas habilidades para la vida hermanita. Cómo hacer tratos reales. Necesitas conocimiento callejero.

–Soy de Miami, tres-cero-cinco hasta la muerte.

–Naciste en Palm Bay, hermana.

La puerta del interior de la tienda se abrió de golpe y Ana irrumpió en la sala de descanso.

–Tienes que llevarme a la banda de jazz –apuntó a Benny con su palillo–. Mamá está ocupada, gracias a Rosa.

–Si quisiste decir "gracias a Rosa por salvar el día", entonces de nada –destapé mi bolígrafo.

–Hoy tengo cosas que hacer –dijo Benny agitando la lista con resentimiento–. No tengo tiempo para llevarte a golpear esos tambores de mierda.

–¡Oye! –el palillo de Ana voló–. Esos tambores costaron más que tu carro de mierda.

Ana era un año mayor, pero su hermano era el único con automóvil ya que ella había optado por gastar sus ahorros en el set de batería. Sus padres aún estaban molestos por eso.

–Cuiden ese vocabulario, ¡coño! –ordenó la señora Peña mientras ingresaba a la sala de descanso con el teléfono en su oreja. Estaba hecha polvo, pero siempre operaba de esa forma. Compartía mi afinidad por la organización y la estética vintage tropical y manejaba la

bodega como alguien que sabía hacer verdaderos tratos. Esto podía funcionar si estaba en sus manos. Dios, esperaba que funcionara. Comenzaba a sentirse como si todo dependiera de ese fin de semana.

–Señora Peña, apunté algunas ideas anoche…

–Tu cabeza se pondrá tan grande como esa bolsa llena de libros que llevas a todas partes, Rosa –interrumpió Junior.

Le gruñí, amaba mi mochila. Cuando creciera, quería *ser* mi mochila. Era robusta y con una tela colorida. Mimi la había cosido antes de que comenzara la escuela secundaria, encantándola con palabras poderosas para que siempre llevara lo que necesitara y nunca se perdiera.

–No seas un cretino, Junior –dijo Ana. Dejaba que su familia se burlara de mí hasta cierto punto.

–¡*Oye*! –la señora Peña apartó el teléfono–. ¡Tengo orejas! ¡*Carajo*!

–Ma –dijo Ana inexpresiva–. Todos aquí hablamos español. Sabemos que maldices tanto o más que nosotros.

–Por favor, lleva a tu hermana a jazz –su madre la ignoró y se dirigió a Benny.

–Vamos, chica bongo –él suspiró sonoramente e hizo un gran show al levantarse, sin embargo le dio un beso en la cabeza a su madre de camino a la puerta.

–Lo mataré –dijo Ana mientras lo seguía.

La señora Peña se sentó y continuó al teléfono. Garabateó algo rápidamente en su tablilla con sujetapapeles. Deslicé mi cuaderno más cerca de ella. Me miró.

–Dime –me dijo en una pausa de su conversación–. Estoy en espera.

–Hice una lista de todos los negocios en la calle –me apresuré a decir–. Y de los que están en los alrededores del puerto…

—¡Lo olvidé! —la señora Peña se golpeó en la frente—. Se suponía que debía hacer una entrega de pan. Iba a enviar a uno de los chicos.

—¡Puedo hacerlo! —me ofrecí, poniéndome de pie de repente. Jamás me dejaban hacer las entregas y necesitaba las propinas. Benny había juntado una buena cantidad de dólares la semana pasada antes de gastarla en un videojuego.

—¿Estás segura?

—Completamente. Usted eche un vistazo a esa lista y me comenta todo lo que opina cuando regrese. No se preocupe, yo me encargaré —salí de la habitación antes de que pudiera cambiar de idea.

El señor Peña cortaba el cerdo en la cocina, preparándose para la próxima hora del almuerzo. El ajo, los pimientos, las cebollas y el tocino silbaban juntos en la gran olla que pronto contendría al *arroz congrí*, según la tabla del menú.

—Buenos días, señor. ¿Cómo está? —me acerqué. El padre de Ana no era muy hablador. La cocina era su reino y su comida el regalo que le otorgaba al resto de nosotros, siempre y cuando no lo molestáramos.

—¿Rosa? —preguntó, mirando detrás de mí por si venía alguien más.

—Sí, yo. Hoy estoy encargada de las entregas —lo saludé, cerrando los ojos ante el aroma del puerco asado—. Lo siento, no puedo pensar con el aroma del *lechón*. Cada vez que Mimi lo prepara me pongo en modo zombie hambriento y gruñón…

—Rosa —me interrumpió, su cuchillo se detuvo. Y también mis manos, que se agitaban al son de la historia que estaba contando. Mimi se burlaba de que eso era lo más cubano en mí—. Lleva este pan al restaurante del puerto. Por favor, ve ahora.

Mis sueños de hacer llover al instante se secaron.

Nunca antes había estado en el puerto. Nadie en mi familia lo había pisado en años. Nunca había ido más lejos que la librería, y ese era el segundo negocio en el paseo marítimo. Incluso siempre me mantenía pegaba al lado derecho, lejos de la barandilla de la izquierda y la playa que se extendía detrás de ella. Cuando tenía diez años, mi amigo Mike la había saltado y se había roto el tobillo. Yo había llorado más fuerte que él.

El señor Peña me miró, aguardando. Probablemente era la única persona en la ciudad que no se detendría a considerar viejas historias y supersticiones porque estaba demasiado ocupado. Señaló la pila de panes recién horneados dentro de sus mangas de papel. ¿Cómo ayudaría a salvar el puerto si estaba demasiado asustada para ir allí? No era como si planeara abandonar el paseo. Podía hacerlo, tenía que hacerlo si quería salir de la mesa de los niños. Tomé los panes en mis brazos, hundí mi nariz contra ellos e inhale profundamente. Un suspiro feliz flotó fuera de mi garganta. Podía hacer esto, era solo una entrega.

El señor Peña se aclaró la garganta.

—Ya voy —arrastré los pies con los brazos llenos de mi botín y me dirigí hacia la puerta trasera.

—Sabes cómo conducir la bicicleta, ¿cierto? —la duda trepaba de su voz.

—Claro que sí —grité justo antes de que la puerta se cerrara detrás de mí.

Por supuesto que no sabía cómo conducir la bicicleta de reparto porque nadie me dejaba hacer las entregas, pero eso no me detendría ahora. La canasta gigante en la parte de atrás era una preocupación,

pero dejé caer el pan en ella y quité el polvo de mis manos mientras inspeccionaba el vehículo que me ayudaría a tener éxito.

–Óyeme, podemos hacerlo –señale al este, hacia el mar–. Tú me ayudas y yo no te estrellaré. Trabajo en equipo.

–¿A quién le estás hablando? –Junior dio vuelta a la esquina, sobresaltándome.

Miré a mi alrededor buscando una excusa, pero estaba sola y mi teléfono estaba en mi mochila.

–A mí misma –eso no hizo que se viera mejor–. Pero mayormente a la bicicleta. Una charla antes de montarla.

–¿Harás una entrega? –sus cejas se alzaron y dejó de masticar el palillo que tenía entre sus dientes

–Se cómo andar en bicicleta –me defendí.

–Eso no fue lo que pregunté. Pero debo decir, Rosa, que tu actitud defensiva me preocupa.

–Solo vete de aquí y no le digas a tu tío que estaba hablando con la bicicleta.

Me subí al asiento y acomodé cuidadosamente mi falda a mi alrededor. No era el mejor atuendo para el emprendimiento de hoy, pero con suficiente cuidado nadie vería nada. Mike montaba una patineta y después de verlo había quedado tan fascinada que me construyó un longboard para de mi decimoquinto cumpleaños. En la escuela lo cubrí con calcomanías de libros y lo usaba para desplazarme por la ciudad, casi todos los días. Una bicicleta no debía ser diferente.

Pateé el bordillo de la acera y despegué mientras murmuraba una plegaria.

–¡AY! –el manubrio se volvió loco en mis manos–. No, *no* –las ruedas se hundieron en una curva del camino y mi estómago se sobresaltó anticipando la caída–. ¿Qué te había dicho? –supliqué. Luego de unos sacudones, el viento, las ruedas y yo logramos alinearnos. Encontrar mi equilibrio fue emocionante. Pedaleé por la oficina de correos y la biblioteca, y deseé tener una campanilla amistosa para anunciar mi victoria. O mejor un cuerno de aire porque acababa de convertirme en una maldita domadora de dragones.

El camino de adoquines se tornó incierto, esta parte del centro del pueblo no era tan linda en bicicleta y con tantas cosas en el canasto. En el paseo marítimo la gente me observaba con preocupación creciente. Frankie dejó de barrer la entrada de su peluquería, Simon levantó la vista de su diario y su perro, Shepard, me miró estoicamente y Clara dejó caer los libros que estaba organizando en el carrito fuera de su librería.

–¡Estoy bien! ¡Está todo bien! –grité para tranquilizarlos, ya que no podía soltar el manubrio para saludarlos. Presioné los frenos cuando alcancé el último de los tablones de madera, donde la acera terminaba en el puerto. Di un salto, agradecida de seguir con vida–. Lo hice, la victoria es mía –me incliné hasta la cintura y dejé escapar un suspiro pesado.

–¿Qué? –me enderecé. Un hombre mayor, con botas de lluvia y un chaleco verde decorado con anzuelos amarillos, estaba frente de mí. Había preocupación en su mirada–. ¿Está bien, señorita?

–Traje pan –intenté recobrar el aliento.

–Eso es… estupendo.

–No es para mí –me pellizqué el costado–. De hecho no estoy segura de para quién es. Nunca había hecho entregas y no me dieron especificaciones más allá de "lleva esto al puerto", cuando ni siquiera he estado en el final del paseo marítimo –miré hacia la tienda de

libros, intentando estimar la distancia exacta. El hombre seguía de pie frente a mí–. Hay un restaurante por aquí, ¿cierto?

–La Estrella de Mar –sus ojos se entrecerraron ligeramente mientras examinaba mi rostro. Frunció el ceño–. Eres la pequeña de Liliana –no lo dijo de manera amable. Suspiré. Esta era una de las razones por las cuales no venía hasta aquí. Aun así, no esperaba acalorarme con la primera persona que me topara.

–Rosa Santos –dije porque tenía un nombre. Retrocedió un paso. Una mano fue a la barandilla de las escaleras, mientras que la otra se levantó con un gesto que no reconocí. Se dio la vuelta y se marchó hacia los muelles–. Grosero –murmuré y luego me encogí cuando un ave pasó chillando sobre mí. Seguí su vuelo hasta que desapareció en el cielo gris. Mi mirada fue hacia el horizonte y el mundo se llenó de calma cuando enfrenté al mar.

No era que nunca lo hubiera visto. Siempre estuvo allí, en algún lugar a la distancia, haciendo lo suyo. Pero llegar al final del paseo marítimo y ver de frente al puerto en donde una vez trabajó mi papá, fue como hallar el latido de Puerto Coral. La sangre vital de nuestras palmeras, las aceras arenosas y las casas blanqueadas por el sol. El origen de la brisa que mecía los limoneros de Mimi.

A mi derecha había un edificio de dos pisos que parecía una choza pintada en diferentes tonos de azul. Un amplio porche envolvente se alzaba seguro sobre sus pilotes por encima del agua. Más allá había unos pocos edificios más pequeños, a salvo en la orilla del puerto. Filas de botes esperaban sobre el agua y la gente caminaba por los muelles sin miedo. Los observé desde mi posición en el borde del paseo, sobre el nivel del mar. A mi lado las escaleras conducían al bullicio y ajetreo, pero yo estaba paralizada.

Esta era mi primera vez aquí por una razón: la última vez que mi familia pisó estos muelles, mi madre adolescente estaba esperándome y le gritaba al mar por haberle robado a su amor. Mi padre no tenía una lápida, solo el pequeño altar que había creado en mi habitación.

Me sujeté de la barandilla. Las mujeres Santos nunca íbamos al mar, pero también éramos obstinadas. Mimi evitaba el océano y jamás había regresado a las aguas que alguna vez amó. Sin embargo, se había instalado en una tranquila ciudad costera, porque quizás mi abuela no podía alejarse demasiado de su marido o de su isla perdida. Mamá siempre abandonaba la ciudad, pero pintaba instantáneas de ella en cualquier lugar que visitaba. Y aquí estaba yo, paralizada.

Una fuerte ráfaga de aire me envolvió y me alborotó el cabello sobre el rostro. No podía hacer esto. Si bajaba allí, la gente me notaría como lo había hecho ese pescador. Despertaría viejas y dolorosas historias que llegarían a Mimi. Necesitaba que la gente me tomara en serio y necesitaba contarle a Mimi sobre mis planes de estudio en el extranjero, y esta no era la forma de hacerlo. Me di la vuelta para marcharme, pero me estrellé contra una pared sólida.

Solo que, desafortunadamente, ese muro era una persona.

—¡*Lo siento!* —no quise gritarle a Alex en la cara ni sujetarme de su camisa, pero por desgracia hice ambas cosas. El recuerdo del tobillo roto de Mike vino a mi mente y me aferré con más fuerza, las cejas oscuras de Alex se levantaron un poco. Olviden los huesos rotos, esta vergüenza me iba a matar.

Alex parecía preocupado, pero no dijo una palabra. Tenía una pequeña planta en una mano y mi brazo en la otra. Lo inesperado de la planta en la maceta me impactó, ¿era menta? Me soltó y yo liberé su camisa.

—Es la primera vez que vengo aquí —expliqué. Las gaviotas graznaron de vuelta por encima de nosotros, asustándome una vez más—. Ese no fue un canto de guerra, ¿cierto?

Alex chequeó el cielo.

Se oyó un cuerno, sonó una campana y alguien en los muelles gritó anunciando una nueva captura. Las líneas agudas del rostro de

Alex, ensombrecidas por su barba, me distraían. Frotó ociosamente una de las hojas de la menta con sus dedos y el aroma verde me alcanzó. Me incliné hacia adelante sin poder evitarlo.

—¿Por qué estás aquí? —preguntó con el mismo tono áspero de la noche anterior, mientras bajaba su mirada hacia mí. Escucharlo me molestó más que el viejo pescador grosero.

—No es que no pueda venir aquí —dije.

—No quise decir… —se detuvo—. Te graduarás el próximo mes, ¿cierto? —comenzó de nuevo.

Antes de que pudiera preguntarle cómo sabía eso, recordé que *todos* lo sabían. Me preguntaba si también seguiría el blog de los *viejitos*.

—Sí —respondí y ocurrió un milagro: no me preguntó a dónde iría. La brisa fresca del mar se movió entre los dos, haciendo que las pequeñas ramitas de la menta que sostenía revolotearan en sus manos.

Que *no* me preguntaran a dónde iría era tan novedosos y alentador que no pude evitarlo:

—Iré a La Habana —declaré. Fue emocionante decirlo de forma tan definitiva y casi valió la pena el pánico que me indujo mi confesión audaz—. Por un semestre para estudiar en el extranjero —me apresuré a agregar.

Se veía ligeramente impresionado.

—Técnicamente no he… ¡Dios mío, el pan! —di un aullido y salí corriendo hacia la parte trasera de la bicicleta en donde, afortunadamente, las piezas de pan aún estaban en la canasta. Los abracé contra mi pecho. Alex seguía de pie en la escalera—. ¿Sabes quién de por aquí recibe el pan?

—La Estrella de Mar —señaló una puerta abierta a unos metros de donde estábamos—. Pregunta por María.

Tendría el mar justo a mis espaldas.

–Lo siento por haberte chocado. Tal vez te vea mañana en la reunión de la noche.

–¿Habrá otra reunión? –parecía ofendido.

–Por supuesto que habrá otra reunión –sonreí de oreja a oreja–. Bienvenido a casa.

Me dirigí al edificio con el pan. El restaurante estaba pintando en unos tonos suaves y aguados de azul y las mesas estaban hechas de madera reutilizada. Un menú de pizarra anunciaba la pesca fresca del día, y las amplias ventanas estaban abiertas al aire fresco y salado. Detrás de la barra había una mujer baja y morena, que sonreía con franqueza al cliente sentado frente a ella. Sin embargo, cuando me reconoció, su sonrisa se congeló. La señora Aquino y yo jamás habíamos hablado más allá de algunos saludos rápidos al pasar.

–Creo que esto es para usted –dije mientras le entregaba el pan. Ella arrancó un recibo mientras me miraba con poca sutileza–. Sí, estoy en el puerto –suspiré–. Grandes noticias. Será la historia principal de los *viejitos*, estoy segura.

–Eres sarcástica como tu padre –su risa fue repentina y de satisfacción.

El simple reconocimiento me sacó de mi eje. Lo dijo con facilidad, como si mi padre todavía existiera aquí. Cuando era pequeña y vivía con mamá a kilómetros de distancia de Puerto Coral, ella también hablaba de mi padre con facilidad. Ricky García era un hijo adoptivo que amaba los cómics, la pesca y era bajito, como yo. Pero mientras más crecía, mamá me contaba menos cosas. Las historias no salían de sus labios fácilmente, pero eran –en cambio– una herramienta de negociación.

Quería preguntárle a esta mujer sobre él, pero no pude encontrar mi voz.

—Era un buen chico. Tú te pareces a él —la señora Aquino también parecía perdida por las palabras. Me entregó dos cajas de la panadería—. *Pastelitos* por el pan, hazle saber a la señora Peña que nuestro panadero estará feliz de hacer muchos para el festival.

Tomé las cajas y estaba casi por llegar a la puerta cuando me volteé:

—Mi... padre, tenía un embarcadero, ¿verdad? —sabía que él solía trabajar y mantener su pequeña embarcación aquí.

—El último en el muelle C —la señora Aquino asintió—. Aún es suyo —mi sorpresa debió ser evidente porque sonrió—. Los marineros son algo supersticiosos.

Sabía una o dos cosas al respecto.

Una vez fuera, el puerto continuaba moviéndose con vida y energía. Vi a Alex en un bote en el que cargaba una cuerda y me pregunté qué habría hecho con su planta de menta. Dejó caer la cuerda encima de una caja y, cuando levantó la cabeza, miró hacia mí. Caí en la cuenta de que no le había dicho que no le contara a nadie sobre La Habana. El cielo gris retumbó y cayeron las primeras gotas de lluvia. Corrí hacia mi bicicleta y le jugué una carrera a la tormenta todo el camino al trabajo.

De regreso en la bodega, tomé mi delantal y me dirigí a la línea de cajas, decepcionada de que Ana estuviera con su banda de jazz. Paula, una de las primas de Ana, estaba en la otra registradora.

—¿Qué onda, nerd? —dijo con una sonrisa amigable. Paula tenía veinte años y solo trabajaba allí medio tiempo mientras iba a la universidad para convertirse en veterinaria. Me trataba como a una hermana

menor, pero no me sobreprotegía, así que no me molestaba que lo hiciera–. ¿En dónde estabas?

–Fui a hacer una entrega –consideré enviar un mensaje de texto a Ana, pero probablemente estaría en medio de una *conga*.

Paula oía bajito una canción de reggaetón en la radio. Retiró el envoltorio de una paleta y se la llevó a la boca. Sus rizos cortos se sacudieron un poco mientras analizaba lo que le había dicho.

–¿En dónde era la entrega?

–En el puerto –respondí sin pensarlo.

La sonrisa de Paula se ensanchó, deslizó la paleta fuera de su boca y me señaló con ella.

–*Estuviste en el muelle* –sonó como una acusación.

–Y no se hundió en el Golfo. Tampoco me lo creo. ¿Conoces a la familia Aquino? –Ana había dicho que eran mayores que nosotras.

–Fui a la escuela con Emily –se encogió de hombros–. Oí que ahora trabaja para algún gran complejo y sé que Alex regresó a casa –le dedicó una sonrisita torcida a lo que sea que vio en mi rostro. Crucé y descrucé mis brazos antes de quitarme el delantal–. Vaya, entonces Rosa fue al muelle por los chicos. Jamás imaginé ver este día.

–¿Ver qué día? –Frankie se acercó a la registradora con una canasta. Su cabello corto era púrpura brillante esta semana.

–Rosa está preguntándome sobre chicos –le dijo.

–No pregunté sobre chicos.

–¿Qué chico? –Frankie se giró para verme. Paula escaneó los cereales y la carne.

–Ay, Dios mío, no hay ningún chico –dije–. Además, ya no tengo diez años. *Podría* hablarle a un chico.

Aunque era cierto que jamás había salido con uno, no tenía

tiempo. Había dado algunos besos en fiestas y salidas al cine en grupo, pero nada especial.

—¿Mimi sabe de esto?

—Claro que no lo sabe. Rosa lo conoció en *el puerto* —lo dijo como si fuera un secreto sucio. Frankie parecía alarmado.

—Te vi en esa bicicleta. Creí que tenías una entrega, no una cita.

En un intento desesperado de cambiar de tema, me incliné sobre mi caja e inspeccioné los pasillos de la tienda.

—¿Hay alguien para esta caja? —grité.

—No nos hagas caso —rio Paula—. Puedes salir con quien tú quieras.

Frankie asintió con poco entusiasmo. Noté que le dolía hacerlo.

—Solo para evitar problemas, tal vez no con chicos con botes —dijo.

A veces se sentía como si la idea de estar maldita proviniera solo de mi cabeza. Como una advertencia legendaria que me recordaba trabajar duro y enfocarme en mis objetivos. Las mujeres que me precedían habían perdido demasiado como para que yo no me enfocara firmemente en mi futuro. Estaba destinada a superarme y hacer que todas las pérdidas, el dolor y los sacrificios significaran algo.

Sin embargo, la maldición me observaba con ojos preocupados. Había convertido a un pueblo entero en un padre ansioso que temía que pudiera caerme al agua en cualquier momento. La idea de que me acercara al mar aún asustaba a los viejos pescadores y estresaba a mis amigos. Quizás mi presencia en el mar tentara a algo más antiguo y salvaje que yo. Algo que recolectaba huesos como si fueran caracolas y desataba huracanes.

Estaba destinada a encontrar mi propio desamor en el mar, como lo habían hecho mi madre y mi abuela antes que yo.

Y aun así, luego de haber estado en el puerto, me encontraba

llena de una curiosidad provocadora. Conocía el lugar de donde mi padre había partido por última vez. Nadie hablaba de él sin dolor, pero allí era recordado con cariño. Envidiaba su comodidad con los fantasmas.

Todavía llovía cuando terminé mi último turno. El viento aullaba con fuerza camino a casa. Tomé mi tabla y corrí la última calle, pegué un alarido cuando un relámpago inesperado resonó a mis espaldas justo antes de alcanzar los escalones de la entrada.

Cuando alcé la vista, mi madre estaba esperándome en la puerta.

5

Mi madre estaba aquí, pero no estaba en casa. No tenía una. Podía haberme dado a luz en un pequeño hospital al otro lado del pueblo, y alguna vez podía haberme cantado nanas sobre caracolas mágicas desde la mecedora del pórtico. Sin embargo, para ella este no era su hogar. Jamás pondría en duda su amor hacia nosotras, jamás sabría tampoco si ella era acaso una sirena bajo una maldición o una estrella fugaz que no podíamos poseer.

—Ey, tú —dijo mientras esperaba debajo del brillo de la luz del pórtico.

La saludé con un asentimiento de cabeza y continué mi camino para abrir la puerta con mi llave. Ella ya no tenía un par. Tampoco llamaba. Los teléfonos siempre llamaban a casa, y la casa y mi madre eran como dos hermanos en guerra. El lugar sabía cuándo ella regresaba porque dejaba de funcionar: la comida se quemaba, las velas no podían mantenerse encendidas y, lo que es peor, mi computadora

portátil siempre tenía problemas para conectarse con la señal de Wi-Fi. Que mamá viniera a casa era tan problemático como el fenómeno de Mercurio retrógrado.

—Terminé con ese mural en Arizona. Querían unos espantosos girasoles en su comedor, pues eso es lo que obtuvieron —sacudió la lluvia de su abrigo amarillo en la entrada mientras yo continuaba dentro, encendiendo las luces a mi paso. Recogió su largo cabello oscuro en un nudo alto—. ¿Cuándo te cortaste el cabello? —dijo con curiosidad.

—No lo he cortado —dejé mi mochila en la mesa de la cocina mientras exhalaba con fuerza.

—Oh —dijo con voz baja y dejó caer la bolsa que colgaba de su hombro al sofá.

Sí, *oh*. Abrí mi computadora y cliqueé el mouse. Necesitaba la conexión a internet para una de mis clases y como un portal fuera de esta cocina. Y aun así, al mismo tiempo, quería estar aquí. Quería que todo fuera tan sencillo como lanzarle mis brazos alrededor y excavar en su aroma a violetas y rayos del sol. Que me preguntara sobre mi día y escuchara cada respuesta con gran atención, porque así era mi madre.

Había pasado los primeros siete años de mi vida siguiéndola en busca de un hogar. Intentamos en ciudades y montañas, pero siempre evitamos el mar. Extrañaba Puerto Coral cada vez que nos marchábamos luego de una corta visita a Mimi. Mamá decidió que podíamos quedarnos aquí de forma definitiva cuando cumplí los siete. Compartíamos una habitación, como siempre. Me acompañó en mi primer día de escuela en tercer año.

Se había marchado antes de que ingresara a la secundaria.

Sus visitas solían ser tan constantes como la marea, pero a medida que fui creciendo, ni el calendario ni la luna pudieron seguirle el rastro.

Mi madre frente al pórtico era como una tormenta en el horizonte. Siempre golpeaba y yo odiaba eso. Regresaba llena de afecto e historias, traía regalos que crecían a mi par, me explicaba el control de la natalidad y me ayudaba a comprar un sostén más grande antes de desparecer una vez más.

El amor y las madres no eran simples. Así que me quedé en la mesa de la cocina mientras ella se demoraba en la otra habitación.

La puerta se abrió y Mimi entró. No pareció sorprendida por la llegada de mamá. Tal vez se lo había indicado la lluvia. Tal vez ella podía diferenciar entre una precipitación común y corriente y un presagio, de la misma manera que sus campanas de viento conocían la diferencia entre una brisa fuerte y un peligro inminente.

—*Hola* —dijo y llevó sus bolsas de recados a la cocina. Hizo una pausa y elevó su mejilla para que mamá la besara—. ¿Tienes hambre?

—Sí, muero de hambre —mamá se sentó en la encimera mientras Mimi comenzaba a cocinar. Esta era nuestra rutina normal cada vez que ella regresaba a Puerto Coral entre sus trabajos. Su carrera había tomado vuelo luego de que pintara un mural de un café parisino iluminado por las estrellas en la cafetería de Filadelfia donde trabajaba como barista cuando yo tenía cinco años. Tenía un sitio web sencillo donde la gente compraba sus pinturas, y viajaba por el país para realizar trabajos por encargo. Conociéndola, hacía graffiti en medio. El ritmo de la vida de mi madre era estar en constante movimiento.

—Mimi, ¿qué significa esto? —imité el gesto que había hecho el viejo pescador más temprano. Era difícil buscar un gesto en Google.

Mi *abuela* jadeó, ofendida y mi madre rio.

—¿Qué? —quise saber.

—Es un antiguo símbolo de protección —explicó mamá—. Para mantener al demonio fuera.

—Un anciano me lo hizo.

—¿Qué anciano? —ambas entrecerraron sus ojos a la vez, casi con un clic audible. Mamá parecía a un solo nombre de afilar un cuchillo o elaborar un maleficio.

—Uno en el paseo marítimo.

—¿En qué lugar del paseo marítimo? —mamá tenía una expresión de curiosidad.

—¿Como al final? —entrecerré los ojos.

—¿Te refieres al puerto?

—¿Fuiste con ella? —la mirada atronadora de Mimi se dirigió a mamá.

—Acabo de llegar —mi madre murmuró una maldición por lo bajo—. Y para que conste, ya no tengo diecisiete años.

—¿Por qué estabas allí? —Mimi volvió a verme.

—Hice una entrega —me dirigí al refrigerador y tomé una lata de soda de piña. La observé mientras le daba un sorbo a la bebida—. Para la bodega.

Mimi y mamá compartieron una mirada cargada. Fruncí el ceño, sintiéndome como la bebé Rosa una vez más.

—Quizás deba regresar por las planificaciones del festival —solté.

—¿Estás organizando el Festival de Primavera? —mamá levantó las cejas.

—La señora Peña está mucho más a cargo que yo, pero todo el pueblo está dando una mano. Hemos convertido el festival en un

evento para recaudar fondos para obtener dinero y salvar el puerto antes de que lo compre un promotor inmobiliario.

—Guau —mamá se veía sorprendida—. Entonces las cosas sí pueden cambiar en Puerto Coral.

Mimi comenzó a golpear un filete con el mazo. Los filetes llevaban todo el día marinando en cebollas sazonadas con ajo machacado en aceite de oliva. Mi estómago gruñó.

—Si todos están ayudando —mamá le lanzó una mirada a Mimi—, ¿qué harás tú para el festival? ¿Alguna cosa secreta de bruja?

Usó esa palabra a propósito para irritarla, pero Mimi no mordió el anzuelo y, en lugar de eso, dejó caer el primer filete empanizado dentro del aceite caliente. Mimi era curandera. Cultivaba sus propias medicinas en su jardín, creaba tés, tinturas y tónicos, pero jamás se denominó como bruja. Las generaciones más ancianas, aún utilizaban el término de forma negativa, si es que lo pronunciaban en absoluto. Aunque los había oído susurrarlo al hablar de mi madre. A veces llamaban a la puerta, tarde en la noche, cuando ella estaba en casa y del otro lado la esperaba un alma de ojos tristes. Mamá se sentaba con ellos, sus cartas esparcidas sobre la vieja mesa de madera. Mi madre era una narradora experta en la lengua de los hechizos y el dolor.

—¿Hay algo en particular que quisieras hacer? —le pregunté a Mimi—. Estaba pensando en instalar un puesto con algunos paquetes de salvia y tinturas.

—*No sé, mi amor.* Ya veremos.

—Solo faltan tres semanas, Mimi.

—*Oye*, pero no me apresures.

Mimi abofeteó la palma de mamá que se dirigía hacia el primer filete frito, pero ella logró robar un trocito y se lo llevó a la boca.

—¿Y cuál es tu proyecto personal para el festival? –me preguntó.

—Aún no me decido. Todos me recuerdan que debo hacer mis tareas, como si no estuviera pendiente de ellas desde el jardín de infantes.

—Mi Rosa cuadro de honor –suspiró con afecto, intenté que no me molestara.

—Podemos organizar un torneo de dominó conducido por los *viejitos*. Xiomara puede enseñar salsa y bachata. Serviremos pastelitos y sándwiches cubanos. Y un giro a lo Hemingway con un concurso de "Atrapa al Pez Grande".

—Eso se oye bastante… cubano –señaló mamá.

—Bueno –mi sonrisa de desvaneció y aclaré mi garganta. La urgencia de defender mi idea me hizo sentir incómoda–. La bodega es el patrocinador y tenemos muchos latinxs en este pueblo, no solo cubanos. Debemos celebrar eso.

—¿Latinxs? –preguntó Mimi con una mano sobre sus caderas.

—Es un término inclusivo –explicó mamá.

—*Eso no es una palabra* –Mimi puso los ojos en blanco.

—Sí lo es, supéralo –le dijo mamá y luego sonrió–: ¿Has visto como vuelan sus manos cuando se emociona? Si no tiene cuidado, atraerá a un avión –Mimi rio y yo tuve que reprimir una sonrisa.

Comimos los filetes empanizados juntas. Mamá se sentó frente a mí, enroscada en su silla, sonriendo entre cada bocado, oyendo las novedades que Mimi le contaba de los vecinos. Afuera, la lluvia cesó y me permití disfrutar de la comodidad de estar juntas. Me pregunté cuánto tiempo se quedaría esta vez.

—¿Qué clase tienes mañana? –preguntó mamá mientras se levantaba a preparar café. Mimi llevó nuestros platos al fregadero.

–Mañana es domingo –respondí–. Pero en verdad no importa porque ahora son todas en línea.

–Yo sería un desastre con eso, necesito la responsabilidad –dijo sin ningún rastro de ironía en su voz.

A Mimi se le escapó una carcajada demasiado áspera y fuerte como para pasar desapercibida. La paz se rompió con la facilidad de un plato que arrojas al piso. Los tenedores y cuchillos chocaban con fuerza mientras Mimi los lavaba en el fregadero. Mamá vertió el azúcar en una taza de metal y un poco cayó sobre la encimera, un lío arenoso para limpiar más tarde. Derramó el primer chorro de café en la taza y golpeó su cuchara con velocidad y fuerza contra el metal, agitando el espresso caliente y el azúcar, creando una espuma furiosa para el resto del café cubano. Los labios de Mimi se apretaron en una línea delgada y familiar de disgusto.

La cocina estaba a punto de estallar. Hogar dulce hogar.

–Terminaré un poco de trabajo –anuncié y tomé mi computadora antes de ponerme de pie.

Una vez en mi habitación, caminé de un lado a otro frente a la pequeña mesa de noche que contenía mi altar. Mi mamá y mi abuela comenzaron a discutir en el fondo de la casa.

–Ha vuelto –le dije a las fotos de mi padre y mi *abuelo*. Nada. Pero ¿qué esperaba que respondieran esos hombres en mi mesita?

Sabía tanto de ellos como lo que sabía de Cuba.

–¿Dónde está esa sábana fea? La que tiene las margaritas –la voz cansada de mamá se oyó desde el corredor. El armario de blancos gruñó cuando lo abrió–. Es mi favorita.

–*¡No me grites*! –gritó Mimi desde la cocina. Prendí mi radio bajito–. ¡Está aquí!

–No está –dijo mamá con tranquilidad. Golpeaba la pared vecina mientras rebuscaba en el armario, su frustración era evidente. Abrí mi cajón y tomé una camisa suave para dormir–. ¡No la veo! –gritó mamá.

Me quité el maquillaje con una toallita húmeda.

–*Oye, pero* estaba aquí, ¡yo la vi! –respondió Mimi.

–No está aquí –mamá soltó un suspiro pesado y cansado–. Está bien, simplemente usaré las azules.

Apagué la luz y me arrastré dentro de mi cama, enroscándome por debajo de las sábanas de margaritas amarillas que siempre olían a violetas y rayos de sol.

6

Cuando desperté había sal en el suelo. Me senté en el
borde de mi cama, restregando el sueño de mis ojos mientras intentaba comprender el lío rociado alrededor de mi cama.

—Ten cuidado que Mimi está trapeando —mamá se inclinó en el
umbral, su cabello oscuro estaba suelto sobre sus hombros y su top
amarillo corto exponía su bronceado intenso.

Capté el aroma potente de la esencia de limón y romero. Mimi
estaba *limpiando*. Pude distinguir la música que me despertó: tenía el
traqueteo de una vieja canción cubana y un ritmo con el que podías
girar y bailar, aun cuando su letra hablaba de santos, orishas y salva-
ción. Era uno de los discos de Mimi, su tocadiscos era tan antiguo
que tenías que girar la manivela para hacerlo funcionar, pero esa parte era considerada como un paso del ritual.

Sus días de limpieza eran tranquilizantes. Los aromas frescos y
los sonidos me equilibraban, pero al juzgar por la pose tensa de mi

madre, me pregunté cómo se sentiría que tu regreso a casa fuera siempre marcado de esa forma.

–Es mi mal *yuyu* –se encogió de hombros y se volteó–. Dejé de tomarlo personal cuando tenía como doce. El café está en la cocina.

Caminé a lo largo de las líneas entre los azulejos. Mimi estaba a medio camino de la puerta principal, lo que significaba que casi terminaba. En cuanto me vio, se inclinó para chequear de inmediato si traía calcetines, como si esta fuera mi primera vez en una casa con una abuela y un trapeador.

El incienso de madera de sándalo ardía y el aroma dulce y terroso de la salvia con la que siempre comenzaba aún flotaba en el aire. Me serví una taza de café y abrí mi portátil. El viejo pájaro tardó más que yo en despertarse y, como mamá estaba en casa, tardaría unos minutos en encontrar Wi-Fi y sincronizar mis correos electrónicos. Me instalé.

–Muéstrame tus fotografías –le pedí a mi mamá. Era terrible con los teléfonos, los perdía continuamente, pero siempre llevaba una cámara digital. La encendió y me la entregó. Pasé las imágenes más recientes. Entre ellas había pinturas y murales que había subido a su álbum de fotos en línea, pero aquí en su cámara tenía más. Los monstruosos girasoles en el comedor de alguien, un campo con flores silvestres afuera de un estudio de arte, vaqueros sonrientes cansados con sus sombreros en las manos, un muelle que te invitaba al mar, limoneros rebosantes de frutos y estrellas brillantes por encima de aguas calmas, aceras sombrías cubiertas por pétalos caídos.

Levanté la mirada y mamá me observaba, esperando. Se mordió la uña de su pulgar.

–Son hermosas –le dije–. Y los vaqueros son bastante tiernos.

—Esa fue para una escuela secundaria en Austin —rio aliviada—. Su mascota estaba necesitando desesperadamente una mejora. Oí que ganaron su siguiente juego.

Mimi entró a la cocina con un gran manojo repleto de hierbas aromáticas, una bolsa de punto en una mano y una olla de metal negro en la otra. La dejó caer sobre la encimera con un empujón.

—Nadie me ayuda —nos miró y se quejó.

—Hice café —se excusó mamá.

—Acabo de despertarme —argumenté.

—La *hierba* está llena de maleza —Mimi parecía poco impresionada por nuestras excusas. Encendió un carboncillo y lo arrojó en la olla—. Vayan a quitarla.

—¿Recibiremos mesada? —se burló mamá.

Mimi se rio, pero sus labios se torcieron. Dejó caer unas cuantas hojas, flores y raíces y un humo fragante salió de la olla. Nos tomamos un momento para disfrutar del relajante aroma a su incienso casero.

—¿Vamos a drogarnos aquí? —preguntó mamá.

—¡Fuera! —exclamó Mimi y salimos de la habitación riéndonos.

Una vez fuera, comenzamos a remover la maleza del jardín delantero, pero luego de unos minutos, mi estómago comenzó a gruñir.

—Tengo hambre.

—Yo también —mamá se dejó caer sobre sus talones—. Bajemos a la bodega. Mimi ha encendido su caldero y ni siquiera se dará cuenta de que nos hemos ido.

Diez minutos después, nos detuvimos frente a un exhibidor con dulces recién horneados en la bodega. Jamás los había visto.

—¿Qué todo esto? —pregunté a Junior con mi nariz casi presionada contra el cristal.

Era como un episodio de mi show favorito de pastelería. Triple chocolate con fresas maduras, bizcocho de limón con frambuesa y rosa, fruta de la pasión con crema. La torta de café tenía remolinos de canela y moca.

—¿Todo esto también viene del restaurante del puerto? —señalé los pastelitos.

—Sip —Junior asintió con la cabeza mientras caminaba hacia nosotras.

Apunté a los pastelitos restantes, hechos con masa hojaldrada y espolvoreados con azúcar, imposiblemente livianos, con guayaba dulce y queso crema.

—Los quiero todos.

—Maldición, chica.

—Desearía probar uno de cada uno —dijo mamá con una sonrisa cálida.

La mirada de Junior se volvió soñadora (y no por los pastelitos). Empaquetó nuestro pedido y agregó una torta de café con un guiño. Asqueroso.

—¿Dónde está tu tía? —preguntó mamá.

—Ha estado fuera todo el día —respondió Junior y se encogió de hombros.

Mamá lucía decepcionada cuando nos marchamos.

Comimos mientras caminábamos, ninguna de las dos tenía facilidad para llenar el silencio. Puerto Coral despertaba mientras nos dirigíamos a la plaza del pueblo. Los arbustos estaban florando de color blanco y rosado, mientras que los árboles de jacarandá desparramaban flores púrpura por el césped. Papá El estaba fuera con sus paletas de sabores que variaban todos los días, pero siempre había

algo tropical y dulce. La primavera estaba floreciendo y mi madre había regresado. Sin embargo, solo sabía cuánto duraría una de esas cosas. Le di un mordisco grande a mi pastelito, hincando mis dientes en la guayaba y el queso.

—¿Por qué querías ver a la señora Peña? —pregunté.

—Para verla —dijo con sencillez—. Si regresaras de nuevo al pueblo, buscarías a Ana-María, ¿cierto? —por momentos olvidaba que habían crecido juntas. Tenía la esperanza de que Ana y yo nunca nos alejáramos como nuestras madres.

En el paseo marítimo, los pasos de mamá no dudaron. Pero cuando llegamos a la librería, me acobardé como siempre.

—Vamos a entrar —dije antes de que ella pudiera moverse más allá de mi punto personal de no retorno.

Se sacudió el azúcar de las manos antes de seguirme dentro. La campanilla tintineó y me rodeé de los sonidos de la leña en el fuego y el aroma de galletas con chips de chocolate recién salidas del horno. Clara vivía sus días de confort al máximo.

—Voy a intentar encontrar algunos libros de arte. Énfasis en intentar —mamá se dirigió hacia la parte trasera del lugar.

Paseé por los estantes abarrotados más cerca del frente. Los estantes estaban terriblemente desorganizados, su contenido cambiaba constantemente. A veces era un juego inquieto de escondite. Entre las novelas de romance de tapa blanda y una serie de manga que estaba desordenada, levanté la mirada y vi a Alex.

El pánico arremetió y me aparté de su vista.

Apreté mi espalda contra la estantería, mi falda parecía una tienda sobre mis rodillas flexionadas. Pero aguarden, ¿por qué me escondía? Tenía una razón legítima para estar allí. Estaba de compras con mi

madre… Ay, Dios, mi madre también estaba allí, vistiendo una blusa corta. Me asomé lo suficiente como para ver a Alex.

Estaba inclinado hacia un lado con un libro en la mano, leyendo su portada. La tienda se tornó más calentita gracias al fuego. El polvo barrió mis pulmones en mi siguiente inhalación y tosí fuerte. Alex se giró y yo me tiré hacia abajo. Luego deslizó el libro que había estado leyendo en su lugar del estante. No podía ver su rostro desde este ángulo. Busqué apresuradamente entre los lomos de los libros para observarlo mejor.

Se inclinó para recoger una caja junto a sus pies y la levantó en sus brazos. Las líneas azules de su tatuaje se movieron como suaves olas. Le dijo algo a Clara que no escuché porque mi corazón latía demasiado fuerte. Cuando se movió hacia la puerta me deslicé silenciosamente alrededor del estante. Lo último que vi fue su sonrisa antes de estrellarme contra una pila de libros.

–¿Estas bien? –preguntaron mamá y Clara al mismo tiempo mientras se abalanzaban para ayudarme a reincorporarme.

Levanté la cabeza, pero solo se oyó el tintineo amigable de la campanilla mientras la puerta se cerraba detrás de Alex.

Presioné mi mano contra mi corazón acelerado y miré el desastre a mi alrededor. El olor a libros viejos y a azúcar caliente flotaba en el aire.

–Lo siento mucho por todo esto –le dije a Clara–. Lo recogeré.

–Oh, no te preocupes –me ofreció una galleta. Jamás saldría de la mesa de los niños. Tomé la galleta, sintiéndome de diez años. Mamá echó un vistazo a la ventana, y cuando me devolvió la mirada, se quedó pensativa.

Salimos luego de comprar dos libros y comer otra galleta.

—Creí que era al revés —dijo mamá con tono burlón—. Acabas de hacerte polvo y quemarte, cuando se supone que somos nosotras las destinadas a llevar a los chicos a *su* perdición.

No fue su broma lo que me robó el aliento, fue lo fácil que salió de sus labios. Di media vuelta y me marché en dirección al paseo marítimo, lejos del puerto. Mamá me alcanzó y deslizó su brazo por el mío, apretándome con fuerza contra ella.

—Lo siento —se disculpó. Tenerla así de cerca era abrumador. Su cabello indomable, su perfume suave, su brazo enredado en el mío—. Vamos, cuéntame sobre él. No te gusta nadie desde hace mucho tiempo.

A decir verdad, había tenido mis enamoramientos: un chico mayor de mis clases de Cálculo de la Comunidad Puerto Coral que siempre sostenía la puerta para mí, y una chica de la tienda de helado que nunca llevaba su placa de identificación y me dijo que olía a fresas. Mi madre no había estado cerca como para saber de ellos.

—No hay ningún él —le dije.

—Bueno, era realmente lindo. Sus tatuajes son asombrosos.

—Sus tatuajes *del mar* —repliqué con incredulidad—. Tiene un barco, mamá.

—¿Sí? ¿De qué tipo? —preguntó.

—Oh, Dios mío, ¿cómo puedes ser tan indiferente al respecto?

—¿Indiferente? Dios, has vivido demasiado tiempo aquí —suspiró y se apartó del bordillo de la acera. Cruzamos la calle—. Estoy demasiado cansada de esta maldición y de todos los que creen en ella. Las cosas mejorarán cuando dejes Puerto Coral, ya verás.

No me agradó la forma en que lo dijo, como si me estuviera marchando para siempre.

–Hablando de eso –continuó–. Tu último correo decía que pronto tendrías novedades de tus solicitudes para la universidad. ¿Qué se sabe?

No había considerado cómo podría tomarse mis noticias. Ella también debería sentir curiosidad sobre Cuba. No habíamos hablado de eso desde que las políticas entre los Estados Unidos y Cuba comenzaron a cambiar. Y luego cambiaron otra vez.

–Me aceptaron en la Universidad de Charleston.

–¿En serio? Guau, eso es genial –sonrió–. ¿Qué hay de las otras?

–¿Otras? Uh, quedé en Florida, Miami y en la Universidad de Florida Central.

–Bien –sonrió de oreja a oreja–. ¿Entonces por qué la chica de Florida se va a Carolina del Sur?

–Tienen un programa de estudio en el extranjero realmente bueno –eso era algo bueno como para comenzar.

–Eso es emocionante –pues claro que mi madre amante-de-los-viajes lo aprobaría.

La parte que seguía era la más dura.

–Es en Cuba –solté luego de dar un profundo suspiro.

El silencio se levantó entre las dos.

Me sentí validada por su pausa prolongada. Ir a Cuba era importante para nosotras. La isla de mi familia era complicada. Había exiliados que no querían volver a implicarse con Cuba hasta que los que estaban al poder se hubieran retirado completamente. También había otros que querían que el embargo terminara para reconstruir las relaciones una vez más. No estaba segura en dónde caía yo, pero sabía que quería entender el lugar del cual mi familia huyó, como también conocer a aquellos que ahora vivían allí.

—Entonces, quieres ir a Cuba —dijo. No era una pregunta, sino una revelación. Pétalos suaves y rosados caían sobre la acera entre las dos. Recogí con cuidado uno de los que cayeron frente a mí—. ¿Qué planeas estudiar mientras estés allí? —quiso saber.

—Quiero tomar clases de Español y de Historia enfocadas en la isla.

—¿Y es válido para tu asignatura principal de la universidad?

—Claro —respondí—. Me especializaré en Estudios Latinoamericanos.

—¿Todavía?

—¿Qué quieres decir con *todavía*? —me detuve, una farola de la calle nos separaba.

—Pensé que cambiarías de opinión al menos unas cuantas veces, ¿no tenía Florida ese programa de Medio Ambiente que te gustaba? —se inclinó contra el poste de la farola.

Lo había mencionado hacía más de un año, luego de una clase de ciencias que avivó la chispa de mi curiosidad. Me había fascinado la biodiversidad y la sustentabilidad.

—El curso fue algo intimidante y no dejó mucho espacio para otras cosas culturales. Además, su programa de pregrado no tiene ningún viaje hacia Cuba.

—¿Entonces? ¿Vas a ir a la universidad solo para ir a Cuba?

—Claro que no —la dimensión de estudiar en Cuba era abrumadora, pero el objetivo final tenía que ser graduarme y obtener el grado. Una carrera a futuro—. Esta es simplemente una de las únicas formas en las que puedo ir. Además tiene sentido dado que estaré especializándome en Estudios Latinoamericanos.

—No tienes que obtener un título para ser latina, Rosa. Así no es como funciona.

—¿Hablas en serio? —me encrespé con la velocidad en la que se enciende un cerillo.

—¿Le has dicho algo a Mimi sobre esto? —cambió el curso de la conversación luego de estar en silencio por un momento.

—Dios, no. Mira lo divertido que resultó contártelo a ti.

—Solo quiero asegurarme de que no estés demasiado enfocada en Cuba y por ello pierdas la oportunidad de estudiar todo lo que quieras estudiar. Hay muchos caminos que podrían llevarte a donde quieras llegar.

—*Quiero* estudiar esto. Es el objetivo de los últimos dos años de mi vida.

—Solo recuerda que la universidad no es el único camino para llegar allí. Mírame, he estado en varios lugares. Y demonios, podríamos ir algún día –dijo–. Solíamos hablar de ello, ¿recuerdas?

Tal vez ese fuera el momento en el que esta idea se plantara en mi cabeza, nutrida por el optimismo infeccioso de mi madre ante lo imposible. ¿Cuba? Claro, algún día.

Mi teléfono silbó: un mensaje de texto de la señora Peña informándome que la reunión de planeamiento se mudaba a su garaje luego de que el club de lectura se hubiera rehusado a moverse del salón de la biblioteca.

—¿Crees que pueda hacer algo para el festival?

Mi cabeza se sacudió hacia arriba.

—Estaba pensando en que podría pintar algún mural no demasiado frívolo –mi sorpresa debió de ser obvia, porque mamá me dio una sonrisa casi tímida. La miré por un momento. Cómo habíamos pasado de cuestionar mis elecciones de universidad a su colaboración para pintar un mural, nunca lo entendería.

—A veces me tomas por sorpresa, con la guardia baja. Como una ráfaga de viento.

—Tu corazón poeta es muy amable conmigo —dijo, se oía casi culpable. Sin embargo ella era la poeta, no yo. Mientras caminábamos, recordé mi historia suya favorita: una chica luchadora encontraba una enorme caracola de color rosado brillante, que podía llevarla a cualquier lugar que deseara. La niña viajó a muchos lugares gracias a esa caracola, y cada vez que nos mudábamos a un lugar nuevo, mamá siempre me recordaba que todavía estábamos buscando el nuestro.

—¿Por cuánto tiempo te quedarás? —pregunté con cuidado. Me preparé para su respuesta.

—Lo más que pueda —respondió luego de que permaneciera en silencio por un largo tiempo.

Era tan simple y complicado como eso. Cansada de hablar, tomé mi teléfono y busqué la aplicación de música, le ofrecí un auricular a mi mamá y ella lo tomó, seleccioné la opción aleatoria. Se escuchó otra de las canciones favoritas de Mimi para los domingos a la mañana, el ritmo de la *guajira* de una vieja canción country. Caminamos, lado a lado, e imaginé las bulliciosas calles de La Habana: a la izquierda, en algún lugar, la pared del mar estaría firme contra las olas salvajes y rotas, los automóviles tocarían sus bocinas de manera amigable, al mismo tiempo que una canción española con lengua caribeña se derramaría desde las ventanas abiertas. Tal vez volver a casa podría ser tan simple como escuchar una canción.

Una pequeña multitud ya estaba reunida alrededor de la puerta abierta del garaje de los Peña. Era una visión típica, desde que la casa de Ana se había vuelto la base para todos: amigos, primos, cualquiera que tuviera a su familia desperdigada o que hubiera migrado recientemente aquí. Nos reuníamos por cumpleaños, festividades y todas las vísperas navideñas para Noche Buena. Cuando el señor Peña cocinaba, la gente aparecía.

Mamá me devolvió el auricular al borde del camino de entrada. Me dirigí hacia dentro para encontrar a Ana, pero me detuve frente a los carteles en el garaje. Uno era el mapa de la plaza que yo había dibujado y la señora Peña había mejorado. El otro era una lista de tareas de organización a lo largo de una línea de tiempo muy detallada. Los días estaban coordinados por colores con una hermosa llave en su lateral.

—Esto es arte —sostuve mi mano a la altura de mi corazón.

La sonrisa brillante de la señora Peña tembló cuando vio a mi madre detrás de mí.

—Ey, Liliana —hubo un momento de vacilación antes de que se saludaran con un breve abrazo y un beso en la mejilla—. ¿Cuándo llegaste al pueblo?

—Anoche. Visité la bodega esta mañana.

Mike llegó y me aparté del incómodo intento de conversación de mamá y la señora Peña. Era raro que mamá asistiera a las reuniones del pueblo cuando regresaba, y ahora su presencia atraía miradas curiosas.

—Ey, oí que todo esto fue tu idea —Mike sonrió ampliamente—. Harás que todos reciban un crédito extra.

Mike vivía con sus padres y su abuela al otro lado de la calle, era negro, geek y extremadamente astuto. Era un *skater* con pasatiempos de viejo, como el tallado y los rompecabezas. Aprendió de Oscar, el ermitaño carpintero. Oscar vivía en la antigua estación de bomberos y todos en la ciudad poseían algo hecho por él. Nuestra mesa de la cocina, por ejemplo. Oscar siguió a Mike antes de detenerse frente a los carteles y observarlos con detenimiento.

Ana entró en el garaje, golpeando sus palillos morados. Le sonrió a Mike.

—¿Sacaste a Oscar de su taller? Realmente admirable.

—La señora Peña necesita nuevas mesas y letreros —explicó Mike—. Al igual que piezas para el escenario.

Mimi llegó junto a Malcolm, Dan y Penny, cuyos piecitos asomaban bajo el cobertor con el que su padre la cargaba amarrada alrededor de su pecho. Mimi olía como el agua de menta con la que rociaba a veces sus pantalones.

—*Doña Santos* —dijo Mike mientras se acercaba a mi abuela. Ella le ofreció su mejilla y él la besó como un profesional. Le gustaba practicar su español con las abuelitas de otra gente y Mimi se lo concedía.

Los últimos en llegar fueron Jonas y Clara. Y Alex que me miró y sonreí, pero su mirada oscura me pasó por alto y mi sonrisa se desvaneció como una nota no entregada a su destinatario.

Parecía el pescador hosco de nuevo. La planta de menta y la caja de libros casi me habían hecho olvidar ese perfil.

—Gracias a todos por venir —la señora Peña se colocó en medio del garaje, los carteles formaban un hermoso fondo detrás de ella—. Tenemos mucho trabajo que hacer en no mucho tiempo —hizo una pausa y todos me miraron. Los saludé con un movimiento rápido de mi mano—. Es primavera y sabemos que todos amamos la temporada —un murmullo de acuerdo se elevó dentro del garaje.

Intenté prestar atención mientras la señora Peña hablaba sobre las solicitudes de los proveedores, un remate silencioso, los números musicales y la idea de mi torneo de dominó que había tenido éxito, pero estaba ocupada siendo demasiado consciente de cómo estaba de pie. Cambié el peso un poco a mi otra cadera. Espié a Alex desde mi visión periférica, él estaba escaneando la habitación. Era una cabeza más alto que Jonas, aun cuando se inclinaba contra la pared. Mis ojos comenzaron a doler por el esfuerzo de ver a mis costados. Realmente esperaba que mi cárdigan no tuviera manchas de la guayaba de los pastelitos que había comido más temprano.

—… y los marineros presentaran la regata…

Me imaginé el puerto e imaginé el rocío del agua salada, volando hacia el horizonte. Una ola de mareo se apoderó de mí.

—Me gustaría pintar un mural —anunció mi madre. La habitación permaneció en silencio. Todos veían a cualquier dirección menos a ella—. Hago ese tipo de trabajos y me gustaría hacer uno aquí. Podrían presentarlo en el festival —su voz vaciló y me pregunté si alguien más se había dado cuenta. Miré a Mimi, que la observaba con curiosidad.

El silencio se estaba tornando incómodo, la señora Peña miró sus notas.

—¿Dónde? —preguntó Mimi—. No tienes muros aquí.

Mamá no la miró, su vista permaneció desafiante sobre la señora Peña, esperando su respuesta.

—Puedes pintar en el mío —la voz ronca de Oscar me sobresaltó. Se pasó una mano por el pelo oscuro que se volvía gris en sus sienes—. Puedes pintar el lado de la estación de bomberos. El ladrillo se ha deshecho, pero podría funcionar —se encogió de hombros—. Si tú quieres.

—Gracias, Oscar —respondió, con una sonrisa suavizada por el alivio.

—De acuerdo —continuó la señora Peña—. Genial, entonces Liliana pintará un mural y el puerto presentará… —continuó con su lista, pero mi atención se centró en mamá y Oscar. ¿Eran amigos? El silencioso carpintero era otro de los que abandonó Puerto Coral, solo para regresar. Sabía que Oscar se había marchado tras terminar el secundario y regresó como un Seal de la marina retirado que construía muebles, pero ¿había conocido a mamá cuando eran niños? ¿O a mi padre?

—¿Cómo se oye eso, Rosa? —preguntó la señora Peña, sacudiéndome de mis pensamientos y regresándome de vuelta al garaje.

—Genial —respondí. Al otro lado de la habitación, Alex parecía

sorprendido. Mimi me lanzó una mirada aguda de preocupación mientras que mamá sonreía como si supiera algún secreto.

—Ay, Dios, no estaba escuchando —murmuré a Mike. Detrás de nosotros, Ana intentó tapar su risa con la mano—. ¿Qué está pasando?

—Jonas puso como voluntario a ese chico de allí para que te ayude con su boda —respondió luego de ladear su cabeza.

—Esperen, ¿*qué*?

La mirada de Alex quemó un agujero en los carteles de la pared, demostrando cómo se sentía al respecto.

—Te lo dije —agregó Ana—. No tienes idea de lo que estás haciendo.

Me apresuré a encontrar a Clara en la acera, una vez que la señora Peña acabó de entregar las tareas y la reunión llegó a su fin.

—¡Rosa! —exclamó con una sonrisa radiante, volvía a ser la novia radiante—. Realmente no veía cómo podríamos lograrlo luego de cancelarlo todo, ¡pero será aún mejor! Nunca necesitamos una gran producción y ahora que todos se unen para el festival y el puerto, será como una especie de aventura. Es tan romántico, Jonas y yo tendremos nuestro pequeño momento con mi madre. ¡Estoy muy emocionada!

—Eso es grandioso, Clara. Pero, eh, me preguntaba si podríamos recapitular… Sobre lo que acabamos de decidir allí adentro.

—¡Oh! Claro, bueno…

—Puedo encargarme de la comida.

Me giré para ver a Alex que estaba de pie detrás nuestro, con los brazos cruzados sobre su pecho.

—El pastel —miró a Clara—. Puedo encargarme de él —se ofreció.

—¡Maravilloso! —dijo ella—. Tengo mi vestido, por supuesto, y nuestros detalles personales —como los votos—, pero necesitaremos un

poco de ayuda con todo lo demás, para prepararlo y llevarlo a cabo en el momento —me miró con los ojos como corazones. Casi podía ver a pajaritos cantando a su alrededor como en las caricaturas.

—No te preocupes por nada —declaré—. Nos encargaremos de esto.

Levantó sus manos haciendo como que encuadraba a Alex y a mí en una misma fotografía.

—El equipo de los sueños —dijo. Luego me entregó varios listados de flores favoritas, canciones y sabores de pastel—. Iremos con Jonas a Gainesville por la mañana para reunirnos con la universidad. ¡Deséanos suerte! —aplaudió de nuevo antes marcharse.

Yo no era la mejor persona para imponer ningún tipo de suerte.

El señor Gómez dirigió una mirada vigilante a Alex y a mí. Me señaló con una mirada directa a mis ojos. Sí, entendí el mensaje.

—Parece que estamos planeando esta fiesta juntos —dije a la ligera—. Aunque pensé que irías con ellos a Gainesville.

—No soy del tipo que va a reuniones.

—Sí, puedo entenderlo. Mira lo que pasa cuando vas a una —bromeé y entonces sucedió algo sorprendente: sonrió. Bueno, casi, fue una suave contracción en sus labios, que desapareció en una abrir y cerrar de ojos. Sin embargo, un pequeño rayo de luz solar había atravesado las nubes de este chico sombrío. Tenía que tener cuidado, una sonrisa completa podía ser letal.

—Uh, entonces, sí —aclaré mi garganta y leí por encima los papeles que sostenía—. Aquí dice que les encantaría una ceremonia corta al atardecer. La ubicación exacta no es importante para ellos, así que me encargaré de eso y de las flores, y tú puedes manejar el pastel y el champán. Fácil. ¿Suena bien?

Alex asintió y deslizó sus manos en sus bolsillos.

—¿Y si te necesito para alguna otra cosa? —me atreví a sugerir.

—Puedes encontrarme en el barco.

Me reí y el sonido salió demasiado alto como para ser cómodo o fresco. Fue la cosa más graciosa que me habían dicho.

—La mayoría de las personas tienen números de teléfono.

Allí estaba de nuevo, casi una sonrisa. Deseaba que me diera una que fuera completa.

—Si llamas, no podré responderte.

Mmm, qué grosero.

—¿Por qué no?

—Lo dejé caer en el océano —se encogió de hombros—. Y no he comprado otro aún —se giró y, con un saludo hacia atrás, se dirigió hacia el puerto.

Ana caminó hasta donde estaba yo.

—Ten cuidado con ese —dijo.

—¿Mi madre me está viendo? —pregunté en un susurro.

—Te ha estado viendo todo el tiempo.

Suspiré. Sentía que estaba demostrando que tenía razón en algo, y no me agradó. No tenía por qué hablar con chicos con botes, me lo repetí en silencio mientras lo veía marcharse.

La mañana siguiente trabajé en terminar mi último ensayo para la beca de estudio en el extranjero. Bueno, trabajé en comenzarlo. Aplasté un dulce de fresa mientras reflexionaba sobre el cursor parpadeante y la pantalla en blanco. Era exigente ese cursor. *Vamos Rosa, dinos otra vez por qué deberíamos darte dinero.* Había respondido a cada variación del "¿por qué tú?" que se me había presentado hasta ahora, pero aquí estaba, incapaz de hilar una oración. Tal vez estaba acabada, la matrícula doble me había hecho polvo. Que alguien alertara a los *viejitos*, Rosa Santos había llegado a su límite. Miré la fecha en mi calendario para contar los días hasta mayo, pero mi atención se estancó en la fecha de hoy. El día antes del cumpleaños de mamá. El día en el que el barco de mi papá no regresó. Cerré mi computadora portátil y fui en busca de Mimi.

Las ventanas estaban abiertas a la brisa cálida y cítrica. Me moví a través del invernadero, mientras bebía el exuberante aroma verde.

Había un conocimiento sagrado en esas raíces vivas que respiraban. Remedios y recetas secretas.

Una colección transmitida de una madre a la siguiente. Seguí el latido del corazón de la casa a través de la puerta y hacia el jardín del patio trasero, donde Mimi arrojó unos pimientos dentro de una canasta antes de enderezarse. Presionó sus manos en su espalda y se estiró. Cerró los ojos e inclinó la cara hacia el sol. Me pregunté qué significaría su suave sonrisa y la repentina punzada de culpa que se enredó con mi buen humor.

Volver a conectar con mi madre se sentía como si estuviera inclinando una balanza que no había visto antes y con la que me acababa de topar. ¿Ir a Cuba también significaría que la lastimaría? No sabía cómo equilibrar esa balanza y el amor en ambos lados de manera pareja.

—¿Necesitas ayuda? —pregunté y me acerqué a ella. Levantó su canasta.

—*Oye*, ¿acabas de despertar? —dijo cuando cayó en la cuenta de que aún llevaba mi sudadera para dormir.

—He estado trabajando en un ensayo en mi habitación —tragué un suspiro.

Su expresión se tensó ante la frustración en el tono de mi voz. Pero la cambió inmediatamente cuando ahuecó su mano en mi mejilla.

—Voy a hacer una medicina para la tos —dijo con vacilación luego de un momento.

—¿Quién está tosiendo?

—Todo el mundo —rio—. Nuestras flores son muy bonitas, *pero carajo*, las alergias.

Dejó caer su mano y regresamos al invernadero en donde trabajamos codo a codo, como siempre. Mimi cortaba y medía sin seguir

ninguna instrucción por escrito. Yo la seguía, asomándome por encima de su hombro y garabateando notas en mi diario lleno de hojas y virutas de lápiz. Me enseñó en dónde debía cortar los pimientos, peló el jengibre y lo picó. Escuché mientras tarareaba para sí misma y vertía la miel dorada en la botella, una mezcla curativa que aliviaba a la garganta irritada y calmaba la tos persistente. No sabía si yo era una curandera como Mimi, pero hacer ese jarabe con ella fue como ser incluida en otro secreto, otra historia sobre mi hogar y mi familia.

Eché un vistazo al desorden de su mesa cuando fue a preparar un poco de té. El sistema de organización de Mimi era casi tan malo como el de la librería. Debajo de la menta seca había un cuaderno abierto, lleno con la letra cursiva de mi abuela. Tenía ingredientes enumerados para diferentes aceites y pociones. Notas al pie, escritas en garabatos rápidos en diferentes tintas. Recordatorios y órdenes para la tos y el dolor de espalda. El nombre *Tía Nela* me detuvo. Nunca antes había oído hablar de una tía. Mi familia éramos solo las tres. Quienquiera que hubiera quedado en Cuba, ya no estaba, ¿cierto? Pero las notas sobre Nela seguían una detrás de la otra a través de las páginas, escritas entre tónicos y plantas que Mimi notó que no podía encontrar fuera de su isla. Había listas de ciudades cubanas. Leí apresuradamente cada una de las notas para ver si había más nombres o incluso direcciones, pero en cambio encontré diferentes relatos de curación. En Camagüey un niño enfermo que despertó de su lecho de muerte, bueyes curados en *Pinar del Río* que salvaron a una granja familiar, una madre que encontró a su hija perdida en Holguín. Una seguidilla de eventos milagrosos. ¿Cómo podía saber Mimi lo que estaba ocurriendo en Cuba?

—¿Con miel? –gritó y me apresuré a poner la libreta en su lugar.

—Por favor –grité, aunque mi corazón estuviera atascado en mi garganta. Mimi regresó con dos tazas. La observé mientras tomaba un sorbo con cuidado, con la esperanza de no lucir tan culpable como me sentía, pero en cuando el té calentó mi pecho, mi mano ansió tomar el cuaderno y leer más. Quería, no, necesitaba, saber más. Solo necesitaba encontrar cómo.

—Hoy voy a la ferretería con Oscar y Mike. Me están ayudando con la boda.

—*Qué bueno* –Mimi tomó su rociadora y se dio la vuelta para ocuparse de la albahaca.

—¿Cómo fue tu boda?

—Pequeña y también durante la primavera –hizo una pausa y continuó rociando la planta.

—¿Ustedes se casaron en La Habana? –pregunté tras esperar un momento, sentada al borde de mi silla.

—Oh, no –rio–. *Papi* me hubiera matado. Alvaro y yo nos casamos en Viñales, en la iglesia. Alvaro aún vivía en La Habana como un estudiante, pero sabía que era importante para mi familia que nos casaramos cerca de nuestra granja.

—Aguarda, ¿era un estudiante?

—De la universidad –asintió.

—¿La Universidad de la Habana?

—Eso es lo que acabo de decir.

—Pero ¿por qué nunca me lo dijiste antes?

—*Ay, mira*, esta se está marchitando –Mimi volvió a enfocarse en las hojas verdes frente a ella. Sus defensas se deslizaron de nuevo en su lugar.

Asistiré a la misma universidad que mi abuelo. Las palabras exigieron salir. Deseé poder liberarlas mientras mi abuela me regalaba nuevos recuerdos alegres. Encontraría el significado en las ruinas de una lengua de la cual solo conocía piezas dispersas e inacabadas. Pero, como si fuera un fantasma, ella se desvió hacia sus plantas. Mi confesión se instaló de nuevo en su escondite, posada en mis costillas. Un ave sin un lugar a donde ir.

¿Era falta de valentía lo que me retenía? Temía lastimarla y que ella rompiera mi corazón con algo tan importante para las dos.

—¿Dónde está mamá? —pregunté preocupada. Mimi suspiró mientras las campanillas de viento cantaban suavemente.

—Está en su nuevo mural. Ve y recuérdale qué día es mañana.

✕ ✕ ✕

Camino a la ferretería, me detuve junto a la antigua estación de bomberos. Mi madre se puso de pie, con los brazos cruzados, mientras estudiaba su lienzo vacío, la pintura blanca parecía fresca. Sus vaqueros estaban descoloridos y manchados con motas de colores. Echó la cabeza hacia atrás, pareciéndose mucho a Mimi, y me pregunté si reconocerían sus similitudes.

—¿Qué estás imaginando? —pregunté mientras me acercaba.

—Aún no estoy segura —mamá no se sobresaltó. Me echó un vistazo antes de volver su vista al mural como si estuviera midiendo a su oponente.

Gladys de detuvo en la acera, entre los edificios. Llevaba su sudadera de los bolos y una cartera.

—¿Qué vas a pintar? —nos miró y luego al muro.

—Aún no estoy segura —mamá no detuvo su contemplación.

—Bueno, hazlo bien —dijo—. El resto de nosotros tendremos que verlo todos los días, ¿sabes? —continuó con su camino. De repente mamá lucía como si acabara de recibir un golpe bajo.

—Le volaría la cabeza saber que, en otros lugares, las personas me pagan por hacer esto —dijo una vez que Gladys se marchó.

—Jamás han visto tu trabajo —ella solo me enviaba sus álbumes de fotos a mí.

—Están muy ocupados colocando guardas contra mi supuesto mal —sonaba cansada. Su cabello lucía más oscuro en la sombra—. En otros lugares, la gente no me ve como si trajera mala suerte. Pero ningún sitio se siente correcto —golpeó el pincel con su palma—. Es fácil tener ciudad natal cuando no tienes que irte.

Era la primera vez que oía a mi madre decirlo sin rodeos.

—¿*Tener* que irte? —pregunté, pero continuó con la vista fijada al mural. Estaba cansándome del silencio de todos—. Bueno, podrías quedarte por un tiempo —intenté de nuevo—. Ver qué hacer con tu reputación.

Tampoco respondió nada a eso, era tan terca como Mimi.

—¿Qué quieres hacer mañana para tu cumpleaños? —quise saber, frustrada con la batalla sin fin entre las dos. Esta era la primera vez que estaría en casa en su día.

Pareció confundida por un instante, como si intentara saber en qué lugar del tiempo y espacio se encontraba. Cayó en la cuenta junto con una mirada de angustia.

El cumpleaños de mi madre era complicado. Su padre había muerto para salvarla. En su apuesta por la libertad, Mimi se había convertido en madre y viuda. Y hacía dieciocho años, en el día antes al

cumpleaños de mamá, mi padre se apresuró a terminar su jornada de trabajo para así poder comprarle un regalo y crear nuevos recuerdos en un día difícil, pero nunca regresó. Ahora su vida estaba marcada por dos tragedias.

—Lo había olvidado —murmuró. Caminó frente a la pared por un momento alterado. Su mirada saltó de los colores a sus pies al espacio blanco frente a ella—. Nunca lo había olvidado antes.

La sorpresa se tragó lo que iba a decir. Mamá lo recordaba todo, hasta el más mínimo detalle. Cuando te daba un regalo, siempre surgía de un recuerdo que casi habías olvidado, y la prisa de recordar nuevamente significaba tanto como el regalo en sí. Ahora parecía nerviosa, como si estuviera a un susto de despegar nuevamente.

—Su barco le sigue perteneciendo —dije y finalmente me miró. Yo también sabía algo ahora y fue gratificante de una forma egoísta contar con esa información codiciada.

—¿Cómo lo sabes?

—¿Nunca preguntaste? —permaneció en silencio—. La señora Aquino me lo dijo.

¿Cómo podías amar tanto a alguien y nunca hablar de las cosas importantes? Esa pregunta silenciosa se hizo presente con tanta fuerza que prácticamente rebotó contra la pared junto a nosotras. Se suponía que el tiempo hacía que el dolor fuera más fácil, pero en mi familia, parecía operar de la forma contraria. Mientras más distancia teníamos de una tragedia, más profundamente la enterrábamos y con más insistencia nos perseguía.

Mamá consideró la pared en blanco. Se agachó para empacar la pintura, y el reflejo deslumbrante del sol se derramó en el callejón detrás de ella, cegándome por un segundo.

—Tengo que irme.

—¿Ya? —el pánico y la frustración arremetieron contra mí.

—Volveré esta noche.

—¿A dónde vas?

—Tendremos una cena mañana por mi cumpleaños, como una familia —dijo en lugar de responder a mi pregunta.

Si tan solo sonara feliz cuando hablaba de regresar…

—De repente, me siento atrapada —confesé mientras apretaba mi cuaderno contra mi pecho—. ¿Pero de dónde viene toda esta culpa? Es porque estoy guardando un secreto, ¿verdad?

Oscar y Mike esperaron, ambos sostenían piezas de madera. La ferretería estaba bastante concurrida.

—¿Atrapada entre estas dos? —Mike miró las dos piezas de madera y luego a mí.

Habíamos estado allí durante la última media hora, Mike se había apresurado desde la escuela, pero estaba tan distraída que solo los hacía perder el tiempo.

—Lo siento. Es agradable hablar con ustedes —dije y Oscar gruñó como si lo hubiera acusado de algo terrible.

—¿Cuál de las dos quieres, Rosa? —preguntó, refunfuñando pero paciente.

—La más clara, creo —eché un vistazo a la página en la que estaba

abierto mi cuaderno con mi garabato del arco de madera de Clara y Jonas–. Y tal vez podríamos agregar algo de madera flotante, ¿qué opinas, Mike?

–Creo que has mordido más de lo que puedes masticar, pero claro, el abedul está bien.

–Oscar –pasé a la página siguiente y mi proyecto secreto para Clara–. ¿Crees que está bien la iluminación? –le pregunté y le entregué mi cuaderno.

–Sí, déjame verificarlo con el señor Córdova, pero esto debería funcionar –chequeó nuevamente el bosquejo que había dibujado.

La sierra eléctrica llenó el lugar de sonido y el aroma casi dulce de la madera recién cortada se hizo pesado en el aire. Mike y yo buscamos pernos y bisagras en pequeños cajones. Se subió las mangas por los antebrazos y puso un lápiz detrás de su oreja. No comprendía qué se suponía que debía ayudarlo a buscar, a pesar de que me lo explicó siete veces, por lo que tomé mi teléfono para revisar mis correos.

–¿Qué hay con la distracción masiva? –preguntó, luego de un momento.

–Aún no le cuento a Mimi lo de Charleston.

–¿Qué? –lucía asombrado–. Más vale que lo hagas pronto. Demonios, si mi abuela descubriera que ella es la última en enterarse de algo… Ni siquiera quiero pensar en ello. Todo lo dicho desde el momento en que lo supe y no se lo conté, sería considerado una mentira. Las abuelas son demasiado.

–Pero yo no le estoy mintiendo. Solo no se lo estoy diciendo.

Me miró con ojos que decían *sí, claro*.

–Simplemente quiero ir a Cuba, no debería ser así de difícil. No

es que quiera saltarme la universidad o escapar con un marino de Argentina.

—¿Por qué de Argentina?

—No lo sé, Mimi siempre alienta por ellos en los mundiales de fútbol —suspiré—. Esto es culpa de mi madre. Fue a enamorarse de un chico con un bote y ahora se convirtió en esta especie de vagabunda errante, que disgusta a su madre continuamente y hace que a mí me asuste sacudir el bote —fruncí el entrecejo—. Qué mala analogía.

—Terrible. Sin embargo, dudo que ella se haya enamorado de tu padre para disgustar a Mimi.

—De todos, ¿justo tenía que enamorarse de él? Parece algo elaborado.

—Veamos, cambiemos de tema —sonrió ante mi sarcasmo—. ¿Qué hay de nuevo con tu amigo Mike? ¡Oh! Tienes que ver este bote en el que estoy trabajando —brillaba de emoción—. El abeto que Oscar encontró para mí parece salido de mis sueños. Quiero decir, en este momento es básicamente una canoa, pero navegará, bebé.

—¿Tú también? —me quejé—. ¿Por qué de repente me veo rodeada de chicos con botes?

Mike pausó su búsqueda entre los tornillos de latón.

—Cieeeeerto. Alex y tú están organizando la boda —dijo, fruncí el ceño y él sonrió—. Espera, ¿planeas escaparte con un marinero argentino?

—¿Saldrías conmigo?

—¿*Qué*? —estalló. Para ser honesta, la pregunta también fue una sorpresa para mí, pero el pánico en su rostro era demasiado.

—No te estoy pidiendo que salgamos, Michael —solté—. Tenía curiosidad de si alguna vez pensaste en mí de esa forma.

–¿Por qué? ¿Piensas en mí de esa forma?

–Olvídalo –primero la risa de Paula y Frankie y la pena incómoda en la bodega, y ahora la conmoción de Mike. ¿Acaso *estaba* de nuevo en la escuela media? Me puse de pie, no estaba segura de lo que preguntaba–. Tengo que… Oh, Dios mío

Me giré hacia Mike. Alex estaba detrás de mí al final del pasillo buscando algo en los demás cestos. Me moví muy cerca de Mike y dije en voz baja:

– Háblame con normalidad.

–Tú primero –soltó y luego miró rápidamente detrás de mí–. Ah, tu prometido.

–No –dije apretando los dientes.

Mike siguió observándolo, a pesar de todos los gritos en mi cabeza para que dejara de hacerlo.

–Por eso es que estás hiperactiva y te sientes culpable –me miró con comprensión repentina–. Estás enamorada.

–*¿Qué?* No –sacudí mi cabeza–. No lo estoy.

–Sí. Amiga, él es tu tipo ideal: misterioso y meditabundo.

–No tengo tipo ideal ni un enamoramiento. Enamorarme de él sería una idea terrible.

–Y aun así, aquí estamos –dijo, sonriendo de oreja a oreja.

–No, no estamos. No estamos en ningún lugar.

–Disculpen.

Mike y yo giramos nuestras cabezas hacia la derecha. Alex se puso de pie, esperando. Hizo un gesto hacia el estante detrás de nosotros. Nos apartamos de su camino sin decir una palabra. Dio un paso adelante y tomó unas de las cajas de tornillos. El silencio era tan agudo que casi silbaba.

—Ey, Alex —dije con demasiado entusiasmo—. Qué bueno verte.

Mike le extendió su mano y se saludaron mientras yo moría lentamente en la ferretería.

—Esto es *superdivertido*, pero necesito terminar de ayudar a Oscar. Nos vemos —Mike me dio dos palmaditas en el hombro y luego me abandonó allí, ahogándome.

No pude obtener una lectura de Alex porque en vez de huir como lo había hecho ayer, se quedó en donde estaba. El momento se tensionó por la expectativa. Se pasó la mano por la polvorienta camisa azul que parecía ser suave.

—¿Estás comprando algo? —preguntó.

—No —respondí, aliviada por tener algo que decirle—. Vine para planear detalladamente la pérgola de Jonas y Clara. Oscar está construyéndola.

—Bien —no se movió.

—¿Tienes alguna pregunta acerca del pastel o lo que sea? —el silencio se prolongó.

—Eh, no, estoy bien —me miró de forma extraña.

—Genial, genial. Bien, debo ir a preguntar al señor Córdova sobre la iluminación.

—También voy hacia allí —dio un golpecito a la caja que llevaba en su mano—. Tengo que pagar esto.

—Claro, por supuesto —intenté no lamentarme de vergüenza mientras nos dirigíamos a la caja registradora. Alex tomó una billetera de cuero gastado de su bolsillo trasero y pagó por sus cosas. El señor Córdova, el dueño de la ferretería, nos observó con curiosidad mientras tomaba el dinero de Alex y embolsaba su compra. El señor Córdova había sido, también, mi profesor de matemáticas en quinto año.

—¿Le enseñó Oscar lo que necesito?

—La orden ya está lista, debería estar aquí para la semana entrante —sonrió. Aunque su sonrisa se desdibujó cuando paseó su miranda entre Alex y yo. Intenté sostenerme un poco sobre las puntas de mis pies.

—¿Ambos están trabajando en la boda? —preguntó mientras observaba a Alex.

—Sí —respondí—. En diferentes tareas.

—Bien —gruñó.

Alex no emitió palabra. Tomó su bolsa y se dirigió hacia la puerta. La mantuvo abierta y echó un vistazo hacia mí. Lo seguí afuera en donde el sol brillaba con fuerza.

—Te vi en la tienda de libros —solté una vez que estuvimos solos en la acera.

—¿Hoy? —se veía confundido.

—No, ayer… antes de la reunión. Tomaste un libro que luego regresaste a su sitio —Oh, Dios, ¿de verdad estaba diciendo eso? Sonaba como una acosadora—. Adoro esa tienda.

—Estaba buscando un libro para hacer nudos.

—¿Nudos?

—Cosas de barcos —explicó luego de dudar un momento. Me golpeó la esencia del caramelo quemado y la vainilla y me pregunté qué tipo de café tomaba.

—Lo siento por llamar "fiesta" a tu idea para el festival —se disculpó de forma rápida pero con grave determinación—. Debí haberme disculpado antes.

—Si me conocieras, sabrías que me tomo los proyectos en serio.

—Pero te… —se detuvo y finalmente me miró—. No me recuerdas, de antes.

–¿Antes? –se veía desconcertado por mi sorpresa, como si hubiera estado contando con la certeza de que yo recordaba algo que en verdad no recordaba. Sin embargo, no podría haberlo conocido antes de la reunión del pueblo–. No hay forma. Tengo una muy buena memoria y, además, soy una Santos –la parte de "y tú eres un marinero realmente lindo con el mar tatuado" estaba implícita.

–Bueno, no tenía un bote en ese momento.

¿En ese momento? Mi cabeza se disparó hacia el pasado, a través de los corredores de la escuela, buscándolo.

–¿Teníamos alguna clase juntos?

–No, pero comías tu almuerzo cerca de mí.

El segundo año se me vino a la mente. No tenía el mismo horario de almuerzo que mis amigos, así que me sentaba sola en una banca. La que estaba debajo de los robles, donde podía hacer mi tarea bajo la sombra. En mi memoria, miré hacia la derecha de esa banca y allí estaba, apoyado contra una pared de ladrillo, con unos auriculares y sosteniendo un cuaderno como yo.

Ahora me miraba, sonriendo porque lo había encontrado. Alex, un poco mayor y barbudo, se convirtió en el chico callado que una vez se sentó a pocos metros de mí durante todo un semestre, los dos habitamos en el mismo espacio, sin que ninguno traspasara el límite del otro.

–Alejandro –le dije y los recuerdos florecieron con color: la pared de ladrillos rojos desgastados y la hierba recién cortada. Mi perfume favorito de frambuesas y el salvaje caos del almuerzo. Frente a mí, el chico de cabello oscuro y desordenado, cuya concentración envidiaba tanto que decidí ahorrar para comprarme mejores auriculares. Pensaba que era alto, como la mayoría de la gente al compararla

conmigo, y siempre tenía un libro apoyado sobre sus largas piernas. La única vez que lo escuché hablar fue con otra persona por teléfono.

—Hablabas en español.

—Mis padres también —asintió—. Conociste a mi madre.

Claro, la señora Aquino.

—Ella conocía a mi padre —el momento iluminado por el sol se sintió cósmico. Había algo aquí, algo curioso e inacabado. Quería saber más sobre él. Tal vez había más lugares que conectaban nuestras vidas, más recuerdos que ambos teníamos. Pero la alarma de mi teléfono sonó.

—Debo irme —le dije con prisa mientras lo interrumpía—. Pero quiero saber sobre…

Ti. ¿Podía decir simplemente eso? No tenía idea de cómo continuar esta conversación. Había pasado tanto tiempo desde que conociera a alguien. Tal vez esto era todo. Una nueva amistad con alguien mucho más grande me causaba unos nervios que bloqueaban el sol.

—Los arrecifes de ostras… —tomé mi cuaderno—. ¿Puedo agendar una reunión para que nos encarguemos de eso?

—Claro —dijo luego de un momento. Tomé mi bolígrafo, lista para escribir—. Estoy libre en la mayoría de las tardes.

—Genial —escribí rápidamente—. ¿Y en dónde te encuentro?

—En mi barco.

Mi bolígrafo se deslizó, levanté la cabeza de la línea de tinta perdida. Mientras lo veía marcharse una vez más hacia el puerto, caí en la cuenta de dos cosas: primero, no era bueno para despedirse. ¿Y la segunda? Alguien alerte a los *viejitos* (solo bromeo, por favor, no), pero estaba bastante segura de que estaba camino a enamorarme de un chico con un barco.

16

Esa noche, mamá aún no había regresado. Esquivé la sala de estar vacía para trepar a la cama de Mimi y ver la telenovela a su lado, por la frustración.

—*¿Qué es eso?* —preguntó mientras veía mi rostro.

—Una mascarilla de tela —le expliqué y apoyé sus almohadas detrás de mi espalda.

—¿Mascarilla de tela? *¿Qué es* una mascarilla de tela? —Mimi se inclinó hacia su mesa de noche para tomar su pequeño y familiar tubo de crema refrescante—. *Me encanta esta crema.*

—Mimi, tengo dieciocho años. No necesito crema de noche.

—*¿Qué pasó?* —abrió el envase y desparramó un poco por su cuello.

—Nada, estoy bien.

—*¿Y tu madre?*

—No sé a dónde fue. Olvidó su cumpleaños, lo que, por supuesto, significa que olvidó qué día es hoy.

—*Ay, mi niña* —su suspiro fue pesado, triste y sorpresivamente maternal.

—¿Por qué no te oyes así cuando hablas con ella?

—¿Oírme cómo? —preguntó, pero antes de que pudiera discutir, me hizo callar porque el comercial había acabado. Vimos el episodio juntas y, un poco más tarde, oímos el sonido de la puerta y como se cerraba. Luego de unos minutos, mamá asomó su cabeza por la puerta de la habitación.

—¿Qué hacían, chicas?

—Miguel está a punto de descubrir que en realidad él es su gemelo muerto, Diego —le dije, aliviada de verla aquí. Mamá se sentó al final de la cama y Mimi le entregó el tubo de crema para la noche. Lo abrió sin decir una palabra y esparció un poco sobre sus pómulos.

—¿A dónde fuiste? —quise saber, porque tenía que saberlo. Me había cansado de que ninguna de las tres nunca preguntara lo importante.

—Ustedes dos hacen que el infierno se vea bien —mamá nos miró primero a una y luego a la otra.

—Es relajante e hidrata mi piel seca por herencia —respondí.

—Bien, bueno, veamos… Compré una botella de vino y me senté al final del muelle, donde lo bebí todo, antes de meter una nota dentro y la arrojarla al agua.

—¿De verdad? —pregunté. No me esperaba eso.

—Lo hago todos los años.

Mimi hervía al lado mío.

—Pero es la primera vez que estás en casa en este día —señalé.

—Siempre estoy en algún lugar del Golfo —mamá se tambaleó un poco—. El año pasado estuve en… —frunció el ceño por la concentración, lo suavizó al recordar—: Louisiana.

—Estás ebria —dije, molesta. Hacía esto cada año y nunca lo supe.

—Caminé a casa desde el puerto —agitó su mano de atrás hacia adelante.

—¿Te han visto en el puerto?

—¿Quiénes?

Mimi estiró su mano hacia su mesa de noche para tomar el medallón de su santo y murmuró una plegaria.

—La gente, mamá. Los pescadores, los marineros que dicen que estamos malditas y damos mala suerte.

—Sí, es probable que me vieran —le entregó la crema de noche a Mimi luego de varios intentos por cerrar la tapa—. Nunca supe cómo tragarme mi dolor de una forma tan presentable como la tuya, *mami*.

—*Borracha* —la acusó Mimi.

—*Y diciendo verdades* —terció mamá. Se tambaleó un poco pero logró mantenerse erguida.

—¿No crees que es un desastre? —pregunté.

—Bueno, supongo que podría considerarse como sacar la basura.

—No, mamá, hablo de tus emociones.

Ladró con una risa áspera y se acercó a la pared, buscando de nuevo su camino hacia la puerta.

—Vamos, te traeré algo de agua —salí de la cama.

—Pero creía que estábamos malditas por el agua —murmuró y chocó contra la puerta—. No estoy ebria, solo un poco torpe —dijo luego de echarme un vistazo.

La tomé por su brazo y la guié hacia la cocina, dejándola caer en una de las sillas. Llené un vaso con agua y se lo entregué. Lo consideró.

—Mi madre nunca me dejó verla llorar —admitió con aire pensativo—. Siempre me asustó mucho estar triste, porque creía que la tristeza

me tragaría entera —me miró, sus ojos café brillaban de emoción–. Quiero que sepas que está bien sentirse triste —sonrió y tocó mi rostro. Me di cuenta de que aún llevaba la mascarilla de tela, así que me la quité. Mamá me observó mientras lo hacía–. Pareces un fantasma que acaba de regresar a la vida. Oh, bebé. No debí dejarte aquí. Te has vuelto… seria.

—Tú no me dejaste, mamá. Yo elegí quedarme.

—Ella y tú siempre estuvieron bien juntas —susurró. Mamá me veía como si estuviera recordando. Tomó el agua, me besó en la mejilla y se abalanzó a los tumbos hacia el sofá.

La ayudé con sus zapatos y fui a mi cama por su manta favorita, pero cuando regresé ya estaba tapada con el edredón del cuarto de Mimi. Levanté la vista y mi abuela estaba en la puerta de su dormitorio, su rostro lucía cansado y cargado de angustia. No dijo nada antes de cerrar la puerta.

Observé a mi madre mientras dormía y me pregunté qué habría escrito en sus mensajes al mar.

✕ ✕ ✕

Mamá durmió hasta la mañana siguiente extendida en el sofá con la boca entreabierta, probablemente se despertaría con una resaca justificada, pero eso era algo entre ella y Mimi.

—Feliz cumpleaños, mamá —susurré. Estaba inconsciente.

Irrumpí en la sala de descanso de la bodega, aprovechando los cinco minutos extras que tenía hasta que tuviera que registrarme para ir al trabajo, agradecida de haber encontrado a Ana justo a tiempo. Era un día de semana, así que solo había entrado en la bodega para

tomar comida gratis en su hora de almuerzo antes de regresar a la escuela. La televisión estaba dando dibujos animados. Junior y Paula se sentaban frente a ella con sus croquetas de jamón y sus galletas.

—Tengo que hablar contigo —me dejé caer en la silla al lado de Ana.

—Bueno, aquí está —Junior apartó la vista de su teléfono y me dio una sonrisa pícara—. Ustedes las chicas Santos son buenas para provocar chismes —mi impaciencia por hablar con Ana desapareció con la ola de miedo por lo que mi madre hubiera hecho ahora—. Aguarda, hay una fotografía.

Estaba a punto de morir, o matarla. Oh, Dios, alguien la había visto ebria en los muelles. Ana, Paula y yo nos inclinamos para ver la fotografía. El alivio se apoderó de mí solo para ser inmediatamente apagado por la indignación. En la foto estábamos Alex y yo, de pie en la acera fuera de la ferretería, ayer por la tarde.

—¿Me estás espiando, pervertido? —jadeé.

Paula golpeó a su hermano en el brazo.

—¡No! Esta foto es de la cuenta de Instagram de los *viejitos*.

—*Esos chismosos* —siseé en español, aunque era una linda toma. La luz del sol se veía suave y dorada, destacaba mi piel morena y una falda floreada que le daba una bonita silueta a mi corto y curvilíneo cuerpo. La cabeza de Alex estaba inclinada hacia mí.

—Demonios, *¿ese* es Alex? —Paula arrancó el teléfono de la mano de su hermano. Intentó deslizar su dedo para desplazarse por la cuenta, pero Junior se lo arrebató—. El chico sí que mejoró.

—Qué amigable —Junior apuntó a su teléfono—. Ustedes se estaban viendo con intensidad el uno al otro, si sabes a lo que me refiero.

Pues claro que no sabía a qué se refería, pero quería ver la fotografía

de nuevo. Me enfoqué en Ana, que me estaba dando una *verdadera* mirada de *te-lo-dije*.

—Para escabullirte con este chico tienes tiempo, pero apuesto a que aún no le has hablado a Mimi al respecto.

—¿Sobre Alex?

—¡No, sobre la universidad!

—Escucha —dije—. No me estoy escabullendo. Cada vez que lo veo estoy realizando una de mis tareas. Todo comenzó cuando casi estrello la bicicleta de las entregas…

La risa de Junior salió estrangulada.

—¿Qué demonio haces hablando con tipos extraños cuando tienes toda esa mercancía? ¿Qué te dije? —se dio unos golpecitos en la frente—. Te falta el conocimiento de la calle.

—Luego lo vi en la tienda de libros, estaba leyendo sobre nudos…

—¿Nudos? —Ana prácticamente gimió—. ¿Sabes quiénes leen sobre nudos? Los asesinos o los secuestradores, Rosa.

—Escuchas demasiados podcasts —la acusé—. Son cosas de barcos.

—Eso es justamente lo que un asesino diría —golpeó la mesa con un dedo.

La puerta del interior de la tienda se abrió. Era la señora Peña, la seguía Lamont Morris. Él llevaba unos vaqueros oscuros y una camisa abotonada de manga corta, decorada con diminutas piñas. Su mochila colgaba de uno de sus hombros.

—Ey, Rosa —cuando me vio su expresión tensa se relajó formando una sonrisa.

—¿Qué onda, cuadro de honor? —dije sonriendo. Nuestra competencia por el puesto más alto había sido del tipo amistosa.

La señora Peña tomó el portapapeles de la mesa.

—Los adolescentes serán mi muerte. ¿Me estás diciendo que no tengo banda? —le preguntó a Lamont.

Él arrugó el rostro.

—Supongo que Tyler y yo podríamos simplemente montar un show acústico. Pero para ser completamente honesto, apestamos.

—*Dios mío* —la señora Peña se frotó el entrecejo.

—¿Qué pasó? —pregunté a Lamont. Él era el bajista de *Electric*.

—Brad se mudó a Nahsville —respondió, al notar mi mirada inexpresiva agregó—: Nuestro baterista cretino. Bueno, nuestro exbaterista cretino.

—Yo soy baterista —Ana se animó a agregar, a mi lado. La cabeza de la señora Peña se sacudió en dirección a su hija, luego observó a Lamont.

—Ella es una baterista —confirmó.

—Genial, ¿tienes una bateria propia?

—Sí, tiene una que costó demasiado dinero —dijo la señora Peña con disgusto y agravio antes de que Ana pudiera responder—. Si te doy una baterista, tú me darás una banda, ¿cierto? —señaló a su hija con su portapapeles.

—Trato hecho —Lamont se volteó hacia Ana—. Reúnete esta noche con nosotros en el garaje de Tyler para practicar.

Ana aceptó con frescura, pero, una vez que Lamont se marchó, sus ojos se encendieron del entusiasmo.

—¿Puedes creerlo? —me sujetó de los hombros y me sacudió—. ¡Una banda! Una banda de verdad y un show y oh, Dios mío, *por fin.*

—¡Ana! —gritó la señora Peña desde algún lugar dentro de la tienda—. ¡A la escuela! ¡Ahora!

—Tenemos una banda y un festival que salvar —su amplia sonrisa

no se atenuó. Tomó sus palillos color morado de la mesa mientras golpeaba un *rat-a-tat* al salir.

—No olviden que la cena por el cumpleaños de mi mamá es esta noche —anuncié antes de que todo el mundo se desparramara. La honestidad sin vergüenza de mi madre la noche anterior me había inspirado. Cuando estaba ebria, le había dicho a Mimi que había estado tirando botellas al mar cada año y que el mundo no se había terminado. Mimi incluso la cubrió con su edredón y la miró con cariño después de la confesión. Yo quería eso, quizás peleáramos luego de que le contara lo de La Habana pero, luego de la incómoda discusión, estaríamos bien. Y Ana estaba en lo cierto: Mimi probablemente no me gritaría en público.

—No afilen los cuchillos esta noche —dijo Paula.

—También podría necesitar ayuda para que distiendan la atmosfera cuando comencemos a discutir.

—¿Eres una nieta o una referí? —preguntó Junior.

—¿Acaso hay alguna diferencia? —tomé mi delantal y me dirigí a reponer los cereales y practicar cómo le daría mis noticias a Mimi. Por fin.

Al finalizar mi turno, me reuní con mamá y Mimi en el recientemente renovado comedor al aire libre. Las mesas, que estaban pintadas en tonos vivos y brillantes, se encontraban iluminadas por farolas de hojalata. Mimi captó todos los cambios recientes con una mirada curiosa. Mamá había superado su resaca, a juzgar por la margarita en su mano. Los *viejitos* nos observaban de manera encubierta, listos para informar sobre su inevitable pelea.

Benny se detuvo al lado de nuestra mesa.

—Esta noche tenemos aperitivos —dijo.

—Deja de mentir, jamás tenemos aperitivos —repliqué. El señor Peña preparaba la cena y eso era todo. No comprendía por qué la gente esperaba tentempiés antes de su comida.

—Mamá está probando cosas nuevas —Benny abarcó con un gesto las lámparas y las sillas—. Aunque había mucho griterío en la cocina, así que, por favor, no ordenen ninguno incluso si se ven bien.

—Eres un camarero espantoso —le dije.

—Eso es lo que siempre les digo.

Mimi chistó.

—Eres un buen chico —dijo—. Que trabaja para ayudar a su familia.

El halago era para él, pero lo que implicaba era un regalo de cumpleaños para mamá.

—Dile a tu madre que siga enviando tequila —dijo ella, agitando el hielo de su vaso vacío.

Benny se alejó un paso antes de marcharse al notar la tensión evidente. No siempre había sido así. Cuando éramos solo mamá y yo, siempre hacíamos algo divertido y ridículo para nuestros cumpleaños. Cuando cumplí siete, comimos pizza todo el día y rentamos todas las películas de *Star Wars*, el año siguiente fuimos a una pista de patinaje en Georgia que vendía jugo de pepinillo congelado y reproducía música disco sin parar. Siempre nos atiborrábamos de comida y reíamos, lo que hacía que envejecer se sintiera como algo perfecto. Pero cuando nos mudamos a Puerto Coral, esos días —al igual que todo lo demás entre nosotras— cambiaron.

La señora Peña trajo un ceviche de camarones y vieiras servido junto a rodajas de plátano aún calientes de la freidora y chicharrones crujientes. La comida estaba dispuesta en los platos de forma moderna y para nada al estilo del señor Peña. Dado que la señora Peña se quedó esperando junto a la mesa, ocultamos nuestros problemas y dimos nuestro primer bocado.

—¿Bien? —quiso saber. Mamá y yo levantamos nuestros pulgares. Mimi se inclinó hacia el vientre del cerdo frito con *gusto*—. Bien —dijo la señora Peña, encantada—. Voy a decirle a mi obstinado marido y luego tal vez lo mate.

Se marchó y puse una montaña de ceviche en uno de los plátanos antes de metérmelo en la boca. La lima y la sal cantaron juntas en concierto.

—Vi tu mural hoy —le dijo Mimi a mamá—. Es blanco, ¿eso es todo? Si tienes ganas de pintar casas, a la nuestra le vendría bien una capa.

—No pinto casas.

—Pero podrías. Eso sería un trabajo estable, ¿no crees?

—No estoy buscando trabajo estable.

Me metí tres trozos de plátano en la boca.

Mimi hizo un sonido altanero por lo bajo.

Continué metiendo mi cuchara en el ceviche mientras otra discusión se extendía entre ellas de manera suave y casi pasiva, aunque atraían algunas miradas. El señor Gómez fingía tomarse una selfie, pero podía ver que la pantalla apuntaba a nosotras, Benny estaba dándole la contraseña del Wi-Fi al señor Saavedra. Me pregunté si habrían descubierto cómo hacer una transmisión en vivo. Las peleas de mamá y Mimi eran como esperar a que la luna cambiara las mareas: inevitable, pero su peligro final dependía de los vientos. Por eso me mantuve fuera del agua.

Me pregunté cómo sería esta mesa con dos personas más en ella. Si esta familia estuviera completa en lugar de rota en pedazos, ¿aún tendríamos asperezas?

—Mimi tengo algo que decirte —esta vez no habría vuelta atrás. Había practicado toda la tarde y las cajas de cereal se lo habían tomado bastante bien.

—*¿Qué pasó, mi amor?* —preguntó y se reajustó los brazaletes de sus muñecas.

—Me aceptaron en una universidad en Carolina del Sur y diré que

sí porque tienen un programa de estudio en el extranjero en Cuba –en la Universidad de La Habana, de hecho– y tengo la intención de ir.

Arranqué la bandita como una profesional. El silencio que siguió por poco me mata, pero aun así. Lo había logrado.

Mimi depositó su vaso de agua en la mesa.

–¿*Qué?* –preguntó suavemente, con una mirada aguda.

–Quiero ir a Cuba –dije–. Para estudiar. Quiero ir a la universidad allí.

Mimi miró a mamá.

–¿Qué has hecho?

–Es una decisión de Rosa, ni mía ni tuya –mamá hizo una señal a Benny para que le trajera otro trago.

–No puedes regresar –la voz de Mimi sonó baja y perturbada.

–Pero si jamás estuve allí. Quiero ir ahora que sí es posible.

Mimi sacudió la cabeza.

–¿Por qué no? –quise saber, frustrada y desesperada.

–La granja ya no existe, nuestra familia está muerta, todos pasan hambre y un Castro aún sigue con vida, ¿y quieres ir a estudiar allí? –sus manos se elevaron en el aire haciendo tintinear sus brazaletes–. *Dime qué quieres.*

La tensión brotó de nuestra mesa como una nube de tormenta que se tragó a todo el resto del comedor. El dominó se congeló en la mesa de los *viejitos* y las sillas se rehusaron a chillar debajo de sus incómodos ocupantes. Incluso la brisa se calmó.

¿Qué quería? Quería saber que estaba bien preguntar sobre mi familia y mi cultura a alguien que las había perdido. Quería que se sintiera orgullosa de mí, que me dejara formar parte. Pero, en cambio, ella me mantenía alejada de todo eso para protegerme. Nuestro pasado era

una herida que no sanaría, y yo no sabía cómo demostrarle que solo quería hacer que todo fuera mejor. Para todas nosotras.

Mimi me miró con un viejo fuego instalado en sus ojos oscuros.

Mi teléfono, que estaba escondido, sonó desde mi bolso para poner pausa a la situación. Lo saqué porque era el sonido asignado a los correos universitarios. Mi corazón dio un brinco cuando leí que era del director del programa de estudio en el extranjero. Lo abrí sin leer qué decía el asunto.

Me llevó unos segundos comprender lo que decían las primeras líneas.

Gracias por su interés.

Se han notificado cambios recientes en las políticas nacionales con respecto a los estudiantes estadounidenses que viajan a Cuba.

El programa necesita ser revisado.

El resto del correo se desdibujó en un caos de acuarelas.

—¿Qué sucede? —preguntó mamá—. ¿Cuál es el problema?

Intenté hablar, pero me llevó varios intentos reunir los fragmentos de mis pensamientos.

—Eh, bueno… —aparté mi teléfono, tenía un nudo en la garganta—. Acabo de recibir novedades del programa de estudio en La Habana y… por el momento, ha sido cancelado.

Cuando mamá y Mimi me miraron con expresiones estoicas, comprendí que debería haber esperado esto. No había ninguna razón

para sorprenderse o decepcionarse. No había ninguna razón para llorar. El momento en el que había llegado el correo tampoco me resultó extraño: por supuesto que esto le sucedería a la chica de la maldición cuando finalmente había reunido el valor.

–¿Lo ves? –dijo Mimi luego de un momento–. No puedes ir. Si intentas ir, te retendrán. Te arrojarán a la cárcel y, cuando lo hagan, ya no regresarás.

–No irá a la cárcel, *mami* –mamá bajó la voz.

–Tú no has estado allí –respondió Mimi–. Aparecen y te llevan porque dices algo equivocado a la persona equivocada. Y ya no regresas nunca más.

–¿Por eso te fuiste? –mi corazón estaba atascado en algún lugar de mi garganta y se sentía demasiado grande como para regresarlo a su lugar. Me sentía hambrienta y egoísta–. ¿Ibas a ser arrestada?

–No era seguro –respondió con ojos atormentados–. No estábamos a salvo –parpadeó hacia la familiar ventana de El Mercado. Escaneó el lugar a nuestro alrededor, a los *viejitos* en su mesa, a la plaza del pueblo iluminada por farolas de gas a la distancia. Se veía tensa y nerviosa, como si estuviera lista para romperse o huir–. Prometían una cosa y luego te la volvían a quitar. *Carajo, qué mierda* –maldijo.

Mamá se ahogó con su bebida y tosió.

Benny llegó con nuestros platos de arroz con pollo, tostones y yuca empapados en mojo.

–Hay flan para cuando acaben –dijo. Me lanzó una mirada triste, había oído mis novedades.

Metí mi tenedor en el arroz, pero no pude hallar mi apetito. Una idea imposible había demostrado ser exactamente eso. Era así de simple e inevitable. Mírennos a las tres: Mimi perseguía en secreto

milagros en una isla a la que jamás volvería ver, mamá arrojaba al mar mensajes dentro de botellas que nadie leería jamás. Y luego estaba yo, la hija diligente que aun así no podía ganar.

—Está bien estar triste —me dijo mamá por lo bajo, mientras yo lamentaba un futuro que jamás había sido mío.

Una vez que Mimi se metió en su cama con sus telenovelas, me escabullí en el invernadero y tomé el cuaderno. Al salir, me detuve en la puerta de su cuarto.

–Tengo que terminar una tarea con Ana –dije. Enfocada en su televisor y su crema de noche, Mimi me despidió con una mano.

Cerré la puerta del frente suavemente detrás de mí.

–Cuando yo me escapaba por las noches, tenía que usar la ventana.

Dejé caer el cuaderno del sobresalto, mamá lo miró y luego a mí. Sabía que no era mi cuaderno de tareas, pero no le di explicaciones y tampoco las pidió. Solo continuó meciéndose con pereza en la mecedora.

–Bueno, ella confía en mí –respondí.

Mamá asintió con una mirada pensativa, antes de elevarla al cielo nocturno.

Me volteé sin decir nada y me marché.

—Ten cuidado —gritó.

Seguí el sonido de la batería en el garaje de Ana, estaba vacío a excepción de ella y el instrumento. Su familia probablemente estaba en el piso superior, maldiciéndola. Sin embargo, las reglas de la casa Peña decían que Ana podía tocar hasta las nueve. Me saludó con un pequeño asentimiento al verme, pero continuó tocando y acompañando el ritmo de cual fuera la canción que sonaba en sus auriculares. Me instalé en el sofá anaranjado. Se quitó los auriculares una vez que terminó.

—¿Cómo se oyó?

—Impresionante.

—¿Qué canción estaba tocando? —entrecerró los ojos.

—Sabes que no tengo idea.

—Hoy practiqué con la banda y ¡ay, Dios! Fue mucho mejor que la banda de jazz. Quiero decir… En cuanto llegué al lugar, el chico que canta, Tyler, es todo… ¿Qué sucede?

—¿Qué? ¡Nada! Cuéntame sobre la práctica con la banda —se me hacía difícil mantener la sonrisa en mis labios.

—Te ves como si estuvieras a punto de llorar.

—Siempre me veo así —mi risa salió un poco desquiciada. No la convencí.

—En serio, ¿qué ocurrió?

—Cancelaron el programa en La Habana —confesé con tono cauteloso.

Ella se puso de pie y me abrazó con fuerza. Mis lágrimas se derramaron contra su hombro. Ana no era sentimental, pero intentaba serlo cuando era necesario.

—Encontrarás la forma de llegar —susurró más segura que yo—.

Está allí abajo y, demonios, hasta los cruceros pueden visitarla ahora. No es como para Mimi o nuestros padres. Ya sea por los estudios o no, *tú* puedes ir.

Me aparté y me sequé las lágrimas del rostro.

—Estoy muy triste, pero también asustada porque ahora… ya no sé lo que quiero. Y yo *siempre* sé lo que quiero. ¿Aún deseo ir a Charleston? ¿Realmente consideré Florida? ¿Miami? ¿O una maestría diferente? Todo se había dado de forma perfecta y legítima para estudiar en Cuba a pesar de todo lo que decía que era imposible.

Nos quedamos viéndonos en el silencio que siguió a mis palabras. Ana alzó las cejas.

—La indomable Rosa Santos está en medio de una pequeña crisis.

Levanté el pulgar y el índice e intenté indicar mi pánico en centímetros.

—Estás poniéndote *tikitiki* —empujó mi mano hacia mi costado.

—No es cierto.

—Sí lo es —insistió—. Estás estresada porque estás acostumbrada a impresionar.

Intenté discutir, pero Ana no me oiría. Vivía en una casa repleta de latinos, así que era difícil hablar por encima de ella.

—Lo estás. Te asusta la idea de decepcionar a todos. Te has preparado a morir, pero no le debes a nadie una historia de éxito.

—¿Historia de éxito? Ana, *no estoy* ofreciendo ninguna historia de éxito. Más bien lo contrario, fui egoísta y estaba completamente dispuesta a tomar todo el trabajo y los sacrificios de Mimi, y romperle el corazón.

—No estabas siendo muy obvia al respecto —Ana negó con la cabeza—, al intentar convertirte en una doctora o una abogada. Pero

apenas estás deteniéndote a pensar en lo que *tú* quieres, porque tu sueño de la diáspora siempre ha sido crecer y dejar de cuestionarte si eres lo suficientemente latina o merecedora de lo que Mimi perdió.

—Eso no… —mi voz se fue apagando.

Suficiente. Todavía estaba trabajando en resolver eso. Yo era un conjunto de guiones y palabras bilingües. Siempre atrapada en el medio. Dos universidades, dos idiomas y dos países. Nunca del todo correcta o suficiente para cualquiera de los dos. Mis sueños habían sido financiados por un préstamo hecho mucho antes que yo, y yo lo pagaba en forma de culpa y éxito. Lo pagaba cuidando de un jardín cuyas raíces no podía alcanzar.

—Quiero ver a Cuba —dije con voz calma pero firme.

—Lo sé.

—Y quiero que Mimi se sienta feliz y orgullosa de mí. Y… —suspiré, dispuesta a admitir la próxima vulnerabilidad—: Y quiero que mamá vuelva a casa.

—Déjame adivinar —Ana golpeteó el cuaderno que aún traía en mis manos—. Ya has escrito un nuevo plan para que todo eso suceda.

—De hecho, no. Este es el cuaderno de Mimi. Quería ver si podías ayudarme con un hechizo de limpieza, necesito quitarme este nuevo lote de mala energía tras este giro decepcionante en la trama.

—Rosa Santos, ¿me estás diciendo que has venido hasta aquí, pasada la hora de dormir, para pedirme que haga algo de *brujería* contigo?

—Sí, eso hago —casi podía oír a Mimi sisear.

Ana sonrió de oreja a oreja.

—Grandioso.

—Debería hacer algún tipo de ritual —decidí mientras pasaba las hojas del cuaderno y pensaba en Mimi y mamá. El recuerdo de las dos trabajando juntas me invadió con tanta claridad que pude oler el aroma punzante de las hierbas verdes y el citrus dulce del Agua de Florida–. Una limpieza o algo. Encender algunas velas, decir las palabras correctas y patear ese mal *yuyu* afuera.

Ana asintió.

–¿Recuerdas esa vez que atamos una cuerda al picaporte?

–Eso fue para San Dimas, había perdido mi libreta y necesitaba que él me ayudara a encontrarla.

–¿O cuando escribimos nuestros deseos y los dejamos dentro de cuencos con agua debajo de nuestras camas?

–¿Tu deseo se cumplió? –suspiré. Yo había deseado ser más alta.

–Eh, ¿acaso fui descubierta por Janelle Monáe y ahora tocaré en la próxima gran gira de su banda? –golpeó un platillo y luego apuntó el cuaderno con el palillo–. Oye, Walter Mercado, ¿puedes encontrar mi horóscopo ahí?

–No, pero podría haber encontrado a una tía perdida hace tiempo.

–¿Quéeeeeee? –Ana se quedó boquiabierta–. Guau, tal vez esto sí que termine siendo como una telenovela.

Volví a hallar el nombre de Nela en una nueva página, al lado de la ciudad de Santiago y otra curación milagrosa.

–Ni siquiera sé si Mimi tiene hermanas, tan solo ha mencionado a sus padres muertos. ¿Quizás Alvaro tuvo hermanas?

Pasé una nueva página y encontré un pequeño boceto de una raíz. Nunca tomé a Mimi por alguien a quien le gustara dibujar, pero parecía una pieza de botánica que señalaba las distintas partes de la raíz. Junto a él había instrucciones para quemar la raíz y arrojar las cenizas al mar junto con siete centavos. Las cenizas eran para liberarse y los centavos una ofrenda que pedía protección. Lo segundo

tenía sentido. Las cosas siempre se hacían en números impares y los centavos cargaban mucha energía: la gente los infundía con sus deseos antes de arrojarlos. Mimi me había aconsejado que nunca los recogiera cuando los encontrara en la naturaleza. Cuando pasaban por su mano, los limpiaba y los conservaba para futuras ofrendas.

—Creo que encontré algo —le describí el ritual a Ana. Antes de hacer algo, necesitaba asegurarme de que estaba versada—. Haré una limpieza y luego esto.

Esa noche no tenía tiempo para una limpieza espiritual —aunque tendría que hacer una pronto— y definitivamente no contaba con el humo de un cigarrillo, pero había otras cosas que sí sabía cómo hacer.

—No tienes esa raíz —dijo Ana.

—No, pero apuesto a que Mimi sí.

Regresamos a mi casa con prisa y nos escabullimos en el invernadero a través de una de las ventanas abiertas.

—Realmente espero no encontrarme con mi madre —susurré.

—¿Porque te meterías en problemas?

—No, porque le demostraría que tiene razón.

Buscamos en silencio, intentando movernos de forma sigilosa por las mesas y los estantes de Mimi. Los jarros de cristal de diferentes tamaños contenían todo tipo de ingredientes, en el fondo había botellas más oscuras con tinturas envejecidas. Hice a un lado unos manojos de hierbas secas que colgaban para poder buscar los jarros.

—Míranos, husmeando entre las cosas de bruja de Mimi —Ana rio por lo bajo—. Es como si estuviéramos en la escuela primaria otra vez. No encontraré nada como globos oculares, ¿cierto? —un tazón de cerámica cayó sobre la mesa, ella se apresuró a detenerlo—. Lo siento.

Finalmente, en el tercer estante encontré una raíz que se veía

similar a la del dibujo de Mimi. Destapé el recipiente y descubrí que olía a regaliz.

—La tengo —dije mientras la deslizaba fuera del jarro.

Revisé su escritorio antes de partir y encontré un manojo de monedas. Eran exactamente siete. "Cuando se te presenta el numero correcto, es una invitación", me dijo Mimi alguna vez. Tomé todas las monedas.

Ana saltó por la ventana y la seguí intentando no reírme.

De vuelta en su casa, su madre me preguntó si quería cenar. Le dije que estaba bien y Ana sacó un huevo del refrigerador, a sus espaldas. Corrimos escaleras arriba y nos ocultamos en su habitación.

—Me olvidé del aceite —murmuré luego de que dejáramos caer nuestros productos robados sobre su cama.

—¿De qué tipo? —Ana sacó una vela azul perfumada de un estante.

—No estoy segura —quería uno de los aceites de unción de Mimi, pero no podía volver a poner a prueba mi suerte y regresar a buscar uno.

—Espera, tengo algo de aceite de coco en el baño —Ana abandonó la habitación y golpeó la puerta del baño—. Has estado allí por una hora —gritó. Benny respondió con otro grito. Ana bajó las escaleras y volvió corriendo hacia arriba un momento después. Regresó a la habitación y cerró la puerta detrás de ella—. Tengo aceite de oliva.

Calenté unas gotas en mi palma antes de rodear la mecha de la vela con él.

—Espera, lo olvidé… —murmuré sintiéndome nerviosa mientras golpeaba la vela contra el escritorio tres veces. Exhalé un suspiro tembloroso antes de pedir protección y orientación.

Ana apagó las luces, mirándome. Encendí la mecha con un solo

deslizar de la cerilla y sostuve el huevo sobre la luz parpadeante de la vela durante unos segundos, antes de cerrar los ojos y sostenerlo con atención en la parte superior de mi cabeza. Hice un movimiento circular sobre mi cuero cabelludo antes de bajarlo a la parte posterior de mi cuello, sobre mi garganta y alrededor de mis hombros.

—Frota esto sobre el resto de mi cuerpo —susurré abriendo un ojo.

—Si tan solo Mike pudiera escucharnos —murmuró Ana antes de tomar el huevo y hacer lo que pedía. Se puso de pie al finalizar—. ¿Y ahora qué?

—Oigan, chicas, ¿qué están…? —la puerta se sacudió sorprendiéndonos a los dos. Benny asomó la cabeza. Ana dio un salto y la cerró en su cara.

—Le voy a decir a mamá que están haciendo brujería —amenazó desde el otro lado. Ana y yo nos miramos. Finalmente, ella abrió la puerta y lo dejó entrar, lanzándole una mirada de muerte.

Tomé el vaso de agua de su mesa de noche y le rompí el huevo dentro.

—Recuérdame que no beba eso —dijo Ana.

—¿Qué demonios están haciendo? —quiso saber Benny.

Examiné la yema y se veía bien, nada estaba flotando. No había señales de nada salvaje o peligroso amenazando sobre mí.

—De acuerdo —dije aliviada—. Solo necesito quemar esa raíz, arrojar las cenizas al mar y luego estaré bien y preparada para saber qué hacer con la universidad.

Benny levantó sus cejas.

—Vaya que eres intensa con la universidad.

El paseo hasta el puerto fue tranquilo. Me detuve en las escaleras, mi nuevo punto de no retorno. Llevaba la bolsa de ceniza y los siete centavos en el bolsillo de mi chaqueta. Di el primer paso hacia los muelles, estaba demasiado oscuro, ventoso y salvaje. ¿Realmente seguía en Puerto Coral? Mi acogedora ciudad había sido tragada por un océano hambriento y ruidoso que no podía ver. Cuando un gato negro salió de las sombras y se detuvo en mi camino, otro podría haber visto la mala suerte, pero esta *brujita* vio a un familiar.

—¿En qué dirección está el muelle C? —pregunté entre dientes.

El gato comenzó a acicalarse. Esperé, patética y desesperada.

Finalmente, se estiró y se escabulló por el muelle. Me apresuré a seguirlo. Todos los barcos parecían guardados por la noche. Busqué algún tipo de señalización o mapa, pero no había nada, solo una línea de luces que decoraba el porche trasero de La Estrella de Mar como si fueran estrellas.

Eran pasadas las nueve, ya debía estar en casa y camino a la cama con un libro, té con limón y una mascarilla facial. Esa nueva dorada y brillante que olía a miel.

—¿Qué estoy haciendo aquí? —le pregunté a las estrellas con un suspiro. Me sentía perdida.

—¿Rosa?

Grité.

Alex se paralizó, tenía un pie sobre el muelle frente a mí y el otro aún sobre su barco.

—¿Qué *estás* haciendo aquí?

Señalé de forma acusadora al gato negro.

—¿Luna? —frunció el ceño. Su mirada saltó entre nosotros cuando bajó de su barco.

—¿La conoces? —chillé.

—Merodea bastante por los alrededores. Rosa, en serio, ¿qué haces aquí?

No sabía cómo mi despreocupada madre hacía para deslizarse por la ciudad con pinceles y botellas de vino cuando yo me sentía completamente tonta y fuera de mi elemento estando aquí parada. No ayudaba que Alex se oyera tan descarado y gruñón. Mis ojos ardieron por lágrimas de la vergüenza. No había forma de que me expusiera todavía más trayendo a mi madre y padre a colación en este momento. Pobre bebé Rosa, tan perdida que persigue gatos callejeros.

—Tú fuiste quien dijo te buscara en tu bote —dije.

Alex me miró como si tuviera tres cabezas.

—No me refería durante la noche.

—Bueno, es mi culpa —respondí con prisa mientras me giraba para

marcharme, consciente de que posiblemente estuviera yendo en la dirección contraria.

—Rosa, espera.

Me detuve y miré por encima de mi hombro. Alex tan solo permaneció de pie a mis espaldas.

—No quise ser grosero —se frotó el entrecejo. Sonó tan serio y ansioso que me volví hacia su dirección. Se pasó una mano por el cabello que se deslizó sobre su frente con el movimiento de una ola—. ¿Quieres sentarte?

Consideré irme, pero necesitaba un momento y esa semillita de enamoramiento realmente deseaba que me sentara con él. Nos acomodamos en extremos opuestos y miramos a la oscuridad. Se inclinó para estudiar sus manos, frotaba sus pulgares entre sí en patrones relajantes. Luna se acurrucó a nuestros pies. La situación era casi acogedora.

—Vine a ver el lugar de donde mi padre partió por última vez —decirlo en voz alta fue como aceptar un desafío. Me sentí audaz y sí, también un poco confusa. Pero no fue terrible hacerlo.

—Pero ¿por qué cuando está oscuro?

Solté una carcajada cansada y delirante.

—No quería que nadie me viera —miré al frente, sin querer ver la expresión en su rostro. No había manera de que pudiera explicar lo que traía en mis bolsillos. Alex apuntó hacia delante.

—Es el último al final de este muelle.

Examiné el espacio vacío con un nudo en la garganta. Allí era donde todo había salido mal.

—Es tan corriente —dije.

Había pasado la mayoría de mi vida intentando no convertirme

en mi madre, por el bien de Mimi, pero no fue hasta que actué un poco como ella que fui capaz de hallar algo así de importante.

—Lo mencionaron cuando ubiqué mi barco aquí. Esta parte del muelle no es… la más popular.

—¿Tú no eres supersticioso?

—Básicamente estoy en la quiebra —admitió—. Es bastante humillante tener que pagar un año de universidad que no terminaste.

—¿Por qué no lo hiciste? —pregunté, pero luego hice una mueca—. Lo siento, no tienes que responder a eso.

—Está bien. Me sorprende que los *viejitos* no hayan hecho un reporte completo aún.

Su suave acento español me distrajo por un cálido momento. Era curiosamente fácil hablar sentados así, los dos mirando hacia adelante, viéndonos el uno al otro solo en pequeños y cuidadosos instantes. Éramos como dos niños susurrando en las sombras de una pijamada luego de que todos los demás se hubiesen quedado dormidos.

—La universidad fue más que nada la prueba que necesitaba para demostrar que yo sé qué es bueno y qué no para mí —suspiró Alex—. Odiaba la escuela y era un alumno terrible. La universidad no cambió nada de eso.

—¿La odiabas por alguna razón en particular? —yo amaba ser estudiante y a veces temía que fuera lo único en lo que era buena.

—Tenía dificultades de aprendizaje —dijo de forma mecánica, como si hubiera oído esas palabras aplicadas a él un millón de veces—. Para mí la escuela fue un doloroso intento constante de aprender cosas de una manera en la que mi cerebro no funcionaba. En la secundaria asistía a un montón de clases especiales. Probablemente esa sea una de las razones por las que no me recuerdas.

–Tal vez, pero también porque ahora tienes barba –Alex me observó confundido mientras yo apuntaba a su mentón–. La barba hace que te veas de más de diecinueve.

Se pasó la mano de forma curiosa por la mitad inferior de su rostro. Me encontré preguntándome cómo se sentiría pasar la mía por su barba y tal vez presionar mi rostro contra su cabello. Fruncí el ceño, sorprendida de mí misma. Hablar bajo la luz de la luna había suavizado *muchas* asperezas.

–¿A dónde fuiste a la universidad?

–Texas. De donde es la familia de mi padre. En donde viví hasta los diez años, cuando mi mamá nos trajo aquí para ayudar y manejar La Estrella de Mar tras la muerte de su madre. Siempre quise regresar a casa –miró hacia el agua como si estuviera buscando su lugar de origen al otro lado del Golfo.

–¿No eres fan de Puerto Coral?

–No soy fan de los cambios –en algún momento de nuestra conversación había tomado un trozo de cuerda y sus manos estaban ocupadas entretejiendo nudos mientras hablaba. Lo observé con fascinación, se veía suave y gastada.

Levantó su mirada hacia mí y sus manos se detuvieron, me sentí inmediatamente intrusiva.

–Lo siento, no quise… –comencé a disculparme, pero Alex negó con su cabeza.

–Es algo para hacer frente a la situación –confesó con un fruncimiento de cejas–. Me calma cuando me pongo nervioso.

¿Estaba nervioso? ¿Era mi culpa? Un pequeño estremecimiento me electrificó.

–Mi padre me dio esta cuerda para enseñarme los diferentes tipos

de nudos cuando era niño –sus dedos tiraron y el nudo que tenía en sus manos se desenredó–. Era una forma de mantenerme ocupado o distraído mientras él trabajaba en los barcos en el puerto. Después de un tiempo, se convirtió en una manera de mantener mis manos ocupadas y relajarme.

–¿Y aún conservas el mismo trozo de cuerda?

–Y aún conservo el mismo trozo de cuerda –dijo con algo de orgullo en su voz.

Pensé en las piedras y los talismanes que todos llevamos encima, y en la energía que cargan de tanta manipulación y esperanza. Mi mano se deslizó en mi bolsillo y conté los centavos una vez más.

–¿Te ayudó en la escuela? –pregunté.

–Muchas cosas ayudaron, pero nunca se hizo más fácil. La cuerda me recuerda que, a pesar de reprobar Física, me convertí en un gran marino.

–¿Ese es tu barco? –miré al sitio del que había aparecido en la oscuridad de la noche.

–Sí. Si le preguntas a mi papá, es por eso que dejé la universidad. No es verdad, pero no me arrepiento. Me encanta mi barco. Demonios, vivo en mi barco.

Miré a la embarcación con una fascinación renovada y noté luz en su interior. Él vivía en esa pequeña casita que podía llevarlo a cualquier parte.

–Lo único que salió bien en mi año fue hacer una pasantía para el Departamento de Biología. Como yo sabía de barcos, pude ayudar con sus proyectos en el Golfo. Eso abrió diferentes oportunidades de trabajo.

–¿Y ahora has regresado para ayudar a Jonas?

—Regresé para comer el cuervo que prepara mi padre *y* para ayudar a Jonas. El puerto es importante para mí. He estado haciendo algunas cosas geniales fuera, y quiero poder hacer eso aquí también.

—Entonces, ¿*sí* te gusta Puerto Coral?

—A veces me gusta mucho —estudió un momento el cielo estrellado antes de volver a mirarme—. ¿Qué hay de ti? ¿A dónde irás luego de que te gradúes? La Habana, ¿cierto?

Ya no contaba con una respuesta segura para eso. Pensar en ello me desorientaba tanto como encontrarme esta noche aquí.

—Acabo de descubrir que el programa con la Universidad de La Habana fue cancelado, y ahora ya no sé qué haré. He sido aceptada en algunos lugares, tengo hasta mayo para decidir —entrecerré los ojos como si estuviera contando—. En otras palabras, tengo un par de semanas para descifrar todo esto.

—En un par de semanas pueden pasar muchas cosas.

Alex se cruzó de brazos y la luz de la luna atrapó sus tatuajes. Con una sensación de alarma renovada, caí en la cuenta de que él era un marinero con un barco *justo aquí*.

—Es tarde, debería irme —me puse de pie de un salto. Alex también se paró y tuve que levantar mi rostro para encontrar su mirada.

—Bueno, ahora ya sabes en dónde encontrarme —me estudió por un momento con una mirada de abierta curiosidad.

Regresó a su bote y Luna lo siguió. Esperé un momento antes de dirigirme al embarcadero vacío. Mi cabello cayó sobre mi rostro cuando enfrenté a las aguas oscuras y tomé algunas bocanadas de aire fresco y salado. Mi padre se había ido para siempre y todavía estaba en algún lugar allí afuera. Tal vez fuera por eso que mamá nunca podría quedarse quieta.

¿De qué quería liberarme? ¿De la mala suerte o de la posibilidad de enamorarme?

Metí la mano en el bolsillo de mi chaqueta y arrojé las cenizas y los centavos al mar.

¿Llegaste tarde anoche?

Mamá y yo nos sentamos en la mesa de la cocina y ella me estudió mientras tomaba su café. Mi mirada voló a la estufa, pero Mimi ya había regresado a la ventana del cuarto de lavandería.

—Reconozco el sonido de tu ventana al abrirse —continuó.

—Solo porque te escabulliste por allí millones de veces —en el alfeizar de madera vieja estaba tallado el nombre de mamá, a su lado había un corazón torpe y el nombre de mi padre.

—Y ahora, tú te has colado dentro —dijo divertida—. Dime, ¿fue la primera vez? Hiciste mucho ruido.

—Me caí dentro, para ser extremamente honesta —había aterrizado sobre mi codo.

—Error de principiante —noté manchas en sus dedos.

—*Veo* que tus manos están cubiertas de pintura. ¿Algo nuevo o finalmente vas a terminar ese mural?

Siseó como si la hubiera quemado, pero sus ojos estaban cargados de humor.

—Te pones gruñona cuando eres culpable —dijo—. Y eso que ni siquiera te pregunté qué hiciste.

—Mantén la voz baja —insistí. Tomé un sorbo fortificante de café.

—Lo siento, pero ¿no tendría que ser yo a quien le deberías estar ocultando esto? —se inclinó hacia atrás y ladeó la cabeza.

—Tú fuiste quien hizo que esa ventana jamás se cerrara.

—De nada. Dime en dónde estuviste y no se lo diré a Mimi.

—Decirle qué a Mimi —preguntó mi abuela mientras regresaba a la habitación con una caja de frascos. Los puso en la encimera y explicó—: Jaleas. De fresas, creo. Irán bien con *pan tostado*.

—¿Estás intercambiando tus servicios ahora? —preguntó Mamá—. ¿Qué sigue? ¿Una vaca?

—¿Decirle qué a Mimi? —quiso saber una vez más con terquedad. Su mirada de sospecha viajó desde mamá hacía mí. Me sentí como la compañera subrepticia de algún crimen desconocido.

—Sobre las actividades de tu nieta —dijo mamá con pereza. Le lancé una mirada furibunda.

Mimi se cruzó de brazos.

Vomitaría mi café y el pastelito que había comido por la mañana. Mamá los había recogido de la bodega esta mañana en un intento de ablandarme antes de matarme.

—Encontró un nuevo oficiante para Clara y Jonas.

Me relajé tan rápido que casi dejo caer mi taza de café.

—Él es muy hippie y terrenal —mamá le comentó las noticias que yo le había dado más temprano—. Pero es bilingüe. Cubano, ¿cierto, Rosa?

No, no lo era. Mordí la guayaba y el queso.

–Bueno, algo es algo –Mimi besó la punta de mi frente y regresó a su ventana. Cuando lo hizo, fulminé a mi madre con la mirada.

–¿Intentas matarme?

–Solo te mantengo con los pies en la tierra –su sonrisa era endiablada. Le dio un gran bocado a su pastelito, mientras me sonreía–. Mi pequeña niña es algo traviesa, ¿está mal sentirse orgullosa?

–Definitivamente está todo al revés.

Ser *traviesa* era agotador. Estaba hecha un lío de ansiedad. Me había quedado hasta tarde en los muelles y mi madre sonreía como si hubiera quedado en el cuadro de honor.

–Es divertido ya no ser la adolescente salvaje de la casa –dijo. Levanté una ceja con incredulidad y la sonrisa de mi madre titubeó–. También es bonito ver a veces un poco de mí en ti.

✕ ✕ ✕

Esa tarde, me dirigí a mi escuela. Era extraño ya no tener que estar allí. Todo el mundo estaba allí. Probablemente Ana estuviera peleando con alguien en la sala de la banda y apuesto a que Mike estaría dibujando planos de diseño para su bote en lugar de hacer su tarea. Ellos pertenecerían por un par de semanas más, pero a mí nadie me estaría reservando un asiento a excepción de la señorita Francis, la consejera, con quien tenía una cita para discutir mis repentinamente-nada-concretos planes ya que se acercaba la fecha límite.

–Rosa, tengo que decir que me conmueve mucho que vinieras a mí en lugar de ir con Malcolm. Todos mis niños de matrícula doble acuden a él.

Me agradaba la señorita Francis, era divertida y honesta para su edad. Era una mujer blanca alrededor de sus treinta, con cabello rizado y rojo, siempre levantado en un nudo irregular. Llevaba a pasear por el pueblo la mayoría de las tardes a Flotsam y Jetsam, sus dos perros dóberman que desconfiaban de todo el mundo. Me había estado reuniendo con frecuencia con la señora Francis a lo largo de los años, y nuestra relación era ahora fácil y cómoda. Ella tenía experiencia sobre estudiar en el extranjero y sabía que estaba lista para establecerse, aunque estuviera teniendo dificultades para encontrar a alguien que le agradara a sus perros.

—Así que tu programa de estudio en el extranjero está congelado —la señora Francis se inclinó hacia atrás en su silla. Las *Spice Girls* sonaban en la radio—. ¿Es solo por el próximo semestre?

—Quizás. De acuerdo con el correo que recibí, están monitoreando las políticas nacionales, pero con la administración actual… —me detuve y me encogí de hombros—. Hay otras universidades con programas para la Universidad de La Habana, pero no solo no tenemos tiempo para la solicitud, sino que probablemente también sean canceladas. No puedo arriesgarme, en especial cuando implica perder becas.

—Bueno —tomó su bolígrafo y un pedazo de papel en blanco de la libreta frente a ella—, siempre que *alguien* que conozco, no daré nombres, necesita tomar una decisión importante, hace una lista detallada de pros y contra, y luego lo resuelve.

Sonreí.

—Pero La Habana *no puede* estar en mi lista. Ya no es una opción a esta altura.

—¿Sigue Charleston en tu lista? —la señora Francis se sentó al

oírme dudar–. En vez de considerar los dónde, considera todos los porqué.

–Honestamente, ahora mismo preferiría pensar solo en Puerto Coral –quería un consejo específico y concreto, no un tema para un ensayo.

–Entonces, ¿estás ayudando a cuidar de la casa antes de irte? –tamborileó con su bolígrafo y me miró.

–No es como si fuera a irme para siempre –su implicación me golpeó de manera extraña–. Este seguirá siendo… también seguiré viviendo aquí.

–La universidad es un momento, Rosa. Uno muy importante, claro, pero no se trata del destino, se trata de…

–Juro que si está por decir *viaje…* –la interrumpí.

–Exploración –terminó la frase con una mirada aguda y burlona–. Estás estancada en el lugar porque La Habana fue la respuesta para ti durante mucho tiempo, y por razones importantes, pero nunca se trató de Charleston. Se trataba de la conexión con Charleston –su bolígrafo aún seguía golpeteando la libreta. Mi pulso se incrementó mientras la observaba–. Este momento de indecisión está cargado con la oportunidad de una nueva perspectiva. Elegir una nueva universidad no va a responder a todas tus preguntas porque, si lo hiciera, entonces necesitas hacerte preguntas mejores. Exigir más de tus posibilidades –su teléfono vibró con una alarma y su bolígrafo se detuvo abruptamente–. Diablos, hora de mi próxima cita.

Yo todavía no sabía qué hacer.

–Necesito asegurar mi puesto antes del primero de mayo.

–¿Tu puesto en Charleston?

–Ya no lo sé –tomé mi bolsa, ella se puso de pie y abrió la puerta–.

Quizás deba escoger alguna otra de las universidades que me aceptaron –dije y me deslicé las correas de la mochila sobre los hombros–. Pero es algo aterrador de considerar tan tarde en el juego.

–Eres tan joven –resopló con una carcajada–. Te prometo que no llegas tarde a ningún juego, Rosa.

Odiaba cuando los adultos decían eso. La secundaria era toda diversión y juegos, hasta que te echaban encima grandes fechas límite y elecciones que decidirían nuestras direcciones (y deudas) para el resto de nuestras vidas.

–¿Y si me quedo en el estado? Así podría ahorrar dinero y…

–Son dos años, Rosa –puso una goma de mascar en su boca con un resoplido de frustración–. Ni siquiera te diré en dónde obtuve mí licen…

–No es necesario. Está justo allí, en el diploma de su pared. Fue a Nebraska.

–Eres una de las estudiantes más tenaces que ha entrado en esta oficina. Posees determinación, pero a veces tu cabeza puede limitar demasiado tu enfoque. No sabes lo que quieres por una razón. Averigua cuál es esa razón, y apuesto a que descubrirás lo que deseas. Tienes un par de semanas para pensar en esto. Yo estaré aquí si me necesitas, pero vete por ahora, porque el padre de Chris Miller está en camino.

El padre de Chris era un veterinario divorciado al que la señorita Francis le había echado el ojo desde principio de año. Al parecer, a Flotsam y Jetsam no les importaba. Le deseé suerte y me marché.

Afuera, la clase de Educación Física estaba en pleno apogeo. El ruido aumentó cuando pasaron corriendo junto a mí. Algunas risas resonaron y se oyó un silbido.

—¡Rosa! —Benny se acercó con las manos en los bolsillos. Se paró a mi lado–. ¿Qué estás haciendo por aquí? ¿Un poco más de *brujería*?

—Me encontré con la señorita Francis.

—¿Estás en problemas? Últimamente estás levantando mucho *chisme*.

—No todos visitan a la consejera escolar porque están en problemas, ¿y qué chisme? —me lanzó una sonrisa brillante y carismática. Yo puse los ojos en blanco–. Olvídalo —noté que no llevaba su ropa deportiva–. ¿Tú no corres?

—Esta rodilla me mantiene fuera de todo por el momento —las palabras eran burlonas, pero el tono no.

—¿También del fútbol?

—No estamos hablando del fútbol.

—Eres tan Tauro —suspiré, era tan testarudo.

—No hablábamos de eso antes tampoco, estábamos hablando de tu novio-el-viejo-y-el-mar y tú.

—¿*Qué*? Tu familia es de lo peor. Él no es mi novio —respondí a pesar de que mis pulmones dejaron escapar un quejido extraño–. Además, no es un viejo.

—Eso no es lo que oí.

—Porque no escuchas.

—Tal vez, pero ¿es cierto que tiene un barco?

—¿Por qué? —pregunté con sospecha, antes de que las razones obvias de su pregunta me golpearan–. Oh, Dios mío. Primero que nada, conozco mi propia maldición y, segundo, no importa porque *no* es mi novio.

—No se trata de eso —Benny bajó la voz y sus ojos vigilaron el campo de deporte–. Creo que sé dónde se esconde la Tortuga Dorada.

Me moría de hambre y, si me apresuraba, podría almorzar antes de que el señor Peña cambiara al menú de la cena y me perdiera las croquetas.

–¿Qué…? ¿De verdad todavía sigues con eso? Benny, debes parar. No vamos a encontrar ningún tesoro perdido en Puerto Coral.

–Hoy encontré el mapa.

–¿El mapa de quién?

–*El* mapa. Cada año hay un mapa para comenzar con la búsqueda, pero nadie pudo encontrar el último, de modo que jamás encontraron la tortuga, y los que hicieron el mapa nunca confesaron.

–¿Y tú hallaste ese mapa perdido?

–He estado haciendo estudio independiente durante el segundo periodo, lo que aparentemente significa tener que limpiar los viejos almacenes. Hoy encontré algunos anuarios de principio de la década pasada y me puse a buscar a nuestros padres. Y allí, en un collage, había un grafiti de nuestro pueblo. ¿Y qué veo en él? Una maldita tortuga dorada.

–¿Y nadie lo notó durante todo este tiempo?

–Era un anuario, nadie mira sus anuarios una vez que se gradúa. Y era un caos ese mapa, muy recargado. La estética de los dos mil era ridícula.

–Espera, ¿qué tiene esto que ver con que Alex tenga un barco?.

–Es que se encuentra en una isla barrera.

Me detuve. Yo no podía ir a una isla. Aunque… hacía solo una semana pensaba que no podía ir al puerto.

–Podemos convertirnos en leyendas del pueblo –Benny sonrió de oreja a oreja–. Tan solo tenemos que pedirle al viejo de tu novio que nos lleve.

✕ ✕ ✕

Me apresuré a cruzar el pueblo, levantando pétalos rosados y blancos en mi carrera, antes de lanzarme por la puerta de El Mercado. Alex no tenía un teléfono, lo que significaba que tendría que ir al puerto e intentar hacerle una señal desde fuera de su barco, o algo por el estilo. Pero primero necesitaba comida.

Todavía había unas cuantas croquetas detrás del mostrador de cristal. Más abajo estaban los postres nuevos y pastelitos. Bingo. El aire era dulce como la canela, lo que anunciaba que debían de haber llegado los dulces horneados. Busqué al señor Peña, pero alguien más estaba detrás del mostrador, acomodando cajas de galletas. La luz de la tarde que se cernía desde la ventana a sus espaldas, hacía que las ondas azules sobre sus brazos brillaran y revelaran la harina que espolvoreaba su camisa gris.

–¿Eres el panadero?

Alex se paralizó. Dejó una de las cajas y se volteó.

–¿Rosa?

–¿Tú horneaste todo esto? –señalé con las manos a los productos horneados entre los dos. Él asintió–. ¿Por qué no me lo contaste?

–No me lo preguntaste –parecía confundido.

–Si fuera capaz de hornear todo esto, se lo diría a todo el mundo. Todas y cada una de las conversaciones que tuviera comenzarían con un "¿has oído la palabra de nuestro señor, el *dulce de leche*?". ¡Oh, Dios mío! –cubrí mi rostro acalorado–. Tú haces el *dulce de leche* –lancé un gemido dentro de mis manos.

–¿Y eso es algo bueno?

–Sí –dije sin poder bajar mis manos.

El señor Peña entró a la cocina y me lanzó una mirada brusca.

–Me quedan tres –me dijo antes de envolver para mí las últimas croquetas en una pequeña bolsa de papel. Alex y yo permanecimos allí de pie mientras el señor Peña comenzaba a preparar el arroz para la cena. Miré a Alex.

–¿Tienes un minuto? –le pregunté.

–Por supuesto. Solo tengo que devolver el camión al puerto –se sacó las llaves del coche del bolsillo. Lo seguí fuera de la bodega. Fue una pequeña bendición que nadie estuviera en la sala de descanso para vernos dirigirnos al estacionamiento. ¿Acaso él estaba sonriendo? El brillo del sol de la tarde era cegador, así que tal vez solo estaba entrecerrando los ojos. Tuve que dejar de mirar sus labios y concentrarme en seguir sus pasos largos. Nos detuvimos en el viejo camión azul y sujeté con fuerza las correas de mi mochila.

–Hay una leyenda local de hace mil años –dije rápidamente–, sobre una clase que escondió…

–Una Tortuga Dorada.

–¿La conoces? –me detuve, aliviada.

–También me crie aquí, Rosa –dijo ladeando la cabeza.

–Mi amigo encontró el mapa –eché un vistazo a nuestro alrededor y me incliné más cerca de él. Hizo lo mismo y nos encontramos a medio camino, me distraje momentáneamente por el aroma a azúcar sobre su piel cálida y morena. Me incliné un poco más para susurrarle–: Está en una isla barrera.

–¿De verdad? Dibujé un mapa de la zona hace unos años, conozco bien las islas de alrededor.

–¡Genial! Eso es bueno porque iba a preguntarte si podías llevarnos hasta allí.

—¿En serio? ¿Crees que estás lista? —la pregunta fue simple, pero era enorme. Él comprendía que lo que acababa de pedirle era más grande que las leyendas de nuestro pueblo. Era más grande que yo vagando por los muelles en la noche, buscando un indicio de vida de mi padre. Rosa Santos pedía subirse a un barco y abandonar esta orilla.

No estaba lista, pero quería intentarlo.

—Rosa, no puedes usar dos chalecos salvavidas —insistió Ana.

—Está bien —dejé de intentar abrochar el segundo.

En lugar del barco de vela de Alex, abordamos un pontón que rentaban sus padres. Alex me explicó lo poco complicada que era la navegación para que me quedara tranquila de que este sería un viaje sencillo, pero no ayudó a calmar mis nervios. El pontón era básicamente un montón de sofás en una bañera flotante. Alex se sentó detrás del volante mientras nos alejábamos lentamente del puerto.

—El Golfo no es el océano propiamente dicho —explicó para mi beneficio.

—Semántica —respondí y sujeté con fuerza el borde de la pequeña mesa atornillada al suelo frente a mí—. Es una cuenca oceánica, conectada al mar Caribe y al Atlántico.

—De acuerdo con tu mapa, estaremos allí en cinco minutos.

—No es mi mapa —no me había dado el tiempo suficiente para

pensar en esto. En cuanto Alex aceptó, envié un mensaje a Ana, Benny y Mike para que nos reuniéramos en el muelle si es que querían la infame tortuga. Incluso incluí un lindo emoji de una tortuga. Estaba orquestando esta búsqueda salvaje solo porque tenía un enamoramiento insensato. Estábamos condenados.

Benny se inclinó hacia atrás, sus brazos se estiraron más allá de la cabecera de su silla. Sonreía mientras veía el agua abierta frente a nosotros.

–¿Qué traes en tu bolsa? –le pregunté. Esta había sido su idea, pero fue el último en llegar a los muelles.

–Cohetes. Si vamos a hacerlo, que sea a lo grande –dio una palmadita a la bolsa junto a la mía–. Y podemos usarlos como bengalas si nos perdemos.

–No vamos a pernos –Alex giró el volante unos grados. Me echó un vistazo y me ofreció un asentimiento alentador. Estábamos rodeados por agua y un cielo anaranjado pero, por detrás, Puerto Coral estaba vivo con las luces del paseo marítimo. Lo vi volverse tan pequeño como la imagen de una postal. Una toma perfecta de mi hogar.

–Es asombroso, ¿verdad?

Miré por encima de mi hombro para ver que Alex me sonreía.

–Jamás lo había visto desde este ángulo –dije maravillada. Este puerto tranquilo era tan acogedor como la casa de Mimi, tan suave y cálido como un pastelito de guayaba. No estaba embrujado ni se veía sombrío. Estaba vivo y valía la pena salvarlo.

–Es solo un poco más adelante –me aseguró Alex.

–No puedo creer que el mapa estuvo en este anuario todo el tiempo –dijo Ana. Pasó las páginas mientras reía junto Mike de las fotografías viejas–. Parece cosa del diablo.

—No me sorprende —respondió Mike—. Mira todo el delineador de ojos que usaban.

—Déjenme ver —estaba demasiado nerviosa como para levantarme mientras el bote estuviera en movimiento, así que Ana me entregó el anuario. Lo abrí de nuevo en la página del mapa y arrastré mi dedo por la brillante imagen. En el mapa estaba la plaza del pueblo, con su césped verde albahaca, rodeada de edificios familiares en tonos arenosos de café y coral rosado. Justo al oeste de allí, estaba mi calle. Las casas eran demasiado pequeñas para distinguirlas, pero había una mancha verde salpicada de amarillo frente a la de Mimi: eran sus limoneros—. Probablemente lo haya hecho un editor astuto como el infierno que quería ver el mundo arder.

—Ingenioso pero peligrosamente sutil —dijo Alex.

—Allí radica su encanto. Si yo hubiera estado a cargo del anuario, creo que habría hecho un desastre parecido —fui editora en la escuela primaria y pensé que lo sería otra vez, pero la secundaria dio paso a la universidad demasiado rápido como para quedarse y jugar a ser algo.

Levanté la vista y mi mirada captó la de Alex.

—¿Qué es lo que ves? —apuntó su barbilla hacia el mapa. La pregunta me tomó por sorpresa y solté una risotada.

—Acabas recordarme a mi madre.

Alex me miró sorprendido. Benny frunció el ceño y sacudió su cabeza en una señal de *aborta la misión, estás siendo torpe.*

—Es que mi madre y yo viajábamos mucho cuando era más pequeña. A lugares realmente comunes y aburridos, así que siempre me preguntaba "¿En dónde estamos, Rosa?" y esa era mi señal para fingir que un poco de cielo era realmente California o ese huerto un viñedo en Italia. O el mar frente a nosotros, Cuba.

–¿Quieres ir a esos lugares? –Alex me observó pensativo.

–Claro.

Giró un poco el volante y los viejos recuerdos se agitaron. Las ventanas abiertas, mis cabellos flotando en el aire, otro mapa en mi regazo. Mamá cantando y golpeteando al ritmo de una vieja canción country en la radio. Ana tomó el anuario para mostrarle a Benny algo que no podía escuchar sobre el motor y el viento. Había demasiados lugares a los que quería ir y estar sentada allí con mis amigos fue el primer momento en mucho tiempo en el que me sentí capaz de ir a cualquier parte.

–Llegamos –anunció Alex.

El motor se apagó y el bote se detuvo. Me puse de pie, la impactante constatación de que había cruzado un pequeño tramo de agua y ahora estaba en una isla se vio ensombrecida por la visión de otros barcos estacionados y varios puntos de luces que rebotaban alrededor de la isla.

–¡Benny! –grité.

–Parece que no era el único en esa sala de almacenamiento, y resulta que hablo bastante fuerte.

–Dios, mi familia es lo peor –dijo Ana luego de que saliéramos del barco y saltáramos por la borda.

–Jamás le cuentes un secreto a un cubano –acordé, un par de pasos detrás de ella.

–Oigan, somos los únicos con el anuario –Benny encendió la linterna de su teléfono y todos seguimos su ejemplo. Aún no anochecía por completo, pero estaba oscuro y, aunque la isla deshabitada no era grande, estaba cubierta de vegetación–. Dámelo, Rosa.

Nos amontonamos a su alrededor. Podía escuchar las voces

de los otros grupos. Hasta ahora nadie gritaba sobre serpientes o cocodrilos ni nadie cantaba victoria. Señalé a la tortuga.

—De acuerdo con esta brújula tan funky, se encuentra en la esquina noroeste —levanté la vista del mapa—. ¿En qué dirección es eso?

Alex tomó el mando.

—Ten cuidado —dijo. Escudriñó el suelo. Todo era tierra, hojas de palmeras caídas y conchas dispersas.

—Según fotos antiguas, la tortuga es del tamaño de un balón de fútbol —me apresuré hacia delante y me topé con la espalda de Alex—. Lo siento.

—Está bien —disminuyó la velocidad para igualar mi paso.

Deseaba tanto acercármele que era como luchar contra una fuerza magnética.

—¿Qué obtenemos si encontramos esa cosa? —preguntó Mike mientras pateaba un tronco y se inclinaba para investigar con ayuda de un palo—. Mierda, hay como una ciudad entera de insectos debajo de esta cosa.

—Nos convertimos en los que encontraron a la Tortuga Dorada —dijo Benny—. Eso sería inmenso. ¿Rosa?

—¿Qué? —dije sin mirar atrás. Intentaba caminar mientras enfocaba mi visión periférica nuevamente en Alex.

—Mi papá dijo que el ganador obtendría una pizza gratis en Bonito —interrumpió Mike y encendió su linterna por un instante, solo para cegar a Ana. Ella se abalanzó en su dirección mientras él se alejaba riendo.

—¡Rosa! —exclamó Benny.

—¡¿Qué?! —me detuve y miré hacia atrás. Las demás voces se acercaban.

—Estamos haciendo esto para encontrar algo que ha estado perdido más de lo que nosotros hemos estado vivos —afirmó de manera significativa.

Esto le importaba. Extendió su mano para pedirme el anuario nuevamente y se lo entregué. Nos dirigimos hacia el noroeste en busca del tesoro, con la ayuda de la luz de nuestros teléfonos móviles.

✕ ✕ ✕

Media hora después seguíamos sin encontrarla.

Probablemente no ayudaba a nuestra causa que Benny fuera el único que realmente estaba buscándola. Alex se había marchado para vigilar el bote, Mike buscaba palos para tallar, y Ana y yo caminábamos juntas, pateando hojas y basura.

—Tu nuevo novio es súper sexy —dijo. La hice callar.

—Demasiado —confesé—. Lo miro y solo quiero… como acercarme. Me está volviendo torpe y sudorosa.

—La diferencia de altura es importante, podrías escalarlo o algo así.

—¿Verdad? Construiré un nido sobre sus hombros al que pueda traerle pequeñas chucherías. Estuve husmeando en el Instagram de los *viejitos* en busca de una migaja de información sobre él pero, por más que recorrí meses y meses, no había nada. Y ahora descubro que él también hornea.

—Letal.

—Voy a enamorarme fuerte. Es un nivel cinco de enamoramiento. Quiero decir, tenemos un pasado. Almorzamos juntos durante todo un semestre, leyendo y nunca hablando. No tengo idea de qué hacer con eso.

—Leía en silencio a tu lado —Ana rio—. Dios, eso es como el romance supremo. Y a juzgar por la forma en que te observaba en el bote, creo que estará de acuerdo sobre ese nido.

—¿Me estaba viendo? —tropecé con una gran roca—. Describe su rostro.

—¡Oigan! Es Benny —gritó una voz por detrás de los árboles.

—Y allí va el elemento sorpresa —Benny me pasó el anuario y murmuró una maldición.

—Lo perdimos en cuanto hallaste el mapa, bocazas —señaló Mike.

El brillo de la luz de mi teléfono rebotaba en una esquina de la roca con la que había tropezado. Era curiosa y redonda. Me incliné y aparté el follaje muerto. Un caparazón de color dorado apareció en mi vista. Santo cielo, Benny estaba en lo correcto.

—¡Benny! —susurré casi gritando.

Se volteó y se encontró con mi mirada significativa.

—Encontré al cerdo engrasado —le dije.

—Qué afortunada —me sonrió de oreja a oreja—. Ahora puedes casarte con una chica de tu aldea —se dirigió hacia las voces con paso seguro y haciendo bromas que no pude oír por mis pensamientos acelerados. Me incliné rápidamente y aparté el resto de las hojas muertas. Mike y Ana se arrimaron muy cerca de mí

—Tranquilos, chicos —siseé—. Actúen normal.

Se dispersaron de inmediato.

—Mira a las estrellas, Ana —cantó Mike—. Mira cómo brillan para ti.

—Por supuesto que lo hacen —bromeó ella.

Allí estaba. La Tortuga Dorada, más oxidada que en las fotos, pero inconfundible. La tomé y noté que era más grande que un balón de futbol. Ana chocó contra mi costado.

–Maldición, realmente lo hicimos –dijo con un temor feroz–. ¿Cómo diablos se supone la llevaremos hasta el barco sin ser vistos?

–¿Por qué no podemos ser vistos?

–Porque esta es una isla de ratones y tienes el queso –Mike se arrimó a nuestro lado.

Me quité la mochila.

–No cabrá –agregó preocupado.

Sí, lo haría. Todo cabía cuando lo necesitaba y por supuesto que, incluso con mi computadora y mis libros allí dentro, la tortuga no fue la excepción. Cerré la cremallera y la mochila ya estaba colgando en mi espalda cuando Benny se acercó con su grupo.

–¡Ey, idiotas! –sonreía y me miraba solo a mí. Le devolví la misma sonrisa–. ¿Qué? ¿Ya están aburridos? –preguntó.

–Extremadamente –respondió Ana–. Además, nuestras madres nos matarán por estar aquí, buscando ser asesinados.

–Demasiados podcasts –dije cantando.

–Nos retiramos –decidió Mike.

–Bien –dijo Benny, su voz goteaba decepción–. Diviértanse en la búsqueda –le dijo a los otros y nos siguió con paso casual hasta el pontón.

Alex se puso de pie en cuanto nos vio acercarnos. Cuando comenzamos a correr, puso en marcha el bote. Ya estaba de vuelta en mi chaleco salvavidas tan pronto como subimos a bordo, Alex apretó el acelerador y nos llevó hacia aguas abiertas. Gritamos en victoria y en algún lugar de la isla resonaron maldiciones. Alumbrados por los flashes, tomamos fotos de la estatua para publicar inmediatamente nuestra prueba.

–No puedo creer que la hayamos encontrado –Ana sostuvo la

tortuga en sus manos, su cabello volaba con el viento. Benny se recostó y cruzó los pies, contento y engreído con una sonrisa en los labios–. ¿Sabes lo que significa esto? –gritó Ana por encima del rugido del barco y el viento–. Seremos quienes la escondan de nuevo antes de la graduación.

–¿Sabes qué más significa esto? –preguntó Mike–. ¡Pizza gratis!

✕ ✕ ✕

De regreso en el puerto, los demás se dirigieron hacia la plaza alzando nuestro tesoro. Yo me quedé junto a Alex mientras él arreglaba su bote.

–¿Vienes? –pregunté–. A veces las salsas del señor Bonito son un poco pesadas, pero la mejor pizza es la que es gratis –detrás de él, el cielo era azul medianoche y brillaba con las estrellas. Su cabello oscuro bailaba suavemente al compás de una brisa inquieta.

Alex era el mar y yo quería cerrar los ojos y saltar para sumergirme en él.

–Aún tengo algunas cosas de las que debo encargarme, pero gracias –intentó acomodar su pelo barrido por el viento–. Disfruten de la victoria.

–No lo hubiéramos logrado sin ti –deslicé mis pulgares entre las correas de mi mochila y lo miré–. Lo digo en serio. A nada de esto. No me refiero solo al ir hasta allí a buscar el tesoro, sino también al *ir* hasta allí. No puedo creer que lo hice, pero fue…

Él esperó.

–Increíble –mi cabello era un desastre y me ardían los pulmones por las ráfagas de aire frío del mar, pero no podía dejar de sonreír.

Alex parecía complacido.

—Tengo noticias —dijo.

—¿Qué es? —no quise susurrar la pregunta, pero él se acercó a mí y miró mis labios. Así que tuve que recordar cómo hablar.

—Tengo uno nuevo —anunció mientras metía la mano en su bolsillo y sacaba un teléfono.

—Así que, ¿puedes darme tu número ahora?

Hubo un sorprendente momento de silencio que casi me mata antes de que él se riera de repente. El sonido profundo y honesto fue una oleada de alivio que provocó una sonrisa igualmente brillante en mí. Volvió a subir al barco y sacó un papel y un lápiz de un gabinete desconocido.

—Entonces no solo entregas el pan en bicicleta y salvas ciudades costeras, sino que también tienes una mochila que puede contener hasta lo imposible —dijo mientras garabateaba en el papel.

Mi teléfono comenzó a vibrar desde mi bolsillo trasero, una vez, dos veces y luego una y otra vez: sin dudas eran mis amigos, listos para celebrar. Lo ignoré mientras daba media vuelta rápida para mostrarle a Alex mi amada mochila.

—Tu historia es definitivamente interesante —él bajó del barco.

Oh, realmente deseaba que lo fuera.

—Todavía la estoy descifrando, para ser honesta.

—Bueno, en el capítulo de esta noche, tomaste un bote a la luz de la luna y encontraste el tesoro de un pirata.

Un silbido nos tomó por sorpresa y el cielo estalló en chispas amarillas. Tres cohetes más navegaron sobre nuestras cabezas mientras Benny hacía explotar su botín. Pero no fui capaz de apartar mis ojos de la mirada cálida de Alex.

Quería más, mucho más.

Ana gritó mi nombre y Alex miró más allá de mí. Su pecho se infló y volvió a bajar. Me ofreció una pequeña, pero galante reverencia de despedida antes de pasarme el trozo de papel.

—Mi número —dijo. Lo presioné en mi mano.

—¡Rosa! —gritó Ana desde el muelle.

—*¡No me grites!* —exclamé mientras me giraba hacia ella, los fuegos artificiales y la pizzería más antigua del pueblo.

16

Cuando salimos de nuestra cena de la victoria, nuestros teléfonos estallaban de notificaciones. Un automóvil esperaba afuera. Tres chicas del equipo de baile se asomaban de las ventanillas abiertas y le sonreían a Benny.

Él nos miró con una sonrisa brillante en el rostro.

–¿Puedo tener la tortuga esta noche? –preguntó.

Supongo que la estrella del fútbol está de regreso.

–¿Qué vas a hacer con ella? –quise saber, al mismo tiempo que Ana respondía "¡No!".

–Esta vieja amiguita estuvo perdida por un buen tiempo, Rosa. Merece celebrar.

–Creo que tú eres el que ha estado esperando para celebrar –repliqué.

Una canción con graves profundos salió por las ventanillas del auto que lo esperaba. Las chicas estaban impacientándose por su héroe.

—La cuidaré –prometió Benny con una sonrisa.

—Más te vale –respondí–. Solo no la pierdas… ni seas asqueroso.

—Palabras sabias, pero mi carruaje espera –se subió al automóvil.

—¿No vas con ellos? –pregunté a Mike luego de que se marcharon. Él se metió un palillo en la boca y se encogió de hombros.

—Ha sido una noche larga –dijo–. Y ya nos quedamos sin cohetes.

Seguimos las sinuosas aceras de regreso a nuestro vecindario. En su mayoría, las casas que se alineaban en esta calle eran de una sola planta, estaban algo torcidas y hechas de concreto, pintadas en tonos brillantes que complementaban sus bien cuidados jardines. Las noches se estaban volviendo más cálidas y el aire nocturno nos susurraba una brisa agridulce que hacía crujir los árboles de cítricos del bosque.

—¿Crees que vaya a perder la tortuga? –le pregunté a Ana.

—*Nah* –dijo. Torció sus rizos en un nudo cuidadoso antes de revisar su teléfono–. Creo que irá directo a intercambiarla por algo –metió su teléfono dentro de su bolsillo trasero.

Un sonido eléctrico chilló desde una casa frente a nosotros. Dejamos de caminar, la puerta del garaje estaba abierta. Dentro había alguien arrodillado delante de un amplificador, que miró por encima de su hombro y se fijó en nosotros.

—¡Ana! –gritó y luego sonrió.

Reconocí a Tyler Moon de la escuela, el cantante principal de la banda Electric. Era bajito y elegante, y te cegaba con su brillante cabello rubio y su sonrisa iridiscente. Él iba al último curso cuando comencé con la matrícula doble.

—¿Práctica tan tarde? –le pregunté a mi amiga.

—¡Ey, Ana! –la llamó Tyler–. Tienes que escuchar esto.

Ella se alejó de nosotros y se dirigió hacia la entrada del garaje.

—No olvides el toque de queda —grité.

—De acuerdo, *mamá* —siseó.

Le lancé un beso. Luego Mike y yo continuamos nuestro camino.

—Ey, felicidades por subir al barco —me dijo él con una mano en alto—. Fue un gran evento para una Santos, ¿verdad?

—Regresé en una pieza e incluso encontré un tesoro —respondí, mientras chocaba mi palma con la suya. Mike se echó a reír.

—Esperemos que mañana la Tortuga no pertenezca al equipo de baile —bromeó. Se despidió con un ademán y se dirigió a su casa. Caminé los últimos metros hacia la mía. Al otro lado de la calle, el coche de Malcolm se detuvo en su camino de entrada. Me acerqué a él.

—¿Un largo día en la oficina? —pregunté.

—No todos los estudiantes están tan motivados y organizados como tú —se enderezó y me ofreció una sonrisa cansada mientras se aflojaba la corbata.

—Ah, solo dices eso porque soy tu favorita —Malcolm era muy buena onda y erudito, pero también una completa mamá gallina. Él me ayudó con todas las nuevas reglas y requisitos que surgieron cuando decidí solicitar la doble matrícula. Y me recordó que era capaz cuando el proceso se volvió abrumador.

—¿Cómo va todo? —se cruzó de brazos y apoyó la cadera contra su coche.

—Bien -dije y realmente decía la verdad

—Solo quería chequearlo —me estudió como a una estantería desorganizada—. Escuché lo que ocurrió con los estudios en el extranjero, así que me preguntaba cómo estarías.

—Oh, claro. Por supuesto, estoy completamente disgustada. Tenía

la intención de contarte todo eso, pero me distraje un poco con el festival y las cosas de la boda.

—Eso puede ser algo bueno. ¿Todavía planeas ir a Charleston?

—No estoy segura. Me estoy tomando un momento para evaluar todas mis opciones —me crucé de brazos y me encogí de hombros—. Pero estoy bien. Completamente bien.

—Perfecto —dijo, dio la impresión de que no me creía pero que no quería presionarme—. Vi a tu madre por su mural hace un rato. Parecía un poco estresada.

—Así es como se ve siempre.

—¿Todavía está aquí?

No había querido insinuar nada con eso. Lo sabía. Cuando era niña, Malcolm era alguien que siempre se mantenía cerca cuando mamá se marchaba y me distraía con libros nuevos, y con libros nuevos y chucherías de escritorio ahora que era mayor, pero la pregunta me dolió de todas formas.

—Sí, está en casa. Deberíamos cenar todos juntos mañana o algo.

—Suena como un plan. Que tengas una buena noche, Rosa.

—Igualmente. Ojalá Penny te deje dormir.

Su risa se oyó un poco delirante mientras se dirigía a su casa. Crucé la calle. Nuestra luz del porche parpadeó, y tomé una nota mental para comprar bombillas cuando abrí la puerta principal. Mi madre y mi abuela estaban en sala de estar con expresiones tensas. Estaban teniendo un desacuerdo, pero al menos se tragaron sus palabras cortantes con mi llegada.

Las maletas de mamá estaban a sus pies.

—¿Que está pasando?

—Tu madre se va —anunció Mimi. Aún me ardía el rostro por el

frío. Era el mismo rostro que aparecía en todas las redes sociales en este momento sosteniendo un tesoro perdido hacía mucho tiempo, con un chaleco salvavidas muy brillante. Un dolor hincó sus dientes dentro de mí, justo donde la posibilidad acababa de florecer. Mimi comenzó a rogar en español por paciencia a los santos y ancestros.

—Volveré pronto —dijo mamá con voz ansiosa. Esas eran siempre sus primeras palabras. Eran una promesa y una maldición.

—¿Por qué esta noche? —pregunté, odiando el temblor en mi voz—. ¿Por qué tiene que ser justo *ahora*? ¿Qué hay de tu mural?

¿Qué hay de mí?

—Hay una pintura que vendí y necesito ir y... —su rostro se tensó, distraída por Mimi que todavía lloraba por la oscuridad que mi madre llevaba dentro—. Recibí una orden y necesito... —mamá trató de enfocarse en mí, pero su respiración retumbó como un trueno—. ¡Suficiente! —finalmente estalló y se giró hacia Mimi—. Estoy haciendo mi mejor esfuerzo. Y lamento que sea muy decepcionante para ti.

—¿Qué es lo que buscas, *mija*? —imploró Mimi—. ¿Y por qué no está aquí? ¿Por qué esto no es suficiente para ti?

Mamá se quedó paralizada, en shock y enojada. Su pecho se levantó y cayó. Esta pelea se estaba convirtiendo en algo demasiado grande.

—Porque nunca fue suficiente para ti —escupió.

—¿Cómo puedes decirme eso? —Mimi parpadeó.

Mamá inclinó su cabeza hacia atrás y una risa amarga se escapó de sus labios. Su cabello oscuro estaba suelto y salvaje, sus ojos brillaban con una emoción que se deshacía.

—Tu historia es una tragedia, pero de alguna manera yo soy el villano en la mía —espetó—. *Ambas* perdimos, mamá. Lo estoy intentando. La dejé en el lugar que ella amaba. Un lugar que a mí nunca me amó.

—No te marchas por un cuadro —me quité la mochila y la dejé caer a mis pies–. A esta altura me merezco algo mejor que eso. Desayunamos, nos reímos e hicimos planes, y pensé estúpidamente: "Oye, quizás esta vez ya lo hayamos resuelto", pero ya te habías ido, ¿verdad? ¿Ya estabas empacando?

Sus ojos se humedecieron pero no dijo nada.

No teníamos sentido. Se suponía que el amor no era así.

—Dime tú entonces —miré a Mimi–, ¿por qué se va? ¿Por qué te niegas a hablar de Cuba? ¿Por qué somos así?

Mimi cerró los ojos. Se llevó una de sus manos a la frente y la otra a la medalla santa que siempre llevaba puesta. La ira por herirla me barrió. Esto era lo que sucedía cuando mamá estaba en casa. Me convertía en cómplice.

—Dile lo que me dijiste —le exigió mamá con voz áspera.

Mimi se quedó quieta. Sus ojos se abrieron y se entrecerraron sobre ella.

—Todos recuerdan que grité por él en los muelles, pero dile lo que sucedió justo antes de eso.

—No entiendes nada —dijo Mimi, tranquila–. Te escapas y crees que eres la única que salió herida.

—Cuéntale cómo mi amor lo mató —continuó mamá, fuerte e implacable–. Lo amaba demasiado, así que el mar se lo llevó. Y mientras todo el pueblo lloraba al joven perdido en el mar, tú miraste a tu propia hija, y a la hija que crecía dentro de ella, y dijiste que había sido la maldición. *Que había sido yo.*

La última palabra sonó como el toque de una campana que agitó nuestros fantasmas. La habitación se enfrió.

—Tú no sabes lo que es volver. Morderse la lengua y tener que

vivir bajo las miradas de quienes creen que soy la mala suerte que camina. No sabes lo que es escucharlo a la vuelta de cada esquina. Me hace daño, pero vuelvo por mi hija. Porque, después de todo, este es el lugar que ella ama. *Esa* es mi maldición, no tu estúpido mar.

Mientras mamá se deshacía, Mimi lanzaba chispas. Había visto peleas entre las dos, pero nunca así.

—Entiendo —susurró Mimi.

—No lo haces, si...

—Salí de ese bote roto contigo en mis brazos —mi abuela se quebró—, con la certeza de que cada paso que daba me alejaba más de él —las palabras eran ásperas como el óxido, pero Mimi las desenterró con los dientes apretados—. Lo vi hundirse. Lo vi ahogarse, sabiendo que no había nada que pudiera hacer. Salí del mar y pisé tierra por ti. Me mordí la lengua una y otra vez a medida que aprendía un idioma para nosotros, y cada vez que miraba el mar, lo lloraba. Y luego tuve que ver cómo te volvía a suceder a ti y me quedé por ti —ella me miró—. Y por ella. Lo entiendo, pero aun así soy la villana de *tu* historia, Liliana.

—Me alejaste —susurró mamá.

—¿Y qué estás haciendo tú con ella en este momento? —respondió Mimi.

Sus miradas volaron hacia mí de inmediato. Fue demasiado. Me paré en la encrucijada de todo su dolor y amor, y no pude soportarlo todo.

—Sigo tratando de solucionar esto —me reí, el sonido fue amargo y avergonzado—. Porque quizás entonces mamá volverá a casa, y quizás su madre le dirá que la ama y quizás, quizás, quizás...

—Rosa... —comenzó mamá.

—No —interrumpí—. Es mi turno. Porque dentro de unos minutos saldrás por esa puerta y Mimi desaparecerá en su habitación y me quedaré sola —nos señalé a las tres, al triángulo que formábamos—. Algo está roto aquí. Es triste y agotador, y seguimos rompiéndolo más.

Me agaché para abrir mi mochila, saqué el cuaderno de Mimi de adentro y se lo entregué.

—Estaba buscando formas de limpiarme de la mala energía —expliqué—. Quemé una de tus raíces y tiré centavos al mar. Nadie me dice nada, así que intenté encontrarlo yo misma.

—¿Nadie te dice nada? —Mimi tomó el cuaderno—. Bueno. Ven conmigo.

Se dio la vuelta y se dirigió a su invernadero. La seguí y observé a la que usualmente era una abuela tranquila, empujar tazones y morteros, y las majas de su mesa y derramar un cuenco lleno de tierra. Encendió una vela y la estrelló contra el centro de la tierra. La miré, fascinada y confundida. No estaba segura de qué estaba haciendo, porque casi nunca veía a Mimi hacer este tipo de magia.

—¿Cuántos centavos tiraste?

—¿Qué?

En un destello de movimiento, ella tomó la vela y la volteó del revés para extinguir la llama en la tierra. Me impactó.

—¿Cuántos? —preguntó de nuevo, más fuerte.

—Siete —solté—. Los tomé de tu pila.

—*Bueno* —dijo aliviada.

—Yo actúo como una *borracha* cuando estoy triste —mamá estaba en la puerta—. Pero tú actúas como una *bruja*.

—*Y diciendo verdades* —Mimi se volvió. La una era un espejo de la

otra. Mimi, sola en una nueva tierra, había enterrado todo su dolor y de él había crecido una hija enojada.

–¿Quién es Nela? –pregunté de repente.

Las sombras se curvaron y las advertencias susurraron a lo largo de mi piel.

–¿Por qué me haces todas estas preguntas? –la sorpresa en la mirada vulnerable de Mimi rompió mi corazón.

–Porque aún no me estás diciendo nada.

–Te lo enseño *todo*, pero eres impaciente. Eres tú quien no me dice nada –antes de que pudiera discutir, ella se quejó–: Revuelves todos mis secretos, pero tú te guardas tantos: la universidad, La Habana, y *¿qué más? ¿Tienes novio?*

–¿Qué? –el pánico se resquebrajó en mi pecho–. No, no tengo un novio.

–¿Cuál es el punto del romance –mamá soltó una risa amarga– cuándo tenemos que vivir con tu maldición?

–¡No es mía! –disparó Mimi con la voz quebrada–. No es *mi* maldición. Yo también morí en ese bote.

Retrocedió e hizo algo que jamás hacía en sus rituales: apagó la vela en lugar de dejar que se consumiera.

Pasó por mi lado y traté de alcanzarla, pero continuó su camino hacia su habitación. Su puerta se cerró suavemente. Era peor a que la cerrase de golpe.

–Rosa –dijo mamá.

–Solo vete –no me di la vuelta. Ella vaciló, pero se alejó de mí como siempre. La casa quedó en silencio.

Mi madre se había ido, y Mimi también, pero nuestros fantasmas se quedaron.

17

Detrás de la ventana de mi cuarto, el sol se perdía entre las furiosas nubes grises. Había sido tragado por la tormenta inminente, estaba segura de ello.

Mimi estaba de pie junto a la estufa, en la cocina y de espaldas hacia mí. No nos dijimos nada, estábamos demasiado maltrechas para nuevas palabras. La ventana de su cuarto de lavandería permaneció cerrada mientras preparaba un desayuno sazonado con su frustración. Lo hacía cada vez que mi madre se marchaba: lágrimas saladas, arrepentimientos de corazones rotos y plegarias enojadas. Mi computadora silbó con la notificación del regreso de mi conexión Wi-Fi, pero la cerré suavemente. Hoy no quería conexión con el resto del mundo, quería mi manta fea con margaritas y la calma dominante que se instalaba alrededor del espacio que había dejado mi madre.

Mi primer amor perdido.

Tal vez así se sentía el recuerdo del hogar para Mimi: el dolor,

la pérdida y el amor obstinado. La desesperación por guardar los recuerdos tiernos, incluso cuando sumas cicatrices y te lamentas por todas las elecciones que nunca pudiste tomar.

Me senté en la silla y encendí la vela en el alfeizar de mi ventana. Había tres bellotas al otro lado, asentadas en el surco de los nombres tallados de mis padres. Me envolví con la manta amarilla y, como un faro, seguí la tormenta y vigilé mi puerto.

18

La lluvia cesó, y la mañana siguiente reveló una niebla baja que tejía un capullo de nubes por toda la ciudad. Mimi se ofreció a hacerme un *café con leche* y lo preparó como cuando yo era pequeña: llevó la leche a ebullición lenta y la mezcló con el café dulce antes de verterla de una taza a la otra, una y otra vez, para crear la espuma. Cuando terminó, la deslizó sobre el mostrador. Yo no le pregunté por Nela y ella no me respondió que no podía saber nada sobre ese asunto. La conversación se archivó en un estante, como un fantasma más del que nunca podríamos hablar.

Empaqué mi mochila y me preparé para bajar a La Estrella de Mar. Alex me había enviado un mensaje para que revisáramos el menú para la boda. No me importaba estar enamorada de él. Necesitaba concentrarme en mi siguiente paso. Si actuaba como mi madre, no rompería con ese ciclo maldito. Necesitaba terminar de coordinar esta boda con Alex, y luego el festival salvaría el puerto y yo me iría

de aquí. Justo como lo había planeado. Me puse los zapatos, chequeé mi lápiz de labios en el espejo sobre mi altar y me comí un caramelo de fresa. La vida continuaba como siempre.

En mi camino hacia el paseo marítimo, evité la estación de bomberos, pasé frente a la librería sin detenerme a preocuparme por tobillos rotos ni mares enojados y bajé las escaleras, todo el camino hacia la cocina. Sin tropiezos, pasos torpes o reflexiones ansiosas.

Así que tal vez no continuaba *totalmente* como siempre.

En el interior, el restaurante estaba vacío. Era temprano, pero el azúcar caliente pesaba en el aire.

–¿Alex? –llamé.

Se abrió la puerta que se encontraba detrás de la barra y Alex asomó por ella. Sonrió al verme.

–Ven, pasa –me dijo.

Lo seguí y me encontré con un sueño de confitería en la cocina. La habitación olía a cítricos, plátanos y canela, y cada mostrador estaba cubierto de pasteles y bollería. En algún lugar, una radio tocaba una canción de blues que sonaba áspera y antigua, como uno de los discos de Mimi.

–¿*Todo* esto es para la boda? –miré a Alex en shock. Mi parte perfeccionista estaba asombrada, el resto de mí quería probar todo.

–Por supuesto que no –levantó una bandeja con varias, pequeñas y delicadas rebanadas de pastel–. Solo esto es para la boda. A Clara le gustaron todos y pidió tu opinión. Todo lo demás es solo lo que horneo para La Estrella de Mar y El Mercado –no podía dejar de mirarlo. Se encogió de hombros y bajó la bandeja como si simplemente me hubiera enseñado su tarea–. Todo el mundo tiene que trabajar, y por ahora esto paga las facturas.

—Es como escuchar a Mary Berry decir que su pastel de cerezas es solo un hobby.

—¿A quién?

Un hombre que no conocía entró en la habitación. Se parecía a Alex, pero se veía mayor, más bajo y con un rostro más ancho y suave.

—Él no ve mucha televisión —dijo con buen humor. Se acercó y me tendió la mano—. Soy su hermano mayor, Carlos. Es un placer conocerte oficialmente, Rosa. Ustedes dos son la gran historia en los muelles. Alex no habla con nadie, pero aquí lo ves, todo charla contigo, escabulléndose en pontones como si tuviera quince y una cita sexy secreta.

—Oh, no es para nada así —me apresuré a decir.

La expresión de Alex se cerró y regresó el pescador hosco… el panadero hosco.

—Sí, bueno, pero es un buen movimiento —la sonrisa de Carlos se ensanchó aún más—. Así fue como conseguí a mi esposa y, ahora que lo pienso, así fue como nuestra hermana también consiguió a la suya —Carlos golpeó el hombro de Alex—. Es como un árbol grande y silencioso este chico. Escucha, debo hacer un par de llamadas, pero estamos llegando tarde —le entregó unos papeles a Alex y ambos inclinaron sus cabezas sobre los formularios de pedidos. Me alejé para echar un vistazo a los diversos ingredientes esparcidos por la cocina: fresas, limones, crema fresca, virutas de chocolate negro. Me pregunté cuánto tiempo pasaría hasta que su madre entrara y le dijera que limpiara su desastre, ¿sería ella de ese tipo? La mía no lo era, pero todos tenían historias divertidas sobre cómo sus madres latinas los arrastraban fuera de las camas los sábados por la mañana porque

nadie las ayudaba. Cada vez que intentaba unirme y contar historias sobre la mía, inspiraba miradas de pena.

¿Tu mamá se marcha?

Sí, pero siempre regresa.

Pobre pequeña Rosa.

Saqué una fresa de la cesta y la mordí. Jugosa dulzura roja rodó sobre mi lengua. Eché un vistazo hacia atrás y encontré a Alex, ahora solo, mirándome.

—Lo siento —le dije, avergonzada—. Se veían deliciosas.

—No hay problema —dijo. Continuaba estudiándome—. Estás triste hoy.

La última vez que me vio, estaba celebrando el hallazgo de la Tortuga Dorada.

—Un poco —me moví alrededor del mostrador y sentí que su mirada me seguía. Odiaba lo que tenía que decir a continuación y la reacción que siempre ocasionaba. No quería que me mirara como a una niña perdida. Estaba frustrada y cansada, y quería quejarme y posiblemente llorar, pero también quería defender a mi madre antes de que alguien más pudiera decir algo sobre ella—. Mi mamá se marchó ayer.

—¿Por qué?

Siempre me tocaba responder esa pregunta.

—Porque para ella esta ciudad está atrapada en un bucle de tiempo en el que siempre tendrá diecisiete años y el corazón roto.

La mirada de Alex se suavizó al mismo tiempo que un indicio de luz dorada entraba en la habitación. A nuestro alrededor, el azúcar brillaba y el caramelo burbujeaba. Él deslizó la bandeja de muestras de pastel de bodas más cerca de mí.

En aquella cocina de ensueño, hundí mi tenedor en el pastel amarillo y le di un mordisco. Mis ojos se cerraron para capturar los sabores agudos que traían recuerdos repentinos. Con suavidad agria, el limón cremoso estalló como fuegos artificiales, y me apresuré a ofrecerle un bocado a Alex antes de que me lo terminara todo. Enfocado en mí y en mi reacción, él bajó la cabeza y le dio un mordisco. La habitación se hizo más cálida. Alex tragó, todavía me miraba fijamente.

—¿Qué? —pregunté preocupada y me cubrí la boca.

—Solo… —sacudió la cabeza como si estuviera aclarándose las ideas—. Tú me haces recordar cosas.

Eso sonó amable y poderoso, me gustó.

—Cuéntame tus recuerdos y yo te contaré los míos.

Se apoyó en la mesa entre nosotros y recogió el tenedor. Cortó la esquina del pastel de chocolate.

—Al crecer, pasaba todas las tardes y veranos en lo de Tía Victoria. Siempre hacía un calor infernal en esa casa. Tenía un aire acondicionado y ventiladores de caja por todas partes, pero nada era capaz de hacerle frente al calor. Y aun así, ella siempre cocinaba chiles y hacía que mis ojos sudaran también.

—¿Te recuerdo a chiles asados? —bromeé—. Si me dices picante, me voy de aquí.

—Ella fue quien me enseñó a hacer esto —hizo un gesto hacia los postres que nos rodeaban luego de terminar su bocado con una sonrisa—. Yo era una especie de niño hiperactivo. Inesperado, lo sé. Pero para que me dejara de molestar, ella me enseñó a hacer *arroz con leche*, luego *sopapilla* y *panes dulces*, que eran mis favoritos.

Me relajé, derritiéndome contra el mostrador, mientras el timbre

profundo de su voz –los giros suaves de sus "erres" y la cadencia melodiosa de su acento sureño– me transportaba a una cocina demasiado calurosa de Texas, donde un pequeño Alejandro fruncía el ceño y se inclinaba sobre un tazón para mezclar con atención y determinación.

–Verte disfrutar de algo que hice me recordó a la primera vez que horneé algo que sabía muy bien –admitió. Deslizó la bandeja de pasteles aún más cerca de mí con un pequeño pero insistente empujón–. Ahora, ¿cuál fue tu recuerdo?

Recogí el tenedor.

–Para celebrar el último día de mi quinto curso, Mimi hizo helado con limones que me dejó cortar de su árbol. Fue todo un evento, porque mi *abuela* no juega cuando se trata de sus árboles. Las tres nos sentamos en el porche delantero para comer el helado y fue la cosa más deliciosa que había probado jamás –terminé el pastel con un suave suspiro–. Mamá se marchó ese verano. Y ya no como muchos postres de limón, pero siguen siendo mis favoritos.

–Hay cien cosas que quisiera hornearte ahora mismo.

Lancé una carcajada. El sonido estridente aflojó el nudo que había estado cargando durante los últimos dos días en mi pecho. Terminamos el resto de las muestras y, fue difícil, pero elegí el pastel colibrí para Clara, con el glaseado de queso crema más esponjoso que he probado. Alex me entregó una pequeña caja de panadería en la puerta.

–Tienes que dejar de alimentarme –dije, aunque la acepté–. ¿Qué tiene dentro?

–Con los restos del pastel de queso –dio unos golpecitos a la caja–, hice un par de barras de *dulce de leche* –abracé la caja contra mi

pecho de manera protectora y Alex se inclinó en el umbral con una sonrisa que llegó a sus ojos–. Es lindo recordar cuánto me gusta hacer esto.

–¿Darme de comer?

–Hornear –rio y regresó a su reino de caramelo y chocolate.

Me marché con mi caja y sin la intención de ser paciente. Tal vez no tenía tiempo para enamoramientos condenados, pero sí para los postres, ¿verdad? De regreso al exterior, el sol ardiente de la mañana había consumido lo último que quedaba del gris.

Una ola de calor golpeó al pueblo y, luego de comerme los pasteles de Alex, me sentía responsable.

Desperté el sábado por la mañana, sonrojada y aún cansada. Había pateado las sábanas fuera de la cama y el ventilador giraba muy lentamente. Me di la vuelta, alcancé mi teléfono y encontré demasiadas notificaciones por ser tan temprano en la mañana.

Me apresuré a sentarme. No era temprano, eran las diez treinta. El día estaba prácticamente a la mitad.

Ana –que siempre llegaba notoriamente tarde a todo– ya había enviado varios mensajes en los que su nivel de enfado no hacía más que incrementarse. Todos se reunirían en la plaza para trabajar en la preparación del festival, y yo estaba *tan* retrasada. Salté de la cama, me vestí rápidamente y corrí a la plaza, levantando mi patineta y corriendo por la hierba.

Me detuve junto a Ana, que observó mi aspecto con sorpresa. No

había tenido tiempo suficiente para lavarme el cabello, así que lo había recogido para atrás y lo había cubierto con un pañuelo rojo. Nada estaba planchado, y hacía demasiado calor para mi suéter de punto, así que me había puesto mi ropa de jardinería: pantalones vaqueros con manchas de hierba persistentes y una camiseta al cuerpo que estaba un poco demasiado ajustada alrededor de mi busto, pero que era lo suficientemente oscura como para ocultar mi sudor.

—¿Qué? —le pegunté.

—Luces lista para flexionar el brazo y decirnos que podemos hacerlo —Ana se abanicó con un trozo de papel. Las brisas frescas de la primavera se habían vuelto demasiado cálidas y la humedad estaba asentándose por encima de todo. En algún lugar por allí arriba habían dejado caer la tapa sobre la olla hirviendo y nosotros, todavía adentro, nos cocinábamos a fuego lento como la sopa.

La señora Peña estaba en modo comandante, armada con plumas en el pelo y el portapapeles en la mano. Esta vez no había carteles detrás de ella, sino un escenario con mucha gente caminando con cajas y cables. También junto a ella estaba el señor Peña, estoico y silencioso, con los brazos cruzados. Le lanzaba miradas oscuras a cualquiera que no escuchara a su esposa.

—Todas y cada una de las solicitudes de los proveedores vencen hoy, gente —la señora Peña golpeó el portapapeles en su mano—. Asegúrense de que lleguen a mis manos. Tenemos una semana, ¿entendido? *Una semana* —lanzó una mirada asesina a los *viejitos* y sus teléfonos—. ¿Cómo viene la boda, Rosa?

—Oscar está terminando el arco —conté mis tareas con mis dedos—. Yo recorreré el vecindario aceptando todas y cada una de las donaciones de flores de los jardines locales…

–Aléjate de mi jardín –me interrumpió Gladys.

–… y una plantación de naranjas local escuchó sobre lo que estamos haciendo y nos darán gratis cajas de su vino espumoso de toronja –vi a Mimi al otro lado de la plaza. Disparó una mirada hacia mí como un misil enojado–. Yo no beberé, por supuesto, pero ¡qué oferta!

–*¿Qué pasó?* –mi abuela se detuvo frente a mí, sus ojos estaban bien abiertos y su mano sobre su corazón.

–Nada, conseguí una oferta.

–*Pero mira tu ropa* –agitó una mano frente a mi atuendo–. ¿Se rompió la plancha? –se estiró para arrancar toda la pelusa inexistente de mi ropa mientras chasqueaba los labios en señal de disgusto ante la parte más ajustada de mi blusa.

Aparté sus manos. Llevaba una cesta de cáscaras, un montón de lavanda y romero, y una bolsa de comida para llevar.

–Espera, ¿qué estabas haciendo? –desde que mamá se fue, Mimi había estado rodeada de una energía reflexiva y tranquila. Anoche, cuando llegué a casa del trabajo, mi abuela –que nunca salía pasadas las noticias de las seis– también acababa de regresar de algún lugar. Cuando le pregunté dónde había estado, respondió "Necesitaba una respuesta". Y, como siempre, no me dijo de quién o si la había recibido.

–Mimi está organizando su propia área para el festival –la sonrisa de la señora Peña se tensó–. Acaba de decírmelo hace una hora.

–¿De verdad? –miré a Mimi–. Últimamente estás llena de sorpresas.

–Y para hacerlo aún más emocionante, no nos dirá qué es lo que hará o si necesita algo, pero estoy segura de que será genial –la señora Peña se volteó hacia Mimi para confirmarlo–. Será genial, ¿cierto?

–*Claro que sí* –declaró ella con seguridad–. *Carnes con papas* para la cena –me dijo a mí con voz suave antes de retirarse. No sabía qué estaría tramando, pero ¿quién era yo para negarme a mi cena favorita?

Ana saludó a su madre.

–Me voy. Los chicos están aquí –dijo. Tyler y Lamont se dirigieron al escenario, Ana camino hacia ellos–. Nos vemos luego –me dijo.

La señora Peña volvió a mirar su portapapeles. El grupo que la rodeaba se había reducido mientras repartía tareas. Los taladros eléctricos chillaban y vi a Oscar y a Mike en el lado este de la plaza, trabajando en mesas y en lo que parecía ser una plataforma muy elaborada. La Tortuga Dorada se sentaba orgullosamente encima de ella. Me sorprendió que Benny no estuviera rondando su tesoro.

–¡Caracoles! ¿Dónde está Benny? –preguntó la señora Peña como si hubiese escuchado mis pensamientos. Miró a su alrededor pero no localizó a su hijo.

–Fue al partido de fútbol –respondió Junior. La comandante del festival cambió instantáneamente al modo madre preocupada

–¿Crees que estará bien? –miró a su esposo, que asintió. Sin embargo, ella no pareció tranquila.

–Tomaré cualquier tarea que quede libre –di un paso adelante con la esperanza de aliviar algunas de sus preocupaciones.

–Necesitamos llevar estos volantes y cupones a algunos de los pueblos vecinos para promover un poco más el festival, pero tú no tienes un coche, Rosa.

–Yo sí –dijo una voz familiar a mis espaldas.

Me giré para ver que Alex me regalaba una sonrisa suave. Sus manos estaban dentro de sus bolsillos y el mar de sus brazos lucía vívidamente azul en este día soleado.

–Excelente –dijo la señora Peña–. Muchas gracias, Alex.

Me entregó una pila de papeles y una lista con los lugares a los que debíamos ir para repartirlos.

Esto estaba bien. No era pasar tiempo a solas con Alex, de quien había decidido que no tenía el tiempo ni la capacidad emocional para enamorarme en este momento. Sino que era por el festival y, luego de trabajar principalmente en tareas para la boda, también era agradable hacer algo distinto.

–Hora de ponerse a trabajar –me recordé a mí misma mientras caminábamos juntos hacia el estacionamiento del puerto.

–¿Qué? –se inclinó más cerca.

–Nada, solo estaba leyendo el mapa.

Alex me abrió la puerta del pasajero y me deslicé dentro. Mientras él caminaba hacia el lado del conductor, murmuré una oración para tomar confianza. Aceptaría la ayuda de cualquier santo que me escuchara. Su trozo de cuerda era un intrincado nudo en el centro de la consola de su camioneta.

Entró, encendió el motor y la radio comenzó a sonar en medio de *Candela* de Buena Vista Social Club. Mis ojos se abrieron ante el sonido de la vieja banda cubana en el vehículo de Alex. Se sintió como un buen presagio, pero él pareció avergonzado. Sin decir una palabra, movió la palanca de cambios y salió del estacionamiento.

Condujo en un incómodo silencio por un momento hasta que sacudió la cabeza y dejó escapar una risa autocrítica.

–Un chico comienza a hablar con una chica cubana y de repente está escuchando Buena Vista Social Club –dijo.

No tenía idea de qué decir. Por supuesto que estaban los postres, tesoros perdidos, mi ritmo cardíaco errático, la planificación de la

boda y el hecho de que ahora todas las canciones me recordaban a él, pero ¿desde cuándo *hablábamos* de mi enamoramiento secreto? Oh, Dios, ¿yo también le gustaba?

Cambió de marcha cuando se unió a la interestatal.

Llegamos a la parada turística popular más cercana. Tenía un centro comercial, tiendas de antigüedades y enormes carteles que anunciaban la interesante combinación de carne de cocodrilo, maní hervido y orquídeas de Florida. Les hablé sobre la belleza de Puerto Coral con los volantes y los tenté con los cupones. Aparentemente fui una embajadora muy convincente, porque pusieron nuestras ofertas a la vista, cerca de las registradoras. Cuando salí de la tienda de regalos del huerto de cítricos, Alex me estaba esperando junto a su camioneta. Me ofreció tímidamente una paleta de mandarina cuando me acerqué.

–¿La robaste?

–Claro que no –rio con sorpresa. Desenvolvió la otra paleta y la puso en su boca. Lo imité. Que ambos estuviéramos comiendo el mismo dulce al mismo tiempo me supo a coqueteo. Probablemente fuera por el contacto visual.

–¿En qué piensas? –pregunté entrecerrando los ojos un poco contra el sol.

–En hacer mermelada de mandarina con miel.

–¿Y qué harías con eso?

El caramelo dulce y agrio hizo *clic* suavemente contra sus dientes mientras pensaba mi pregunta.

–Hornearía rollos con mucha mantequilla.

Estaba cautivada.

–Y serviría la mermelada cuando aún estén calientes.

Cerré mis ojos con un gemido. Alex rio y abrió la puerta.

Nuestra última parada fue la más alejada, pero la salida era la primera de las principales que se dirigía hacia Puerto Coral con un centro de visitantes, por lo que era importante que también los notificáramos. En aquella zona había menos urbanización, lo que por fortuna dejaba caminos de verde y vida. El fondo de antiguos cipreses se extendía como rodillas enterradas en tierras pantanosas. Ver la tierra volverse salvaje, incluso por un breve momento, hizo que cayera en la cuenta de que no había salido fuera de Puerto Coral en años.

—¿En dónde estamos hoy? —preguntó Alex mientras cambiaba la marcha. Recordó mi historia sobre los viajes por carretera y la eterna preguntar de mi madre.

—En un bosque submarino —le dije con diversión.

—¿Qué? —su tonó de alarma me hizo reír.

—Estamos cerca de uno. No muy lejos de las orillas del Golfo, en Alabama, hay un bosque submarino con cipreses de la era de hielo, de hace como sesenta mil años —miré por la ventana. Había llegado a esa información gracias a un proyecto para una clase de Ecología, pero había seguido investigando para alimentar mi propia curiosidad—. Lo descubrieron después de que un huracán categoría cinco agitara las aguas. El golfo es prácticamente todo arena, pero justo en el borde hay un bosque antiguo preservado que muestra los caminos de ríos y valles de antaño.

Detrás de mi ventana, el ciprés calvo dio paso de nuevo a arboledas más cuidadas. Las granjas aquí habían luchado contra el *enverdecimiento de los cítricos*, una enfermedad terrible e incurable que ataca a los árboles.

—¿Tu afinidad con las plantas viene de tu abuela?

—Me cuesta imaginar que no sea algo heredado, pero estoy más interesada en lo que podemos hacer por ellas y en personas como Mimi, que conocen el antiguo arte de utilizarlas para la curación. Cuando pienso en Cuba… sí, pienso mí y en mi familia, pero también en algo más grande que nosotros. Pienso en la increíble biodiversidad de la isla y en su futuro. Quiero que sobreviva y prospere —señalé a la arboleda que estaba más adelante—. Y quiero que esas naranjas vuelvan la próxima temporada —me volví para enfrentar a Alex. Tenía una mano relajada en el volante y la luz del sol casi lo hacía brillar. Algo significativo comenzaba a formarse en mi mente, desarrollándose y haciéndose más y más grande, como cuando vi esa foto del presidente Obama riéndose en La Habana Vieja con su hija Malia—. Quiero que el puerto sobreviva por otros cien años.

—También yo —Alex asintió, sus ojos veían hacia adelante—. Espero que esto funcione —comenzó a preguntar algo más, pero volvió a concentrarse en el camino. Su mano golpeteaba la palanca de cambios, la estiró hacia su trozo de cuerda pero la dejó caer antes de alcanzarla. Lo observé dudar, hasta que habló—: ¿Alguna novedad de tu decisión para la universidad?

Pasé de calcular cientos de años en el futuro, a enfrentarme con solo unos días.

—No… —empecé, justo cuando comenzó a salir humo del capó. Alex maldijo entre dientes y se detuvo—. ¿Qué pasó?

—Se sobrecalentó. Hace demasiado calor hoy y mi indicador de temperatura está roto —se movió para estacionarse y apagó el motor. Murmuró otra maldición—. Tengo refrigerante, pero tengo que esperar un par de minutos para que se enfríe lo suficiente como para que pueda abrir el capó. Puedo hacer funcionar la ventilación para

desviar parte del calor –se pasó las manos por el pelo–. Lo siento por esto.

–Está bien. Nos tomaremos un descanso para disfrutar del paisaje –tenía hambre, comenzaba a sudar y mi azúcar en sangre iba en baja. Me hubiera gustado tener otra paleta de mandarina.

–Salgamos antes de aquí antes de que nos cocinemos –salió y yo lo seguí. Sin un edificio en kilómetros, nos encontrábamos en la parte de atrás del huerto de naranjos de alguien, los árboles terminaban a unos pocos metros de la interestatal.

–¿Quieres una naranja? –pregunté.

–Te preocupaba que hubiera robado los dulces, pero ahora estás ofreciendo hurtar cítricos.

–Hurtar, ¿eh? Me gusta eso. Vamos, es una naranja. Tal vez dos, de una arboleda entera. Ya hay muchas en el suelo.

–Paso, pero gracias de todos modos, Eva –solté una carcajada.

–Iré por ellas –decidí mientras consideraba la distancia. Las altas hierbas a lo largo de la carretera rozaban mis tobillos y rodillas. ¿Quién era la afortunada ahora por llevar sus pantalones y zapatos de jardinería? Di un paso más grande para evitar lo que parecían ser los restos de un neumático quemado. Pero cuando mi pie aterrizó, el suelo cedió con un crujido y caí de rodillas. Todo el perímetro alrededor de la arboleda era un desastre pantanoso, oculto por la maleza, y ahora mis piernas y manos estaban cubiertas de porquería. Me incorporé un poco y miré por encima de mi hombro, pero Alex se había perdido mi caída por estar inclinado dentro de la camioneta.

–Todo por una naranja –murmuré. Traté de pararme, pero el barro no lo hizo fácil. Finalmente me puse de pie, solo para levantar la mirada y descubrir un caimán.

El pequeño y enojado dinosaurio me miró a unos pocos metros de distancia, su quietud era una amenaza implícita. Había algo desconcertantemente antiguo en los caimanes, razón por la que debías mantenerte alejado de las zonas con maleza en Florida, naranjas o no.

—Alex —lo llamé con cuidado. Mis piernas se crisparon y juro que pude ver al caimán notándolo. Iba a vomitar mi paleta.

—¿Qué pasa? —la voz de Alex se acercaba.

—Caimán —me ahogué. Le oí detenerse.

—¿Dónde?

No me pude mover. Estiré un poco la barbilla en dirección al animal, pero por lo demás me quedé totalmente paralizada. Era un bloque de hielo que se derretía en el día más caluroso del año.

—Escucha —dijo—, es muy pequeño y probablemente te tenga más miedo a ti que tú a él.

Quería poner los ojos en blanco. La gente siempre decía eso. Pero esas personas realmente subestimaban mi capacidad para asustarme.

—Solo camina hacia mí.

Por encima de nosotros, un grupo de grullas de arena pasó gritando a toda potencia como una alarma de incendio. Me di la vuelta y me encaminé directamente a la camioneta.

Desafortunadamente, Alex estaba justo detrás de mí y, yo podré ser pequeñita, pero en ese momento mi impulso y deseos de vivir fueron más poderosos, así que lo derribé como un leñador a un árbol. Cayó al barro con un gruñido y yo caí encima de él.

—¡Lo siento!

—Seguimos encontrándonos de esta forma —dejó caer su cabeza en la tierra y resopló con una carcajada.

Me levanté de un salto, esperando encontrarme con el caimán

hambriento, pero ya se había ido. El alivio fue instantáneo y mis huesos se derritieron.

—Se ha ido —le sonreí a Alex.

—Era un caimán realmente pequeño, Rosa. De hecho podría haber sido una lagartija.

—Tal vez, pero sucede que yo también soy algo pequeña. ¡Quién sabe quién hubiera ganado!

—Apuesto todo mi dinero a la pequeña defensa —dijo—. No me estoy quejando, pero aún estamos al borde de la carretera —agregó con voz más baja. Yo estaba mirando su boca, así que me tomó unos segundos comprender sus palabras. Di un brinco y permití que se pusiera de pie. Gracias a la caída (y a mí aterrizando sobre él) ahora estaba cubierto de lodo.

Intenté sacudir la suciedad de su camisa, pero solo logré empeorarlo. Me encontré con la mirada paciente de Alex y me recorrieron recuerdos de azúcar caliente y caramelo quemado. Tomó con cuidado mi cara en sus manos. Sus pulgares limpiaron suavemente la suciedad de mis mejillas.

—No pude conseguir la naranja —susurré.

Alex sonrió e inclinó su cabeza. Capturó mis labios en un suave beso, que desde ya me supo agridulce. *Es un chico con un barco. Y tú te marcharás. Y él lo sabe.*

Mis manos apretaron sus muñecas, quizás para mantenerlo en su lugar, quizás para evitar caerme, no lo sabía. O quizás ambas, ya que Alex me ofrecía besos suaves y mordaces que parecían preguntas. Este lenguaje era nuevo, pero seguí sus pasos lentos y cuidadosos. Cuando se detuvo para respirar, me puse en puntas de pie y atrapé sus labios en un beso más intenso, demasiado febril como para

preocuparse por cosas sin importancia como el aire. Sus manos se deslizaron por mis costados y me envolvió con sus brazos. Sostenida por las olas salvajes y azules de su océano, presioné mi corazón –que latía con furia– contra el suyo. Estaba a punto de sucumbir a un golpe de calor, pero no me importaba. Él sabía a mandarina, y yo ya no podía recordar el sabor de los caramelos de fresa que alguna vez fueron mis favoritos. Un beso había convertido la primavera en verano.

Fue un claxon atronador el que finalmente nos obligó a separarnos. Un camión pasó a toda velocidad. Alex parecía tan aturdido como yo y sonreí. *Yo* había conseguido eso.

–Sigue viéndome así y jamás saldremos de este lugar –rio mientras me ofrecía su mano para regresar de nuevo a la camioneta. Abrió el capó, el motor ya se había enfriado. Ninguno de los dos dijo una palabra una vez que regresamos a la camioneta, pero no pude evitar chequear la sonrisa secreta que bailaba en sus labios.

Cuando llegamos a nuestra última parada, sacudimos el lodo de nuestros zapatos lo mejor que pudimos. Todos nos observaron al caminar hacia el mostrador del centro de visitantes. Las cejas de la anciana se dispararon hasta la línea de su cabello. Me apresuré a contarle sobre Puerto Coral. Permaneció en silencio, contemplándonos con una mirada curiosa y preocupada. Cuando le pedí que nos tuvieran en cuenta al hablar con los turistas esta semana, su mirada viajó de nosotros a los papeles en sus manos, para luego regresar a nosotros. Alex tenía sus manos detrás de la espalda, de forma educada. Yo había perdido mi pañuelo. Parecíamos vagabundos del pantano.

–¿Qué clase de festival es este? –preguntó con un pronunciado acento sureño.

–Uno asombroso –le dije casi sin aliento.

−¿Por qué el caimán cruzó la calle? −preguntó Ana al día siguiente. La ignoré, pero se estaba divirtiendo demasiado como para dejar pasar la broma. Volvió a preguntarlo, sentada detrás de su batería. Suspiré. El ventilador oscilante apenas alcanzaba mi posición en el sofá de su garaje. Benny y Mike estaban bloqueando la mayor parte del aire fresco.

−No lo sé, Ana −finalmente la complací−. ¿Por qué el caimán cruzó la calle?

−¡Para robarse una naranja! −dio unos golpes a su batería y comenzó a reír de forma escandalosa. Benny dejó su soda.

−No lo entiendo −dijo.

−Se está burlando de lo que me sucedió ayer.

−No, esa parte sí la entiendo. Pero el chiste apesta.

−¡Ey! −Ana lo apuntó con uno de sus palillos. Nunca le mencionamos lo igual que se veía a su madre amenazándonos con una

cuchara de madera cuando hacía eso. No lo hacíamos por miedo a que decidiera arrojárnoslo.

—¿Dónde está tu novio? —preguntó Benny—. ¿Volvió al mar?

—Dame tu palillo —le dije a Ana.

—Claro, pero primero cuéntame sobre el beso —replicó. Eché un vistazo a los chicos, que de repente tenían todos algo más que mirar.

—Así es, amigos —dije—. Perdieron la oportunidad. Su chica, Rosa, anda por ahí besando a chicos lindos con barba de hombre y delicias horneadas.

Cuando Alex y yo regresamos al pueblo el día anterior, yo tenía que trabajar en la bodega. Él se ofreció a acompañarme, porque es un caballero, pero lo rechacé para salvarlo de los cubanos sarcásticos y sus chismes. No tenía idea de lo que estábamos haciendo, pero era difícil razonar con claridad después de que un panadero sexy te besara tan bien. Estaba viviendo el momento.

—¿De qué más quieres que hablemos cuando tienes ese brillo en los ojos? Hasta pareces drogada —se quejó Ana. Estaba practicando para su próximo concierto y golpeó uno de los platillos para dar un final dramático.

—Extraño los bongos —murmuró dolorido Benny.

—Olvídalos, ahora que estoy en Electric ya puedo decirles a mamá y a papá que dejé la banda de jazz oficialmente —dejó que su acento cayera una octava para convertirse en súper cubana—. La banda está bien si te ayuda a conseguir una beca *para una universidad* a la que ni siquiera quieres ir.

—Ana, cuéntame otra vez —intervino Mike—. ¿Por qué no quieres ir a la universidad?

—Es una pérdida de dinero y de mi tiempo. Tomaré un par de

clases, o lo que sea, pero no empacaré todo para ir a pasar el rato con hípsters y nerds. Sin ofender, Rosa.

—Espera, ¿cuál de esos dos soy yo?

—Prefiero trabajar y tocar la batería, y descifrar el resto con mi tiempo y mi dinero. No es que esté completamente en contra de la educación superior, tengo guardada una solicitud para la Comunitaria de Puerto Coral en mi teléfono —señaló a su hermano—. No te atrevas a contarle a mamá o a papá. Ellos creen que ya solicité un puesto en las universidades estatales como todos los demás.

—Eso es asunto tuyo —Benny acabó el resto de su refresco y sacudió la lata vacía—. Pero no vengas a llorar cuando todos tus amigos se hayan ido… —miró alrededor del garaje—. Cuando tus dos amigos se hayan ido.

—Quizás Mike no me abandone —señaló Ana.

—¿Qué? —pregunté—. ¿Desde cuándo? ¡Te aceptaron en Florida!

—Aún no lo sé —Mike elevó su mano para detenerme—. Pero hay una oferta de aprendiz que realmente me gusta y la Comunitaria de Puerto Coral está aquí, por lo que tendría una razón para quedarme.

—Ahora yo también —Ana tocó un poco con ritmo veloz—. Tyler mencionó que tiene planes para un pequeño tour este verano y visitar todos los puntos turísticos.

Ana comenzó a planear la gira de sus sueños frente a nosotros, pero yo no podía dejar de pensar en lo de ayer. El breve viaje por carretera con Alex había sido más que besos realmente buenos. Mis ideas para los próximos dos años de universidad se habían desplegado al ver esos naranjales y cipreses. Cuatro universidades me habían aceptado como estudiante para la especialización de Estudios Latinoamericanos. Esas universidades también ofrecían asignaturas

secundarias en Ciencias Ambientales y Estudios de Sustentabilidad. Ya no era un camino directo a La Habana, pero solo me quedaban unos días y lo más salvaje que había hecho hasta el momento era una lista completamente nueva en mi diario.

–¿Esa no es Mimi? –preguntó Ana de repente–. ¿A dónde va con tanta prisa?

Mi *abuela* corría por la calle cargando tres bolsas. Mimi había estado actuando muy extraño desde que mamá se había ido. Pasaba menos tiempo en su ventana y desaparecía por largos períodos. Creería que estaba evitándome si no fuera porque cuando estábamos juntas en casa me insistía para que la ayudara en el jardín.

–No lo sé –respondí y di un salto fuera del sofá–. Pero los veré más tarde, chicos.

Llegué a la acera y mantuve una distancia cautelosa. No podía preguntarle directamente, eso solo me haría ganar un viaje de culpa aplicado por expertos o algo peor: una pregunta diferente, pero no menos intrusiva, a cambio. Si iba a averiguar qué estaba pasando con ella, tenía que hacerlo de manera sigilosa. Otro secreto más. Últimamente las tres mujeres Santos estaban coleccionando muchos de esos.

–¡Ey, Rosa! –la señorita Francis se topó conmigo, estaba junto a Flotsam y Jetsam. Sus perros ni se molestaron en olfatearme pero me vigilaron por cualquier movimiento repentino–. ¿Cómo va el gran debate universitario?

–Oh, cierto, sí. Va encaminado –miré por encima de su hombro para asegurarme de que no había perdido de vista a Mimi.

–Genial, ¿ya has elegido?

–¿Elegir qué?

–¿Una universidad?

–Ay, Dios, no. Oiga, debo irme, así que la veré luego, ¿de acuerdo? –la saludé y corrí calle abajo para alcanzar a Mimi, cuando mi abuela se detuvo. Me zambullí en el jardín más cercano.

–¡Rosa Santos, más te vale que no estés robando mis flores! –Gladys estaba sentada en su pórtico.

Agité mis manos, suplicándole silencio.

–Imagino que no me estás pidiendo que me calle en mi propio jardín.

–¿A dónde se dirige? –murmuré mientras espiaba por entre los arbustos de gardenias. Mimi miró hacia un lado y luego al otro antes de continuar de nuevo por la calle. Me apresuré a seguirla. Mis pasos esparcieron las hojas caídas de magnolia, el aire era suave y dulce por el perfume de la flor. Más adelante, una multitud se reunía en la plaza. A esa hora de la tarde era de esperarse tránsito peatonal cerca de la bodega o del restaurante, pero todos estaban mirando fijo a la flamante tienda blanca, excepcionalmente alta, que de repente ocupaba toda una esquina de la plaza. Mimi pasó junto a ellos y se deslizó dentro. Nadie la cuestionó y nadie la siguió. *¿Qué demonios?*

Caminé hasta el muro blanco y noté los diferentes letreros que había a su alrededor.

NO ABRA O VERÁ.

Qué secreto y amenazador. Por supuesto que quise saber inmediatamente qué estaba pasando allí. Papá El se acercó con su carrito de paletas. Los sabores de hoy eran sandía, mango y *arroz con leche*.

–Apareció anoche –dijo tan confundido como me sentía yo–.

Todos están demasiado asustados como para ver qué hay dentro. Los letreros realmente son convincentes.

—Mimi acaba de entrar.

—Entonces definitivamente haré caso a los letreros.

Fui a buscar a la señora Peña para investigar.

—Mimi —dijo acusadoramente mientras se estiraba tras acomodar latas de sopa—. Nos despertamos y ya estaba aquí. Ella me llamó y me dijo que no mirara dentro, que no lo tocara ni que me preocupara. ¿Cómo se supone que no debo preocuparme por algo así? —sus manos cayeron sobre sus caderas—. El festival será en menos de una semana y tu *abuela* está fuera, montando tiendas secretas con quién sabe qué dentro. ¿Te ha dicho algo?

—No —pareció poco convencida por mi respuesta—. Lo juro. Pero sí vi una nota en nuestro calendario sobre la próxima luna llena.

—*Por Dios* —la señora Peña presionó el puente de su nariz antes de volver a las latas de sopa.

Cuando volví a salir, me puse mis gafas de sol y enfrenté a la tienda. Era un acertijo y una tentación en partes iguales. Podría simplemente ignorar las señales de advertencia e ingresar, apartar la tela hacia un lado y encontrar algunas respuestas. Lo que menos necesitaba en este momento eran más misterios, pero Mimi me había llamado impaciente y era la primera vez que alguien me decía eso. Yo, una pequeña flor tardía que leía libros grandes, ¿impaciente? Yo era toda paciencia y fe. ¿Verdad?

Bien, esto era una prueba. Y yo pasaba pruebas todo el tiempo, así que planeaba sobresalir en esta también.

—De acuerdo. Ten tu tienda, Mimi.

Me di la vuelta para bajar por el paseo marítimo y ver a Clara. Su

madre llegaría pronto y seguro querría repasar los detalles finales. Unos metros por delante de mí, la puerta de la peluquería se abrió y Alex salió. Se detuvo, su mirada en el mar. Mis pasos se volvieron lentos. Aquí había otra pequeña prueba. Si él se dirigía al puerto, yo no lo perseguiría ni me toparía con él. Tenía una lista de cosas que hacer y necesitaba tiempo para pensar en este asunto del enamoramiento, ahora que habíamos avanzado al nivel de los besos realmente buenos.

Se volteó en mi dirección y sonrió. Tenía razón, era letal. Nos encontramos a mitad de camino.

—Hola —dijo.

—Hola, tú —respondí—. Luces bien —Alex deslizó una mano sobre sus costados. Yo apreté las mías dentro de mis bolsillos porque realmente quería tocarlo.

—Oí que esa tienda es de Mimi —apuntó su barbilla en dirección a la plaza.

—Oí lo mismo —miré por encima de mi hombro—. Pero no me pidas detalles. Las mujeres de mi familia son famosas por no decirle nada al otro —había recibido un nuevo mensaje de mamá esta mañana: una imagen de su pintura con una calle iluminada por la luna que conocía de memoria, la vista de un cielo gris desde una ventana de avión, un gato en una bodega, reinando sobre bolsas de arroz. Solía buscar en las imágenes algún tipo de mensaje codificado, pero ahora las entendía por lo que eran: momentos en los que mi madre me extrañaba.

—Hay algo que quiero enseñarte —dijo Alex, sumergió sus manos en los bolsillos y se balanceó un poquito hacia adelante y atrás sobre las puntas de sus pies—. Es importante, creo.

—Está bien —dije con algo de curiosidad y preocupación. No era que no me gustaran las sorpresas, simplemente no me gustaba que me tomaran desprevenida.

—Está en mi barco —se volteó rápidamente como si estuviera asegurándose de que seguía allí con él.

—Por supuesto que está en tu barco —murmuré y lo dejé que me guiara por el paseo marítimo hasta el puerto. Los días seguían siendo abrazadores, pero el calor era más suave aquí. Mi cabello bailaba en una ráfaga salvaje y el suelo se volvía más inestable cuanto más nos acercábamos a los muelles. Todavía estaba nerviosa y fuera de lugar, pero mis temores también daban lugar a una especie de curiosidad reflexiva. Cuando llegamos a su barco, me ofreció una mano para cruzar. Justo en ese momento, un hombre mayor se nos acercó desde los muelles. La mano de Alex vaciló. Me armé de valor.

—Creí que esta mañana tenías programado el viaje de pesca al amanecer —dijo el hombre y me lanzó una mirada breve e intensa antes de enfocarse en Alex.

—Carlos lo hizo —respondió él con tono rígido—. Yo tenía cosas que hacer en la cocina.

—Por supuesto, tenías que hacer en la cocina. Bueno, Carlos tiene una esposa y un bebé en camino, así que no es necesario que salga en este momento. Además, tú eres el marinero.

Mi alarma pasiva-agresiva sonó cuando dijo *marinero*.

—Hola —dije y le ofrecí mi mano para cortar la tensión—. Soy Rosa.

—Javier —respondió y estrechó mi mano.

—Mi padre —suspiró Alex.

—¡Oh! —aún seguía agitando su mano mientras procesaba sus similitudes. Javier era más bajo y robusto que Alex, pero tenía los mismos

ojos y barba oscura. Y el mismo ceño fruncido entre las cejas. Liberé su mano e intenté sonreírle de forma amistosa–. Alex ha sido de gran ayuda con el festival y ha salvado la boda de Jonas y Clara.

–Bueno, me dijo que volvería a casa para ayudar con el puerto, pero no lo he visto mucho. Por lo menos está ocupado.

–El festival es para salvar...

–El puerto –interrumpió el hombre, asintiendo–. Por supuesto, solo esperemos que todo esto… funcione –se detuvo y mi alarma sonó de nuevo. Era bueno en esto, casi al nivel de habilidad de Mimi–. Todavía estás listo para la regata, ¿verdad?

–Por supuesto, papá. Dije que lo haría.

–Solo estaba asegurándome. Quiero ver al marinero en acción antes del gran viaje –el teléfono que traía en su mano comenzó a sonar y contestó la llamada–. Puerto Coral, diga –nos saludó con un gesto de despedida mientras escuchaba a la persona que había llamado. Los padres eran criaturas extrañas.

–¿Gran viaje? –pregunté. Alex se frotó la frente. Me ofreció su mano otra vez y me ayudó a navegar ese pequeño espacio entre el muelle y el bote. Me apoyé en el costado cuando él cruzó suavemente y bajó los escalones hacia la puerta. Bajó la cabeza y entró. ¿Se suponía que debía seguirlo? Me apresuré tras él y me encontré en una pequeña cocina con un solo tazón en el fregadero. A mi lado había un banco esquinero y una mesa con libros apilados encima. Luna estaba dormida junto a ellos. Olía a aceite, canela y mar. Alex se dirigió hacia una habitación en la parte de atrás, probablemente la suya.

Apreté mi mano contra mi estómago para mantener a raya todas las mariposas. Estaba demasiado nerviosa como para pensar en las camas de otras personas.

Después de un momento, Alex regresó con un pedazo de papel enrollado. Para disgusto de Luna, apartó los libros y extendió el papel sobre la mesa, era un mapa. No era un dibujo abstracto ni una interpretación de arte de grafiti, sino un mapa funcional con anotaciones y todo. Una línea muy definitiva atravesaba el azul. Esto no era un viaje a una isla barrera. Alex navegaría a través del mar.

—Lo he estado planeando desde siempre, pero ha tomado tiempo preparar todo lo que necesito y ahorrar el dinero para ello —alisó un pliegue en el papel—. Quiero irme por un buen tiempo.

Seguí las líneas que se sentían cálidas al tacto. El mar afuera cantaba para él.

—¿Qué opinas? —quiso saber con un dejo de nerviosismo en su voz.

Observé el mapa y una pequeña angustia golpeó contra un lugar hueco dentro de mí. Esto no era solo un enamoramiento hacia un chico con barba que hacía postres de ensueño. Había estado envuelta en una neblina de azúcar y repostería. Alex era un marinero con un barco, que estaba destinado al mar.

—¿Cuándo te marchas?

—El mes próximo. El objetivo es pasar el verano navegando —la confesión se abrió paso entre los dos, robándose demasiado aire en ese lugar tan pequeño—. Espero que todo vaya bien y que, para cuando regrese, el equipo de la universidad ya esté aquí para comenzar a trabajar. Así que, si alguna vez voy a animarme a hacerlo, el momento es ahora.

—Eso tiene sentido —me aparté de la mesa con el corazón pesado—. *Guau*, un verano completo en el agua… —mi voz se fue apagando por el nudo en mi garganta. Agité una mano por encima de su mapa pero

no lo toqué. Este mapa era la prueba de que no existía un próximo paso para los dos. Nuestra fecha de caducidad estaba escrita en sus notas, que hablaban de distancias y peligros. Por encima de todo el mapa debería estar escrito, con un amenazante tono rojo: "No te enamores de Rosa Santos".

—Quería decírtelo porque…

—Te marchas —completé, intentando hacer que mi voz se oyera ligera, pero se quebró al final. Inhalé profundamente—. Y yo también. Así que estas son cosas importantes de saber, claro. A pesar de todo el… —llevé mis dedos a mis labios.

—Lo sé… —respondió—. Ambos nos iremos, pero, tal vez… ¿podemos cenar primero? —se encogió de hombros en un intento por restarle importancia, pero sus ojos lo delataron. Esto era importante. *Yo* era importante para él.

—¿Estás intentando alimentarme otra vez? —bromeé en un susurro. Esto era un desastre. Él me gustaba mucho, demasiado. Siempre juré que no sería como mi madre y, sin embargo, a pesar de todo mi esfuerzo, estaba de pie en un barco, en este muelle, entregando mi corazón peligroso y traicionero.

—Ya nos sentamos juntos a comer un semestre entero —dijo—. Esta vez nos sentaremos en la misma mesa. Dame una cita, Rosa.

—De acuerdo —respondí con todo mi tonto corazón.

A solo dos días del festival y la boda, no tenía tiempo de obsesionarme con mi primera cita real. Volé en mi patineta a la librería de Clara y finalmente pude conocer a su madre. Las tres decidimos dónde se prepararían todos antes de la ceremonia, así que ya sabía dónde debían estar las flores, el maquillaje y los vestidos. A continuación, corrí a lo de Oscar para comprobar si el arco y mi orden secreta ya estaban listos.

Revisé el mural de mi madre en el exterior y descubrí que no lo había dejado completamente en blanco. Había un boceto de alguien, pero mamá aún tenía que colorearlo o darle alguna forma real y definida. Parecía un fantasma. Su contribución gótica al pueblo. Mi madre había regresado a casa para ser destrozada y pintar fantasmas.

—Y, sin embargo, soy de la única sobre la que siguen blogueando —murmuré. Alex se reuniría conmigo después del trabajo, así que corrí a casa, me apresuré a entrar en mi habitación y me detuve

frente a mi armario. El vestido amarillo captó mi atención. También lo hizo la falda roja, pero necesitaba ser discreta con esta cita, así que tal vez la roja no fuera el camino a seguir. El verde sin mangas tenía una gran silueta y me hacía sentir muy terrenal y relajada. Eso último me estaba eludiendo. A pesar de ser un pequeño momento de indecisión, fue suficiente para descorchar todo el *tikitiki* que había estado conteniendo últimamente. Mis nervios hicieron que mis rodillas cedieran y me senté con torpeza en el suelo. Presioné mi mano contra mi pecho mientras trataba de profundizar mi respiración y estudiaba mi altar justo frente a mí.

Mi *abuelo* estaba recostado contra una palmera, con los brazos cruzados sobre el pecho. Parecía estoico y fuerte. En la otra foto, mi padre se sentaba sobre una mesa de pícnic con una caña de pescar a su lado. Su sonrisa ardía brillante para quienquiera que estuviera tomándole la foto.

—Debería hablar más con los dos —les dije. Esas eran más que fotografías. Estaban aquí para ser recordados. El polvo sobre sus imágenes me llenó de una culpa nerviosa, pero también me dio algo que hacer. Una forma de arreglar *algo*.

Tomé mi caja de herramientas. De plástico y descontroladamente rosada, solía ser una caja de maquillaje, olvidada aquí de cuando esta habitación aún era de mi madre. Contenía velas, hierbas secas embotelladas, colonia Agua de Florida y otras piezas sueltas de brujas. Vertí un poco de Agua de Florida en mi palma antes de pasarme el perfume por mi cuello y clavícula. El dulce aroma a cítricos se apoderó de mí en una ola calmante cuando encendí el incienso de salvia y lo agité a mí alrededor. Busqué un pañuelo y limpié todo el polvo de la mesa, luego la fregué con más Agua de Florida. Puse las fotos

de nuevo en su lugar y encendí una vela. Me senté delante de mis fantasmas una vez más.

—Realmente me vendría bien un poco de ayuda con la universidad, ¿pueden ver el futuro? Sí, probablemente no funcione así. Pero quizás puedan juntarse con mis otros antepasados y dejarme saber lo que piensan. Un poco de claridad sobre todo esto ayudaría.

Desenvolví un dulce de fresa y me lo metí en la boca mientras comenzaba a mezclar las cartas de tarot. Corté la baraja y coloqué tres cartas en una línea extendida simple. Miré las fotos en mi altar una vez más. Mi mano se detuvo sobre la primera carta.

—¡Rosa! —la puerta de mi habitación se sacudió con el tono elevado de Mimi.

—¿Qué? —grité.

—¡No me grites! —respondió. Puse los ojos en blanco, pero me incorporé de inmediato en cuanto el sonido de sus pasos se aproximó. Corrí hacia mi puerta y la abrí lo suficiente como para mirar. Se detuvo frente a mí.

—¿Qué sucede? —me incliné sobre el umbral de la puerta.

—Pensé que estabas en tu trabajo —su cabello estaba rizado y su vestido era turquesa. Sostenía una percha con mi falda de margaritas amarillas recién planchada. Olía a su polvo facial favorito y a la crema herbal casera que usaba para su artritis.

—Iré en una hora. Esta mañana estuve haciendo algunos recados por la boda.

Mimi trató de ingresar al cuarto, pero ambas éramos bajitas y logré bloquearla con un movimiento disimulado. Me tendió la falda y la apreté contra mi pecho. Nos quedamos allí por un momento, enfrentándonos con una puerta medio cerrada entre nosotras.

–¿Qué harás hoy? –pregunté apresurada. La falda se arrugaba bajo mi prensión mortal.

–Estaré en el jardín –dijo y luego señaló a mis espaldas–. Limpia eso.

Miré por encima de mi hombro. En mi prisa por llegar antes que Mimi a mi puerta, había derribado el resto de la baraja y la botella de Agua de Florida. El olor del perfume se sentía potente.

–¡Oh, no! ¡No!

Me volví para mirar con culpa a Mimi, pero ella ya se había ido. Me quedé observando las fotos.

–Mala mía.

✕ ✕ ✕

–¡Mimi! –la llamé por tercera vez, quince minutos después, ya con mi falda de margaritas amarillas puesta. Estaba de pie en el umbral del jardín, el aroma a tierra recién regada y el dulce floral era embriagador hoy.

–¡*Aquí*! –respondió desde algún lugar cercano a la artemisa y la milenrama. Me detuve frente a la artemisa, el aroma herbal con un toque de salvia era pesado, pero no vi a Mimi.

–Estoy justo aquí –insistió desde algún punto que, obviamente, no era *aquí*. Me giré y seguí su voz. De pequeña aprendí a rastrearla por el sonido de sus brazaletes. En el lado este de su jardín encontré unas limas, una cheflera y un plátano, pero no a mi abuela.

–¡Mimi, es en serio!

–¡Jesús! –surgió de repente a mi izquierda y, con el ceño fruncido, me roció con su agua de menta–. *¿Qué pasó?*

—Nada —bueno, en realidad, muchas cosas habían pasado últimamente, pero no sabía cómo contárselo y eso me estaba matando. Quería pedirle consejo acerca de la universidad, pero luego de la Gran Pelea, temía volver a sumergirme en esas aguas. También quería hablarle sobre mi cita, pero tampoco sabía cómo hacerlo dado que eso implicaría que le hablara de Alex—. Solo quería hablar contigo antes de ir al trabajo, ¿qué sucede dentro de la tienda, Mimi? Todos en la bodega creen que sé lo que estás haciendo.

—Diles que no sabes. Esa es la verdad.

—¿Pero por qué no me lo cuentas y ya?

—Porque ya lo verás —bajó su botella de rocío—. Quiero contártelo todo, *mi niña*, y lo haré. Ya verás.

—¿Ver qué? —pregunté frustrada.

—Todo —sujetó mi rostro entre sus manos delicadas con aroma a menta y me besó suavemente en la frente—. Desearía poder enseñarte mi hogar, *nuestro* hogar, pero lo intentaré.

—Podría ir a Cuba ahora —susurré y la tomé de sus manos. La confesión era enorme.

—Y yo no —sus ojos se tornaron tristes. Acomodó mi cabello hacia atrás con su mano y me observó como si volviera a tener siete años y rogara nunca más abandonar Puerto Coral.

¿Cuánto le había costado estar entre mamá y yo? Mimi, mi hogar, mi refugio. Mi isla. Solo quería que ella entendiera cuánto la amaba. Si pudiera reconectarnos con nuestras raíces, tal vez entonces podríamos hacer crecer algo nuevo en el desastre que habíamos hecho.

Ella me dio otro beso y desapareció en su jardín salvaje. Las campanillas de viento emitieron una suave canción, y deseé las palabras, en cualquiera de nuestros idiomas, que facilitaran todo esto.

Intenté conjurar la voz de mamá en silencio, prometiéndome a la luz de la luna que encontraría mi caracola mágica. "Te llevará a donde necesites ir", susurraría contra mi sien, sellando el deseo con un beso antes de que me quedara dormida. Y yo todavía creía en aquel día imposible. Me recordaba mucho a mi eterno optimismo sobre Cuba.

Y a mi familia.

22

Mi turno en la bodega terminaba a las seis, cuando Alex y yo nos reuniríamos para nuestra gran cita. Colgué mi vestido en el casillero de la habitación trasera y luego sujeté mi delantal mientras chequeaba la agenda del día.

—Te toca el mostrador del restaurante —dijo Ana detrás de mí. Estalló el globo de su goma de mascar y sonrió ampliamente—. ¿Nerviosa?

—Trabajar con tu padre no es tan malo.

—¡No! Hablo de tu cita, ¡bicho raro! —intenté callarla, pero Benny se nos acercó mientras barría con la escoba y un recogedor.

—Demasiado tarde, ya le contó a todos.

—Fue un accidente, lo juro —Ana me dio una de sus miradas más inocentes.

Benny trató de barrer mis pies, pero lo fulminé con la mirada. Que barrieran tus pies era una vieja superstición que indicaba que te

casarías con un anciano. Entré justo que Junior doblaba la esquina con un carrito de plátanos y aguacates.

—¡Ey, Rosa!–dijo–. ¿Entusiasmada por la gran cita?

—Voy a matarlos a todos –murmuré y continué caminando.

Una vez que estuve detrás del mostrador, fue un alivio hallar el silencio del señor Peña. Sin embargo, todos estuvieron en la guardia *Rosa Tiene Una Cita* durante la totalidad de mi turno. Merodeaban el restaurante y por fuera de la ventana, haciendo enfadar al señor Peña y aumentando mis nervios.

—No es oficialmente la gran cosa –dije a Ana mientras me inclinaba contra un muro luego de mi horario de trabajo.

—Rosa –me dijo.

—Lo sé, lo sé –di una patada a la pared de ladrillos–. Me gusta mucho cuando sé que no debería, así que esto se siente como si estuviera tentando a algo.

—Sí, estás tentando a un marinero que abandonó la universidad.

—Quiero decir tentar al destino. Estoy haciendo exactamente lo mismo que hizo mi madre.

—Deja de preocuparte por tu madre. Te gusta y eso está bien. Te quedan tres días, sirena. Alócate. No estás cambiando tus planes por él: estás disfrutando el momento. Simplemente no te enamores y comiences a pagar sus cuentas de teléfono y estarás bien.

—¿Qué?

—No lo sé, Paula me dijo que eso siempre sale mal. Hablando de ella, allí viene.

Y lo hacía, venía hacia nosotras con paso apresurado y ojos brillantes.

—Tu cita está aquí –susurró.

Me aparté de la pared y eché un vistazo a la esquina. Alex estaba esperando más allá de las mesas. Llevaba una camisa a botones blanca, con las mangas enrolladas hasta los codos. La tinta azul caía en cascadas sobre sus antebrazos desnudos y casi podía escuchar a las olas lamiendo su piel. Llevaba una corbata azul oscuro.

Mi fantasía de tener una cita con el prefecto de Ravenclaw había cobrado vida. Paula dejó escapar un largo suspiro cuando Alex nos vio y comenzó a caminar en nuestra dirección.

—¿Qué hay con la corbata? —preguntó Ana—. Luce como un nerd.

—Luce como una canción lenta que te advierte que estás haciendo lo que no deberías —Paula hizo un sonido bajito. Era una sensación familiar estar parada junto a ella mientras un chico lindo se acercaba a coquetear. Con ella. Jamás conmigo, la eterna hermanita.

—¿Estás lista? —me preguntó Alex deteniéndose frente a nosotras.

—Sí, solo dame un segundo —corrí a la sala de descanso con Paula pisándome los talones. Una vez que nos perdimos de vista, ella me miró boquiabierta y me golpeó el hombro con orgullo. Sacudí mis manos y chillé. Paula me dio la vuelta y me ayudó a quitarme el delantal. Saqué mi vestido de mi casillero y me cambié en el baño.

Antes de que supiera lo que estaba pasando, Paula estaba allí con un frasco de perfume, que roció sobre mi escote.

—Sírvelo a cucharadas y échale chispitas encima —dijo tomándome de los hombros—. Rocía ese caramelo, ¿me entiendes? Garabatea su nombre en tu pequeño diario. Graba su nombre.

—¿Eso fue un eufemismo? —pregunté, confundida. Repentinamente deseaba un helado.

—De alguna forma lo entendiste —dijo en tono reverencial—. Ve por él.

Alex esperaba afuera con las manos en los bolsillos. Sonrió cuando pasé junto a los *viejitos* curiosos, que ya tenían sus teléfonos preparados. No sabía si llamarían a Mimi o si tan solo publicarían algo sobre nosotros, pero esta noche era una sirena e iba a por todo.

✕ ✕ ✕

Llegamos al puerto, pero en lugar de dirigirse a los muelles, me llevó al restaurante. El comedor estaba vacío.

—¿Está cerrado? —pregunté.

—Solo por esta noche —una mesa estaba puesta debajo de luces bajas. Había un ramo de rosas rosadas y tulipanes rojos en el centro, y dos platos cubiertos. No podía creer el nivel de romance que se desarrollaba ante mis ojos. Me ofreció una silla. Fue otro momento de postal.

—Santa mierda, ¿estás bromeando?

Nos sentamos. Alex casi golpeó una de las velas al destapar uno de los platos y la cubierta se le resbaló de las manos en su prisa por salvarla.

—Estoy un poco nervioso —admitió con una media sonrisa.

Ambos nos relajamos cuando el delicioso aroma a ajo y mantequilla flotó sobre nosotros. Alex hizo a un lado la cubierta, revelando un linguini con vieiras y pan de ajo fresco. Mi estómago retumbó.

—¿Tú hiciste todo esto?

—Hice el pan y conseguí las vieiras y pensé... —se pasó la mano por la corbata.

La puerta de la cocina se abrió. Luz y alboroto se derramaron dentro. Alex se levantó de un salto.

—Oh, no —cerró los ojos con pesar—. No puedo creer esto.

—¿Qué está pasando? —me puse de pie de un salto. Si esta era una situación de escape rápido, una chica necesitaba estar lista.

—Mi familia —suspiró.

—¡Alejandro! —la señora Aquino se acercó a él con los brazos abiertos—. ¡Qué sorpresa!

—Te dije que tendría una cena esta noche, mamá. Una cena privada.

—¡Javier! —gritó ella abruptamente y luego me sonrió—. Mi marido está en la cocina. Oh, y aquí vienen todos mis hijos. Bueno, no todos son míos, casi todos.

—¿Todos están aquí? —indagó Alex.

Más miembros de la familia entraron en la habitación. Dos mujeres, una rubia, una morena, y Carlos, que sostenía la mano de una mujer muy embarazada. Dos niños volaron detrás de ellos, sus voces se alzaban mientras discutían por un teléfono. Todos brindaron generosas muestras de afecto a la señora Aquino antes de concentrarse en mí.

—Esta es Rosa —anunció la señora Aquino—. Amiga de Alex.

Todos en la sala pudieron oír la inflexión. Estaba segura de que incluso Paula y Ana pudieron oírla desde la bodega.

—Esta es mi hija, Emily, y su esposa, Fiona —la señora Aquino me presentó a la hermosa rubia y a la alta y curvilínea morena—. Y esos dos corriendo por la puerta de atrás son sus hijos, Kat y Ray. Conociste a mi hijo mayor, Carlos, y esta es su esposa, Sara —Sara tenía el cabello oscuro corto y una cara delicada. La señora Aquino puso una mano sobre el vientre de su nuera—. Y este es nuestro próximo bebé.

—Estoy hambrienta —Sara sonrió y besó la mejilla de su suegra—. No he comido en todo el día.

—Carlos —le recriminó a su hijo con los ojos como platos.

—Comió dos desayunos, un snack de media mañana, el almuerzo y unas patatas fritas en el coche de camino aquí —Carlos puso los ojos en blanco y luego me sonrió—. Es bueno verte de nuevo, Rosa —la sonrisa se convirtió en burla para Alex—. Ey, hermano, finalmente apareces en la cena familiar

—Esto no es una cena familiar —gruñó Alex—. Nunca dije que esto fuera una cena familiar.

—¿Cómo se suponía que supiera que no era para todos? —la señora Aquino sonaba inocente, pero yo conocía ese tono. Mimi lo usaba a menudo.

—Ella es muy bonita —comentó Emily.

—Deja de hablar de ella como si no estuviera aquí —dijo Alex.

Su hermana era una versión más alta de su madre, con una piel café cálida y un cabello casi negro que caía en ondas suaves. Me pregunté cómo sería tener una hermana mayor. Probablemente fuera como tener a mi madre pero sin las expectativas maternas.

—Gracias —dije a Emily. Quería desesperadamente comprobar mi maquillaje y juguetear con mi vestido.

—Nunca fui capaz de usar un lápiz de labios mate de esa forma —me dijo Fiona con un suspiro. Tenía una constitución atlética y me recordó a una surfista famosa que había visto en la televisión.

—Mucha exfoliación —respondí—. También, video tutoriales.

—Oh, Dios mío, los veo solo para relajarme —Fiona sonrió y le dio un codazo sutil a Emily, quien se veía complacida por nuestra conversación—. Me encantan los de delineado de ojos.

—Y los de contorno y cejas.

—¡Sí! —me respondieron las dos a coro.

La señora Aquino estaba hablando en voz baja con Alex. Le frotaba los brazos y luego lo tomó de las manos y se las apretó antes de soltarlas. Alex agachó la cabeza y asintió ante lo que ella estaba diciendo.

—¿No es guapo? —me preguntó cuando notó que los estaba observando. Me dedicó una sonrisa esplendida y palmeó la corbata de su hijo.

—Sí —respondí con facilidad y fue la respuesta correcta, porque su sonrisa se hizo aún más brillante.

—No puedo abrir esto —se quejó el señor Aquino mientras ingresaba a la habitación con una botella de vino tinto. Carlos se la quitó—. Me alegro de verte, Rosa —agregó el hombre en cuanto me vio. La incomodidad de antes había desaparecido. No sabía si así era su personalidad o si se trataba del poder de la cena familiar. Emily y Fiona arrastraban más sillas mientras Carlos acercaba otra mesa, sus pies rechinaban contra el piso. Alex los observaba con el ceño fruncido de la molestia, sin ofrecerles su ayuda. Javier le dio un pequeño golpe en el hombro.

—Bonita corbata, hijo.

—Ustedes son de lo peor —Alex sacudió la cabeza, pero sonrió un poquito.

✕ ✕ ✕

La cena transcurrió cálida y fluida. También estuvo muy buena, no podía parar de comer, lo que estaba bien porque todos los demás tenían historias que contar e intentaban hacerlo todos al mismo tiempo. Era como estar en la habitación de atrás con la familia Peña, donde

las palabras en español se entretejían entre las risas y el ambiente zumbaba de afecto. Aunque no me resultó difícil sentirme la bebé de la sala, entre tanta charla sobre trabajos e hijos. Me pregunté cómo se oirían esas historias para Alex.

–¿Qué hay de ti, Rosa? –quiso saber Emily–. ¿Cuál es el plan de la más brillante de Puerto Coral?

–Oh, no estoy en el cuadro de honor –respondí de memoria. Ella sonrió, esperando que yo respondiera la pregunta–. Eh, no estoy segura, pero la decisión es entre Florida, Miami y Charleston. Tengo que confirmar mi lugar antes del primero de mayo.

–Eso es menos de dos semanas –dijo el señor Aquino–. ¿Qué te detiene?

–Javier –susurró la señora Aquino.

–No, está bien –repliqué–. Es una pregunta valida. Algunos factores cambiaron bastante recientemente, por lo que quiero asegurarme de considerar todo y tomar la decisión correcta para mí y para mi futuro –eso se oyó mucho mejor que: *en realidad, estoy evitando sucumbir completamente ante un enamoramiento desafortunado con su hijo sexy y un poco de brujería ocasional.*

–Eso está bien –dijo–. Es mejor a tomar una decisión de la que te arrepentirás y a la que renunciarás pronto.

Un incómodo silencio se asentó con pesadez sobre la mesa. Estaba demasiado nerviosa para mirar a Alex.

–Jesús, papá –exclamó Carlos–. ¿Por qué insistes en hacer las cosas incómodas todo el tiempo? Déjalo en paz.

–Oh, ¿porque me preocupo por él soy el chico malo? –se defendió.

–No, porque lo pinchas –discutió Emily–. No está casado, no tiene hijos. Deja que respire y resuelva su vida solo.

—Por esto no vengo a las cenas familiares —dijo Alex. Todos se detuvieron ante el sonido de su voz—. También, gracias por arruinar mi cita —comenzó a levantarse como para irse, y vi cómo el dolor y el pánico nadaban en los ojos de su madre.

—Siempre hay mucho para decir cuando te tomas tu tiempo —solté. Mi mano se disparó para agarrar el muslo de Alex debajo de la mesa y detenerlo—. Quiero decir, yo me apresuré en todo. Cursé los dos primeros años de universidad mientras aún estaba en la secundaria, y tenía razones válidas para hacerlo, pero ahora tengo que tomar muchas decisiones importantes rápido, y más que nada, lo único que quiero es un poco de espacio para respirar —miré directamente a Javier—. Hay mucha presión para los inmigrantes y sus hijos cuando queremos hacer que los sacrificios valgan la pena. Pero a veces el camino más largo es el correcto —la pierna de Alex se relajó. Lo solté y me volví a acomodar en mi asiento. No tenía idea de lo que vendría después. ¿Me echarían? ¿Me darían un sermón? Esta era una nueva dinámica de padre con la que no tenía experiencia en absoluto.

Algo parecido a la sorpresa pintó la expresión de todos en el silencio que siguió. Miré al señor Aquino, que pasó una mirada escrutadora entre Alex y yo antes de hablar.

—Como padre, simplemente quieres lo mejor para tus hijos. Y que sean felices —observó a su esposa buscando que aprobara su consentimiento. Ella parecía haberse tranquilizado ligeramente. Cualquier cuestión que quedara sin discutir entre esta familia, regresó a su lugar mientras todos se relajaban en sus asientos. El señor Aquino levantó su copa de vino, quizás su bandera blanca de rendición, y sus hijos mayores y su esposa siguieron su ejemplo. Alex asintió en reconocimiento. Por debajo de la mesa, tomó mi mano y la apretó fuerte.

✕ ✕ ✕

Una vez que la cena acabó, la mesa estalló en pequeñas conversaciones. Sus hermanos capturaron a Alex en una de la que intenté participar, pero la señora Aquino comenzó a describirme su artritis en detalle. Estaba acostumbrada a esa línea de conversación por los clientes de Mimi, y me acomodé para escucharla mientras describía la crema que había comprado a mi abuela y todos los milagros que ella inspiraba. A veces era como escuchar a alguien describir una visión de la Virgen.

—Es increíble —María terminó su vino e hizo rodar su muñeca de un lado a otro—. Está bien. No puedo creerlo. ¡Un poco de crema y ahora *nada*! —empujó su silla hacia atrás—. Deja que te muestre mis tobillos…

—¡Mamá, no! —la interrumpió Alex—. Iré a buscar el pastel de tres leches. Y, papá… —se puso de pie y miró a su padre, que estaba jugando con el teléfono de uno de sus nietos—. ¿Te traigo más vino? —el señor Aquino respondió agitando su copa vacía—. Perfecto. Rosa, ¿me ayudarías?

—Por supuesto —algo en la mirada de Alex me dijo que no cuestionara por qué necesitaba ayuda para agarrar dos cosas.

—Te mostraré cuando vuelvas —me aseguró María.

—Fantástico.

Seguí a Alex a la cocina. Cerró la puerta detrás de nosotros, luego se apresuró hacia el mostrador y recogió el dulce pastel lechoso. Sacó dos tenedores del cajón y luego sacudió la cabeza hacia la puerta trasera. Me sumergí en la noche después de él. Fuimos conspiradores silenciosos hasta que llegamos a su barco y la risa nos atacó a los dos.

—¿Cuánto tiempo tendremos hasta que nos descubran? —me senté en una banca.

—En el mejor de los casos, un par de minutos —me entregó un tenedor—. Pero hay otro pastel en la nevera que los detendrá —el sol se había puesto, pero la noche aún era cálida. El mar se agitaba detrás de nosotros. El pastel se derritió en mi lengua y me hundí en la noche perfecta.

—Esto está muy bueno. Tú eres muy bueno.

—Me gustas, Rosa.

—También me gustas, Alex. Tú y este pastel, Dios.

—No, me *gustas* —se aclaró la garganta—. Me gustas-gustas.

El énfasis detuvo mi siguiente bocado. La expresión de Alex era abierta y vulnerable. Se puso de pie de un salto y comenzó a caminar en el pequeño espacio frente a mí. Estaba segura de que yo me veía igual cuando intentaba resolver algo.

—Lo que acabas de hacer allí adentro… He estado tratando de tomarme este asunto de la forma más relajada posible, pero me gustas desde que te vi dibujar debajo de esos robles en el almuerzo y recoger las bellotas. Siempre me pregunté qué harías con ellas.

—Las puse en el alféizar de la ventana para que los rayos no golpeen mi casa —respondí abruptamente. Eso lo distrajo un momento, lo suficiente como para detenerse—. También las llevo a veces en los bolsillos para la buena suerte. Dios, sueno como una ardilla —presioné mis mejillas calientes—. ¿Por qué estoy hablando de esto? —me llevé una mano a mi corazón acelerado. Alex me estaba mirando desde el otro lado de su barco, con las manos en los bolsillos y una sonrisa suave en los labios.

—Tal vez porque también te gusto.

—Me gustas —susurré, esperando que el mar no escuchara mi confesión. Me puse de pie y me acerqué a sus brazos, porque estaba asustada y tenía un poco de frío, y él estaba exactamente donde quería que estuviera. Me envolvió en un abrazo y apoyó su barbilla en la parte superior de mi cabeza. Presioné la tela de su camisa entre mis manos. Esto era terrible. Deslicé mi nariz contra su corbata y respiré todo lo que pude de él. Sus brazos se tensaron. Hubo amenaza de lágrimas—. Me gustas demasiado.

—Eso no es posible —dijo.

Él no lo comprendía, pero las olas oscuras detrás de nosotros sí lo hacían. El barco embrujado se esfumó y la colección de cartas sin leer en el fondo del mar resultó ser más sabia que mi maldito corazón porque, cuando Alex bajó sus labios a los míos, lo besé de todos modos.

23

Cuando el sol salió el sábado por la mañana, yo era la más ocupada de las abejas que revoloteaba por la plaza mientras el Festival de Primavera cobraba vida a mí alrededor. Teníamos dos horas y media hasta la hora oficial de inicio y, aunque llevaba subida a escaleras desde antes del amanecer y ya casi me había caído de un árbol, valía la pena. Con suerte, los turistas llegarían pronto y se amontonarían en el pueblo para gastar su dinero en las paletas de Papá El, los sándwiches cubanos de Peña y los postres de ensueño preparados por el Ravenclaw más sexy. Una prueba de sonido crujió a través de los altavoces en el escenario mientras yo ponía las señalizaciones de Oscar en la tierra para guiar a todo el mundo de la comida hasta la música, al paseo marítimo y al puerto. Los *viejitos* llevaban chalecos de color naranja brillante que les hacían inflar sus pechos. Estaban a cargo del estacionamiento hasta que comenzara el torneo de dominó y el equipo de fútbol los reemplazara. Xiomara ya estaba

paseando entre mesas y puestos con su guitarra flamenca. Había jazmines enredados a las farolas, de los toldos de las ventanas salían violetas, narcisos y jacintos brotaban de cualquier maceta que tuviera un poco de tierra. Nuestra plaza había florecido hasta convertirse en el jardín caprichoso de mis primeros recuerdos favoritos de Puerto Coral.

—¿Crees que la gente vendrá?

—Dios, ¿me preguntas eso ahora? —rio la señora Peña—. Lo hicimos bien, realmente bien. Recuerdo al Festival de Primavera cuando era más joven y siempre fue un gran momento, pero ahora que contemplo esto… —hizo una pausa, su mirada maravillada—, finalmente nos veo: la bodega, los *viejitos*, nuestra propia comida y música. Todo está aquí en esta plaza. He vivido aquí por la mayoría de mi vida, pero jamás me sentí tan conectada como lo hice estas últimas semanas.

Hizo un gesto hacia la tienda de Mimi, aún cerrada. Nadie había entrado y nadie había salido.

—¿Aún no sabes qué está haciendo allí? —preguntó.

—No tengo idea —Mimi había salido todas las noches esta semana, pero nadie sabía por qué.

—Bueno, supongo que lo veremos cuando tengamos que hacerlo. Iré a buscar otra de las donas de Alex antes de que se agoten. Son como tartas de merengue de limón caliente. Ya he probado dos y, ahora que lo pienso, probablemente sea la cantidad de azúcar en sangre lo que me mantiene cuerda en este momento.

Yo también realmente quería una de esas donas.

—¡Rosa! —Clara hizo una pausa de sus tareas y me hizo una seña con la mano. Había una gran rueda giratoria con ilustraciones de pasteles junto a ella y cuadrados de tiza con números coincidentes—. ¿Qué piensas? —preguntó.

–¿Es eso un pastel de piña?

–No, qué piensas de mi vestido –señaló su vestido azul claro y veraniego, con hombros caídos. Su cabello estaba peinado en un recogido retro. Eran apenas las ocho de la mañana y se veía fantástica.

–¿Ya lo tienes puesto? ¿No quieres guardarlo para la ceremonia? –yo llevaba otra vez mi ropa de jardinería, lista para el calor implacable.

–Definitivamente no –se llevó una mano a la cadera–. Planeo lucir así de bien todo el día. Es mi boda. ¡Y el Festival de Primavera! –sonrió, la felicidad brillaba en sus ojos–. Búscame más tarde. Seré la del ramo de margaritas cuidadosamente seleccionadas haciéndole ojitos al pescador guapo.

–No me lo perdería.

Llamé al oficiante para confirmar su hora de llegada y me dirigí a la bodega para verificar las cajas de champán del naranjal. Mi esperanza era tener una especie de recepción cuando el festival terminara. El cielo de la mañana se estaba aclarando en un azul más suave. Miré mi reloj. Diez minutos para las nueve.

Mi teléfono zumbó con un sonido desconocido. Había descargado una aplicación de walkie-talkie según las instrucciones de los *viejitos*.

–¿Sí?

–Tienes que de decir "enterado" –dijo Gómez. Sonaba sin aliento. Él y los demás estaban en el campo de fútbol a dos manzanas, en donde habíamos hecho el estacionamiento.

–Eso se dice al final... –puse los ojos en blanco–. Olvídalo, ¿qué pasa?

–¡Tenemos toda una fila de autos! ¡La gente está llegando! ¡Fuera!

El alivio casi me dejó sin aliento. Esto no había sido en vano.

Lo habíamos conseguido. Algunos aplausos sonaron a mi alrededor cuando las pocas personas que estaban cerca oyeron las noticias.

—Bueno, envíalos para aquí —exclamé.

—Ahora dices "enterado", Rosa. Fuera.

—Enterado, Rosa —dije y corté.

Aún no había podido ver a Alex desde nuestra cita, porque él tenía que hornear y yo que hacer un último repaso con Clara para asegurarnos de que todo estuviera listo. Su hermana, Emily, me sonrió cuando me acerqué a su mesa de postres.

—No lo encuentras por un segundo —me dijo.

—Oh, ¡no! Eso no es... Solo vine a ver... —la sonrisa de Emily creció a con mis intentos de disimulo. Puse los ojos en blanco y me rendí—: ¿Sabes a dónde fue?

—No estoy segura. Recibió una llamada y salió para el paseo marítimo. Sin embargo, me pidió que te diera esto si pasabas por aquí.

Me entregó una pequeña caja de panadería. La abrí lo suficiente como para mirar dentro. Me había guardado dos donas. Una con limón y malvavisco, y la otra tenía un glaseado de caramelo dorado. Inhalé profundo y cerré los ojos cuando me golpeó el aroma a *dulce de leche*. Emily se rio de mi expresión de ensueño.

—¡Rosa! —exclamó Mike, con el teléfono en su oído y una taza azul neón con hielo en la mano—. Tenemos una emergencia. Ana no puede encontrar sus palillos.

Un pánico frío se apoderó de mí.

—¿En dónde se encuentra?

—Frente a la bodega con su tía, que está tratando de tener una venta de garaje. No lo sé, temen que los haya puesto con sus cosas de segunda mano.

Le pedí a Emily que me guardara la caja con las donas y corrí por la plaza. Todo en lo que podía pensar era en Ana haciendo girar sus palillos de la suerte después de gastar todos sus ahorros en la batería. Sus padres discutían en el piso de arriba, pero ella había mirado al flamante instrumento, convencida de que eso era lo que realmente quería. Ana necesitaba esos palillos y, si era necesario, yo sacudiría todo el pueblo hasta encontrarlos.

La encontré en completo pánico, rodeada por su familia. Estaban revolviendo entre sus cosas y todos sonaban muy *tikitiki*.

–¿Revisaste la furgoneta? –dijo la señora Peña, metida hasta los codos en una caja. Ni siquiera podía ver su cabeza.

–¿Por qué Titi Blanca tenía que hacer una venta de garaje justo *ahora*? –renegó Ana.

–Pasará mucha gente –la mujer se encogió de hombros.

–¿Buscaste en todo ese pelo que tienes? –preguntó Junior sin ser de ninguna ayuda. Ana se volteó dispuesta a estrangularlo, pero entonces me vio.

–¡Ayúdame! –dio un salto y me sujetó por los brazos.

–Para eso estoy aquí –dije–. ¿Dónde los viste por última vez?

–¡Si lo supiera los tendría conmigo! –gritó y soltó mis brazos–. Escucha, necesito que me ayudes. Dame un poco de *brujería*, Rosa. Tira algunas caracolas, ¡enciende un poco de humo! ¡Necesito un hechizo que rastree cosas perdidas!

Titi Blanca hizo la señal de la cruz.

–Okey, okey. ¡Yo me encargo! –me entusiasmé–. Necesito una cuerda.

–¡Una cuerda! –gritó Ana a su familia–. ¡Alguien que le consiga una cuerda!

Titi Blanca y Junior buscaron en una de sus cajas.

–Y una vela.

–¡Los encontré! –la señora Peña salió sin aliento de la caja en el suelo, agitando los palillos en el aire.

–No tengo idea de cómo llegaron allí –Titi Blanca levantó sus manos con inocencia.

Ana tomó los palillos y se marchó. Yo salí pisándole los talones.

–Ayúdame a prepararme –me dijo. Ambas éramos terribles corredoras.

–Siempre –respondí ahogada.

Su instrumento estaba embalado a un costado del escenario. Tyler y Lamont se encontraban cerca, casi sin equipaje. Tyler estaba al teléfono, pero Lamont me sonrió.

–Ey, Rosa –dijo–. ¿Emocionada por terminar este semestre?

–Definitivamente será agradable ir solo a una escuela a la vez.

Él asintió de acuerdo.

–Tengo que ir a buscar a mi mamá –dijo–. Los veré en un momento –golpeó los puños con Ana antes de marcharse.

–Ruby, ¿verdad? –Tyler apagó su teléfono. Su sonrisa era brillante y escandalosa. Mis instintos me advirtieron que, en algún momento, este tipo intentaría venderme algo.

–Rosa –dije, rodando mi *R* dramáticamente. Lo ignoré y me dediqué a ayudar a Ana a llevar la batería al escenario. Su primer set no era hasta esa tarde, pero Ana iba a ponerle ritmo a las lecciones de salsa de Xiomara, que comenzarían pronto. Tyler se fue para atender otra llamada.

–Tremendo cantante principal –suspiró Ana.

Estaba montando su batería cuando Mike subió al escenario.

—¿Necesitas ayuda?

Supe que Ana estaba nerviosa cuando asintió en lugar de fingir que tenía todo bajo control.

—¿Qué pasa con Alex? —me preguntó Mike—. Lo vi discutiendo con un tipo.

—¿Qué tipo? —la idea de que discutiera con alguien me resultaba sorprendente.

—No lo reconocí —se encogió de hombros mientras colocaba un platillo en su sitio—, pero estaban cerca del paseo marítimo.

—¿Está bien? —le pregunté a Ana, que asintió con un pulgar hacia arriba. Salté del escenario y corrí al paseo marítimo.

El festival ya estaba lleno de gente y había una pequeña multitud en el puerto. Alex estaba a un lado, con los brazos cruzados y las cejas fruncidas. Parecía listo para pelear, pero su expresión se suavizó en una sonrisa a medias cuando me vio.

—¿Te dio Emily la caja? —preguntó.

—¿Qué? Ah, sí. ¿Pero qué ocurrió? Me dijeron que estabas discutiendo con alguien y eso sonó tan poco propio de ti que casi corrí aquí.

—¿Casi?

—Intento correr solo en emergencias.

—Mi hermano tuvo que marcharse porque Sara está en el hospital.

—¡Oh, Dios mío! —mis manos volaron a mi boca en shock—. ¿Qué pasó?

—Su bebé va a nacer —Alex me miró.

—Oh —respiré—. Bueno, ¡eso es genial! Pero ¿entonces cuál es el problema?

Apuntó con su barbilla a un hombre cerca de nosotros. Era el viejo pescador de mi primer día en el puerto.

—El capitán Pete dice que no puedo participar de la carrera.

Pete nos espió sosteniendo su portapapeles contra su pecho como un escudo.

—Puedo navegar solo —dijo Alex, molesto.

—Es una carrera de dos personas y comenzaremos ahora —Pete me miró de reojo.

—Supongo que no es algo tan importante —Alex se encogió de hombros.

Pero lo era, porque su padre estaba allí afuera, observándolo, y Alex tenía un viaje en el horizonte. Quizás había dejado la universidad por elección propia, pero, después de cenar con su familia, yo sabía que él quería demostrar que podía hacer esto.

—Iré contigo.

—¿Qué? —las cejas de Alex se dispararon.

—*¿Qué?* —chilló Pete.

—Si quieres —dije y traté de no vomitar o desmayarme. La sonrisa de Alex era salvaje y brillante. Me besó rápidamente y luego miró desafiante a Pete.

—Tengo a mi segundo.

24

Quizás Pete quería proteger al muelle de mí otra vez, pero lo ignoré.

—No nos iremos por demasiado tiempo, ¿verdad? —dije mientras corría detrás de Alex—. La presentación de Ana está programada para la una.

—Volveremos para ese entonces —me aseguró soltando las amarras. Me tropecé con una de ellas. Había demasiadas, este era un modo de viajar altamente precario.

—¿Recuerdas lo que te dije sobre la navegación? —preguntó mientras subía a bordo.

—Por supuesto que no —me abroché el chaleco salvavidas. Deseaba poder escanear mi cuaderno antes de someterme a esta gran prueba—. Estaba en un barco pontón por primera vez con un chico muy lindo. Tienes suerte de que no me desmayara.

—*Muy lindo, ¿eh?* —comprobó algunas cosas antes de detenerse

detrás del timón. Empezamos a salir a mar abierto–. Participamos en la primera carrera, así que podremos terminar todo rápidamente.

Volví a revisar las hebillas de mi chaleco salvavidas al oír eso.

–El comienzo es la parte más difícil, pero no lo es todo –continuó–. Esta no es una carrera larga, pero tendremos tiempo para hacer que algo suceda.

Podía ver al grupo de barcos en la distancia.

–¿Por qué se oye como si todos estuvieran gritándose los unos a los otros? –nos encontrábamos demasiado lejos para distinguir las palabras, pero sonaba como si todos estuvieran chillando al viento.

–El viento está variando, así que cambiaron la marca.

Sus palabras eran fáciles de entender en teoría, pero no saber cómo encajaban en lo que estábamos a punto de hacer freía todos mis instintos. Acababa de subirme a este bote para competir como una temeraria Pink Lady, pero en realidad me parecía más a su versión adolescente, antes de que vistiera de cuero. Mucho antes del cuero. No había cuero en mi futuro, solo cardiganes y bolígrafos de gel y, con suerte, no ahogarme.

–No te preocupes, Rosa. Esta es una multitud supermadura, y yo puedo hacer todo por mí mismo. He actualizado este bote y armado casi todo para poder conseguirlo sin dejar el timón. Solo necesito que te sientes, te relajes y te agaches cuando ese palo grande pase por encima de nuestras cabezas.

–¿El botalón? –pregunté, recordando el nombre. Siempre la estudiante modelo. Conté mis respiraciones y mantuve mi mirada hacia adelante–. ¿Qué tan profundo es el mar aquí? Teóricamente, ¿podríamos regresar nadando? –grité, pero ahora el viento era demasiado fuerte y Alex no podía oírme–. Está todo bien –murmuré–. Mira a

todas esas personas allá en sus botes. Tengo un chaleco salvavidas. No voy a vomitar. Esto está bien –mis oídos rugieron y, a pesar de las corrientes de aire, mi piel picaba por el sudor debajo de mi camisa. La siguiente ráfaga de viento fue demasiado salvaje, demasiado fuera de control. Me sentí igual. Esta había sido una idea terrible.

–Tengo que ser rápido para alcanzarlos, así que toma el timón mientras despliego las velas principales...

–¿Que qué? –lo miré boquiabierta. Me hizo un gesto para que me acercara. Intercambiamos lugares y él me acomodó las manos en el timón. Con unos empujoncitos suaves me ayudó a ajustarme.

–Quédate aquí. Manos a las diez y a las dos, como un reloj. Tranquila –y luego, con demasiada confianza, me dejó allí. El bote tiraba hacia la izquierda.

–¡Quiere regresar a las rocas!

–¿Ves esa boya? ¿Ese gran globo rojo? Solo apúntanos hacia allí –tiró de las cuerdas y soltó las velas. Parecía estar jugando una partida intensa de juego de cordeles mientras se movía con seguridad a través del barco, dándole vida por encima de nosotros. Regresó a mi lado–. Okey, básicamente navegaremos en un gran triángulo. La línea de salida está adelante, marcada por esa boya. Todos tienen que estar detrás de ella antes de que comience la carrera… –sus siguientes palabras fueron ahogadas por el estruendo de una bocina.

–¿Qué fue eso? –el timón se sacudió en mis manos.

–Una advertencia. Solo tenemos un minuto.

Estaba lleno de energía, pero sus palabras sonaron como una amenaza sombría. Solo un minuto. Mis manos pegajosas se aferraron al timón. Alex estaba diciendo algo cuando aflojó mi agarre y se hizo cargo.

—Al comienzo, todo el mundo estará buscando un lugar. Nosotros esperaremos y nos tomaremos nuestro tiempo.

—¿Acaso no quieres ganar?

—Por supuesto que sí, pero desordenarse al comienzo no es la manera de conseguirlo. Esperaremos con la flota, controlaremos el viento y veremos qué sucede —la línea de botes todavía estaba delante de nosotros, pero cada uno se movía en su lugar como un niño que espera que suene la campana del recreo.

Miré a Alex. Su actitud era firme y desenfadada a pesar de los vientos salvajes que nos empujaban.

—¿A dónde se fue ese tipo inquieto? —me pregunté en voz alta.

—Ya ha salido del puerto —entrecerró los ojos para mirarme.

Otra bocina chilló y el bote junto a la boya agitó una bandera. Todos los barcos por delante y a nuestro lado partieron. Alex intentó ir narrando a medida que avanzábamos, lo que no hizo nada para calmar mis nervios. Gritó algo sobre contraatacar.

—¿Qué? —me volví aterrorizada para controlar a los otros barcos, supuestamente inocentes. Menos mal que era una multitud *supermadura*.

—Tenemos que ir por ese camino —señaló a la izquierda. Nos inclinamos salvajemente hacia la derecha. Otra boya flotaba frente a nosotros.

Señalé con un gesto dramático a nuestra situación actual. Él sonrió. ¿Cómo podía sonreír en un momento como este?

—Exactamente —explicó—. No puedo ir directamente hacia allí, así que tenemos que hacerlo en una especie de zigzag. Voy dar la vuelta.

—¿Qué debo hacer yo?

—Cuando diga "cambio de rumbo"… —se detuvo ante la confusión

en mi cara–. Cuando diga "¡va!", ten cuidado con tu cabeza –giró el timón con una mano y aflojó la cuerda con la otra–. ¡Va! –gritó. Murmuré una oración y me agaché justo cuando el botalón voló hacia la mitad del bote. La vela se azotó furiosa sobre nosotros mientras él tiraba de otra cuerda apretada y giraba aún más.

El botalón volvió a moverse y la vela se replegó con el cambio. Mi corazón todavía estaba en algún lugar detrás de nosotros. Alex rio cuando pasamos junto a otros barcos. Yo, todavía encorvada, miré con cautela por encima del borde.

–Ya puedes sentarte –gritó.

–Lo tendré en cuenta –le grité y me sostuve con fuerza mientras el bote rebotaba y golpeaba contra las olas, salpicando agua sobre la parte delantera–. ¿Esto es normal? –el agua se acumulaba a mis pies–. ¿¡Esto es normal!? –repetí más fuerte, gesticulando salvajemente a la cubierta. Alex se torció para observar de qué le hablaba.

–Sí, es normal, Rosa –levantó la vista y luego, sin previo aviso, volvió a gritar–: ¡Va!

Me tiré al suelo cuando volvimos a hacer esa cosa horrible del contraataque. Una vez que el botalón estuvo estable, volví a incorporarme en el banco, empapada tras mi elegante cuerpo a tierra sobre dos centímetros de agua.

Pude ver a Alex reírse detrás del timón.

–Okey, pasemos a lo que sigue –gritó–. Vamos a hacer un giro brusco a la derecha y dar la vuelta a la boya anaranjada –apuntó a la distancia–. El viento allí viene de una dirección diferente, así que cuando giremos necesito que vengas, te sientes de este lado y... –se detuvo, como lamentando sus próximas palabras–... cuelgues tus pies sobre el borde.

–*¿Fuera del bote?*

–Sí. Estará todo bien, lo juro. Es solo para equilibrarnos.

Hoy sería el día de mi muerte. No había otras opciones. El bote haría un giro mortal y yo necesitaba ir colgando para afuera. Como una mujer condenada, pasé bajo el botalón y fui al otro lado. Me persigné y me senté en el borde, colgando de la barandilla.

–¿Estás lista?

–No –grité y luego murmuré–: Pero eso nunca me ha detenido antes.

–¡Girando!

Grité mientras mi lado del bote se levantaba del agua. Cerré los ojos con fuerza contra el viento agudo que me golpeaba. Se escucharon gritos desde botes cercanos y abrí los ojos para comprobar que no estuvieran alertándome de que estaba a punto de morir. Frente a mí, el mar se encontró con el cielo cuando el bote volvió a bajar.

No me había muerto. Estaba empapada, me dolía la garganta por los gritos y los latidos de mi corazón posiblemente me habían roto una costilla, pero estaba terriblemente, increíblemente viva. Me aferré a la barandilla y me reí en el viento salvaje. Alex también reía detrás de mí.

–¿En dónde estamos hoy, Rosa? –gritó por encima de todo el ruido.

Hoy estábamos navegando y *me encantaba*.

–¿Qué sigue? –pregunté.

–Otro giro –dijo–. Regresa al otro lado y vuelve a hacer lo mismo hasta que nos nivelemos.

Tomé mi lugar y aferré la barandilla. Esta vez, mantuve los ojos abiertos todo el tiempo. Cuando el bote subió, pude ver al paseo marítimo. La gente se apilaba para observar la carrera. Sus vítores

crecían ahora que estábamos cerca del final. Solo había cuatro barcos delante de nosotros, de alguna manera habíamos pasado a otras ocho embarcaciones.

Navegamos adelante de otro. No pude evitarlo, también aplaudí.

—¿Dónde está la línea de meta? —pregunté a Alex.

—Por allí, donde empezamos —señaló con el brazo izquierdo extendido. La línea de salida estaba bastante cerca de nuestra izquierda, sin embargo, no nos dirigíamos allí.

—Si esa es la meta, ¿por qué nos alejamos de ella?

—Nos queda una boya más —explicó. En el giro más salvaje del destino, estaba emocionada de hacerlo de nuevo. Observé a los tres botes frente a nosotros y me di cuenta de que el líder había pasado de largo a la boya.

—Tendrán que dar la vuelta otra vez —dijo Alex.

—¿Así que podemos pasarlos? —pregunté. Él rio.

—¿Por qué no me sorprende que se te haya despertado el espíritu competitivo para la tercera vuelta?

Más adelante, los otros dos barcos rodeaban la boya. Desde nuestra posición ventajosa, pudimos verlos dar la vuelta.

—Después del giro —dijo Alex—, tendremos que zigzaguear hasta la línea de meta, porque no podemos ir...

—Contra el viento —terminé mientras levantaba mis piernas y me enderezaba en el banco.

—Ay, mierda —exclamó Alex mientras observábamos a los dos líderes dirigirse hacia la línea de llegada y comenzar su propio zigzag.

—¿Qué? —él miraba algo en su propio bote.

—El viento cambió. Observa sus velas —flameaban de forma errática—. No tienen viento.

–¿Qué significa eso? –pregunté, su sonrisa se agudizó. Se veía exactamente igual a cómo yo me había sentido al encontrar la Tortuga Dorada debajo de mi pie.

–Significa que podemos ganar.

Alex nos dio la vuelta a la última boya y, en lugar de virar como los demás, ajustó el rumbo para un tiro casi directo a la línea de meta. Hizo bailar a la embarcación con las cuerdas que lo rodeaban, y pasamos junto a los otros dos barcos. Desde los megáfonos, comenzaron a decir el nombre de un barco. Algo parecido a *Wallflower.*

–¡Ganamos! –exclamé, luego até cabos de lo que el locutor acababa de decir–. Espera. ¿Cómo te llamó?

Alex sonreía mientras hacía girar el timón.

–Es el nombre de mi barco. Mi familia siempre me ha molestado por ser el panadero silencioso, así que lo llamé *Wallflour*, como "wallflower" y "harina".

–Esa es la cosa más adorable que he escuchado –admití y me acerqué.

–Estuviste increíble –dijo con orgullo y deslizó un brazo alrededor de mi hombro. Me atrajo contra él y me dio un beso fuerte y agradecido en los labios. Cuando se alejó, fue como contemplar a la Estrella del Norte.

–Fue asombroso –coincidí, flotando en una nube. La mañana turquesa se estaba derritiendo bajo el sol del mediodía cuando nos acercábamos al muelle. Mientras desembarcábamos, no pude evitar echar un vistazo a nuestra banca, esa en la que nos habíamos sentado la primera noche que había venido al puerto.

Mimi estaba allí sentada, observándonos.

25

Una maldición en español se escapó de mis labios. Los ojos de Mimi se entrecerraron como si hubiera escuchado.

—Debo irme —le dije a Alex y me volteé para buscar mi mochila, pero no la había traído. Aún llevaba la ropa de jardinería, que estaba empapada. Intenté desabrochar con prisa el chaleco salvavidas, pero mis dedos eran demasiado torpes.

—¿Qué sucede? —Alex comenzaba a entrar en mi pánico. Apartó suavemente mis manos y me desabrochó el chaleco. Lo vi como lo haría Mimi: Alex no era un niño, estaba en otro nivel, tenía barba y tatuajes. Era la primera persona que quería presentarle a mi abuela y ya lo había arruinado todo.

—Mimi está allí sentada.

Echó un vistazo en su dirección y frunció las cejas. La verdad se abrió paso a través de él como un pánico helado.

—No se lo has dicho.

—No, no le he dicho que hoy iría a navegar con un chico del que no sabe nada.

—¿No le has hablado de mí? —me volvió a mirar.

—No es por ti. Es por nosotras y nuestros fantasmas —y porque se suponía que este sería un enamoramiento secreto… que acababa de gritar a los cuatro vientos, frente a todo el mundo, durante un festival repleto de gente. Obviamente era terrible con los secretos.

—Debería ir contigo —dijo Alex pese a que se veía confundido. Estaba ignorando todo lo que necesitaba hacer por el barco en ese momento y olvidaba que su padre, desde algún punto del paseo marítimo, acababa de ver su gran victoria. Estaba totalmente centrado en mí y en mi pánico. Pero yo no sabía cuánto tiempo había estado sentada Mimi allí y, cuanto más esperara para acercarme a ella, mayor sería el abismo entre la última vez que le dije una verdad y esta mentira.

—Encuéntrame más tarde —le dije y salté del bote. Alex gritó mi nombre, pero no podía detenerme. Mimi ya se estaba alejando y corrí a su lado.

—Puedo explicarlo —mi corazón se aceleró. No tenía idea de cómo estar en problemas con ella.

—Con mentiras —dijo con frialdad—. *No quiero mentiras.*

—Perfecto, porque se acabaron las mentiras. No me gustan ni un poco.

—No te gustó que te descubriera. Hay una diferencia —miró a ambos lados y cruzamos la calle. El festival estaba en pleno apogeo y había muchas caras nuevas a nuestro alrededor, pero las familiares estaban fijas en nosotras y no en el entretenimiento. Gladys en la fila para comprar una paleta, la señorita Francis paseando a sus perros, Mike jugando en la mesa de dominó con Simon, Xiomara tocando

la guitarra en medio de un bolero. Cada uno de ellos detuvo lo que estaba haciendo cuando Mimi y yo llegamos al festival como una tormenta repentina.

—Quiero hablarte de Alex.

—*Ay, no* —Mimi rio bruscamente—. No quiero oír sobre tu novio secreto ahora. Si le mentiste a tu abuela una vez, ¿cuántas veces le mentiste antes? ¿Tomas clases por computadora? ¿Todavía trabajas en la bodega? *Yo no sé.*

—Estas siendo ridícula.

Se detuvo en la acera con los ojos muy abiertos, peligrosamente abiertos. Su mirada parecía algo a punto de estallar. Dejé de respirar.

—Mimi, por favor. Su nombre es Alex. Bueno, en realidad Alejandro —hice una pausa para ver si el nombre latino ganaba algún punto extra—. Y sí, ese era su barco.

Ella hizo un sonido bajito y me apresuré a continuar bajo mi propio riesgo:

—Fuimos a la escuela juntos, pero en realidad nos conocimos hace poco. Es muy amable y dulce, y me importa.

Mimi siguió avanzando, la multitud se hacía a un lado a su paso. Yo ya ni siquiera podía ver el festival.

—Estábamos trabajando en la boda juntos, a eso lo sabías. Sus padres son dueños del puerto.

Se escuchaban voces desde el escenario. La banda de Ana comenzaría a tocar pronto. Tenía que apresurarme. Perseguí a Mimi, desesperada por contarle todo. Ella me chistaba y murmuraba maldiciones, y no podía determinar si cada confesión apresurada la enojaba un poco más o disipaba su furia. Si podía contarle todo ahora, entonces tal vez podría salvarnos a todos: a ella de la decepción,

a Alex de su mala opinión, y a mí de la ansiedad que intentaba tragarme por completo.

Se detuvo y casi me estampé contra ella.

–¿*Y esa cara?* –preguntó con voz baja y su espíritu cansado.

–¿Qué hay de malo con ella?

–*Igual que tu madre* –todo siempre se conectaba a mi madre. Era una lucha en la que siempre perdería.

–Esto no es sobre ella –le dije. Mimi soltó una carcajada sin humor.

–¿*Por qué*, Rosa? –su mano se dirigió a su corazón–. Esta no eres tú. ¿Esa chica en el barco? No la conozco.

Sus palabras dolieron. Fue injusto. ¿Acaso cambiar era tan terrible? Sí, había manejado las cosas mal, tal vez incluso de manera infantil y superficial, pero había sido en la búsqueda de algo grande. Me quedé allí petrificada, la misma niña barrida por el viento. Yo tampoco conocía aún a la chica del barco, pero quería hacerlo.

–Dejaste de asistir a la escuela y ahora ¿quién eres? –Mimi buscó mi mirada–. ¿Quién eres?

–Soy yo –estallé y sus ojos se abrieron de nuevo–. Esto no borra todo mi esfuerzo y es injusto de tu parte decirlo. Estoy tratando de resolverlo todo, pero sigo siendo yo, Mimi. Estaba perdida, conocí a alguien que comenzó a importarme y no tenía idea de cómo hacer eso.

Sus ojos se cerraron, doloridos, e inmediatamente quise revertir ese dolor. Odiaba pelear y gritar. Tal vez estaba cambiando, pero así no eran las cosas entre nosotras.

–*Ay, Rosa* –susurró como la oración a uno de sus santos. Caminé hacia sus brazos con un nudo en la garganta y ella me envolvió en ellos. Presioné mi nariz contra su hombro. Olía a su polvo suavemente perfumado y a la nota cargada de sus hierbas y aceites. Aquí estaba

mi hogar y mi puerto. Mimi me daba la bienvenida, podía resistir cualquier cosa.

—Lo siento —susurré contra su cuello. Ella no dijo nada, pero su mano cálida y fuerte me frotó la espalda con tanta suavidad como cuando era una niña y me metía en su cama las primeras noches que no podía dormir por extrañar a mi madre.

—¿Quieres conocerlo? —pregunté.

—Ya lo conozco —todavía estábamos abrazándonos y puse mi barbilla en su hombro—. Lo recuerdo todo —suspiró y se apartó. Su sonrisa era suave—. Puedo oír la batería de Ana. Ve. Regresa después de la boda.

—¿A dónde?

—A la tienda de campaña. Te lo mostraré todo —antes de que pudiera preguntar qué significaba eso, se dio la vuelta y desapareció entre la multitud.

✗ ✗ ✗

—Oí que no solo navegaste, sino que también ganaste —me detuve al lado de Mike, quien me ofreció un cono de granizado verde.

—Las noticias viajan rápido en esta ciudad.

—No tan rápido como tú, al parecer —Mike sonrió. Yo señalé los dos cigarros en el bolsillo de su camisa.

—Veo que no soy la única que ganó hoy.

—Mi premio por arrasar en la mesa de dominó —explicó—, pero son para Jonas. Un regalo de bodas para ese manojo de nervios.

—Todo está saliendo bien, ¿verdad? —la multitud era más pequeña frente al escenario, pero había mucha gente caminando alrededor de

la plaza, siguiendo las indicaciones hacia el puerto. Mike palmeó sus cigarros.

–Hoy la suerte está de nuestro lado.

La buena fortuna normalmente no quería tener nada que ver conmigo ni con mi suerte, pero esperaba que él tuviera razón. La banda salió al escenario y cada cual tomó su lugar.

–¡Bienvenidos todos al Festival de Primavera! –gritó Tyler en el micrófono. Mike se frotó la oreja izquierda.

–¿Quién es ese bufón? –Paula se acercó a nosotros y señaló con su pulgar hacia el escenario.

–Tyler Moon –le dije–. ¿Estás aquí por Ana?

–No me gusta mucho esta música hípster, pero la familia es familia –dejó escapar un suspiro. Llevaba un top corto blanco y sus pantalones eran de color azul brillante con una cintura alta y favorecedora. Se llevó las manos a la boca y gritó. Seguí su audacia e hice lo mismo. Seguro que al día siguiente no tendría voz. Mike mordió su granizado.

–¡Somos Tyler y sus Electric! –gritó Tyler. A juzgar por los ceños confundidos del resto de la banda, el nuevo nombre era una sorpresa para todos.

Y afectó especialmente a Ana. El ritmo estaba a destiempo y, cuando la canción comenzó sin ella, Ana trató de adelantarse. Sin saber qué más hacer, empecé a bailar.

–¿Qué estás haciendo? –preguntó Paula después de algunos de mis mejores movimientos.

–Me ofende que tengas que preguntar –sabía que estaban tocando covers populares, pero no conocía esta canción. Realmente necesitaba actualizar mis playlists.

Aun así, bailé, y lo hice con intensidad. Ya estaba resoplando y

jadeando, pero solo tocarían cinco canciones y la pequeña multitud de alguna manera estaba reduciéndose. Traté de ocupar tanto espacio como pude pero, por las caras de Paula y Mike, no estaba impresionándolos. Antes de que se volviera terriblemente vergonzoso, Mike se unió a mí. Saltó a mi círculo improvisado y golpeamos el aire. Paula finalmente cedió y formamos un triángulo de movimientos torpes, pero nos entregamos por completo.

—Música hípster —se quejó Paula mientras bailaba con nosotros.

Tal vez fue el poder de nuestra minipista de baile o mis oraciones susurradas al espíritu de Celia Cruz, pero Ana finalmente encontró su ritmo, estridente como el trueno. No había nubes en el cielo, pero el suelo temblaba bajo nuestros pies.

Nuestros ojos se iluminaron y el baile se convirtió en la cosa más sencilla del mundo. Quería perseguir el ritmo. Agité mis caderas y sacudí mis manos en el aire solo para sentir el viento al que Ana daba vida, incluso si aún éramos los únicos tres perdiendo la cabeza.

Hasta que Benny irrumpió en la fiesta.

—*Oigan, pendejos* —gritó el encantador *maestro* cubano. Una multitud lo seguía y pronto el área enfrente al pequeño escenario se llenó de lo que, estaba segura a juzgar por sus impresionantes movimientos, eran todos los miembros del equipo de baile. Benny se detuvo frente a Paula y yo y dejó caer una corona de flores en cada una de nuestras cabezas.

—¿Qué pasa, capitana Rosa? —dijo con un guiño antes de fundirse con la multitud de bailarinas.

—¿Qué significa eso? —me preguntó Paula.

—Rocié el caramelo —no dejé de bailar. Paula tiró la cabeza hacia atrás y se echó a reír.

Cuando comenzó la siguiente canción, Ana tomó una nueva ráfaga de energía. Nuestros huesos comenzaron a vibrar y la multitud se movió como una ola. Éramos la marea, ella era la luna y, como cualquier buena canción de salsa, nos mantuvo en movimiento durante todo el tiempo que quiso.

26

—*No creí que* estaría así de nerviosa —dijo Clara frente al espejo de la sala de descanso de la bodega—. ¿Él está ahí afuera? ¿Podrías volver a chequearlo, Ana?

—Está allí afuera —le dijo Ana. Dio una vuelta por la habitación con su larga falda amarilla y su blusa blanca, todavía animada por su presentación.

—Hay bastante gente allí afuera —la señora Peña se escabulló dentro de la habitación. Anunciamos que habría una pequeña boda y los extranjeros se quedaron para ver.

—Pero somos extraños para ellos —dijo Clara.

—Es algo romántico —agregó su madre y la besó en la mejilla. La mujer llevaba trenzas en el cabello y su vestido era en una gama oscura del azul. Se tomaron de la mano y acercaron sus rostros mientras compartían palabras de afecto. Mi corazón se estrujó y aparté la mirada. Una parte de mi había pensado que mamá estaría de regreso

para el Festival de Primavera. Sacudí mis pensamientos oscuros de decepción y me incliné para robar una esquina del espejo y así poder aplicar mi labial. Me había quitado la ropa empapada por el océano y ahora traía un vestido con manga de casquillo al cuerpo y color tomate. Le había dado mi corona de flores a Clara.

—Una vez mi abuela me dijo que casarse en primavera era de buena suerte —le dijo la señora Peña a Clara—. Tendrás bebés fuertes o algo así.

—Qué asco, mamá —se quejó Ana.

La tarde brillante se desvanecía derramando luz dorada por la habitación. Estábamos alcanzado la hora perfecta entre el día y el atardecer. Clara volvió a chequear su reflejo con nerviosismo, se giró hacia un lado y luego al otro, su falda de lazo bailaba en su piel oscura. Era la imagen dulce y suave del romance de primavera.

—¿Cómo lo supiste? —quise saber.

—¿Qué cosa? —se reajustó la corona de flores.

—Que él era el indicado —me encogí de hombros, sintiéndome avergonzada—. Que… No sé lo que estoy preguntando. Es el día de tu boda —traté de reírme para espantar los nervios incómodos.

—Bueno, me enamoré de esta tienda primero. De Puerto Coral en segundo lugar, y luego un pescador muy dedicado con sentido del humor y un corazón blando —su sonrisa se sintió como ser testigo de algo privado. Un regalo inesperado. Yo no comprendía a ese amor romántico capaz de perdurar en el tiempo, pero era el hilo principal de mis historias favoritas. Me gustaba creer.

Alex se detuvo en la puerta abierta y me lanzó un rápido pulgar hacia arriba antes de desaparecer. Era hora de irse. Me volví hacia Clara.

—Te deseo la mejor boda del mundo.

—Gracias por ser una amiga tan maravillosa —Clara estaba a punto de llorar y me abrazó con fuerza. Una dulce emoción se apoderó de mí cuando también la abracé fuerte.

—Vamos al altar.

Ana salió y, unos segundos más tarde, Electric comenzó a tocar una divertida canción de *du dúa*. Esa era nuestra señal. Salí delante de Clara y su madre e intenté no patear demasiado las flores mientras me unía a los demás, que ya estaban alineados alrededor de la plaza. Clara, con su ramo de margaritas escogidas a mano, salió de la bodega y se llevó la mano a la boca. Pétalos rosados, amarillos y blancos marcaban su camino hacia Jonas. Estaba a punto de llorar. Hice una señal con la mano a Oscar, quien accionó el interruptor por mí.

Cada árbol a nuestro alrededor se iluminó con destellos intermitentes.

Se elevó un sonido colectivo de asombro y Clara gritó de alegría. Mi corazón iba a estallar. Esta bruja bebé de Puerto Coral también podía hacer magia.

Clara flotó hasta la pérgola de madera decorada con magnolias donde Jonas la estaba esperando. El gran y alegre pescador también lloraba. Era la primera vez que lo veía en un traje. Todos nos acercamos más, para hacer un círculo cerrado alrededor de la pareja y, más allá de nosotros, los turistas observaban curiosos. Me pregunté cómo nos veríamos, si este momento les mostraba algo más sobre Puerto Coral. Esperaba que sí.

Jonas y Clara enredaron sus dedos y el oficiante inició la ceremonia. Esta era mi primera boda, y aunque las palabras me resultaban

familiares por las películas y la tele, esto era mucho más que eso. Mis ojos se cargaron de lágrimas inesperadas.

Encontré a Mimi al otro lado de la multitud, observaba la ceremonia con una mirada lejana.

Su historia de amor no había sido lo suficientemente larga. Me pregunté si su corazón roto alguna vez se había curado. Aunque fuera solo un poco. Su mirada se encontró con la mía y se suavizó.

—Ahora los declaro marido y mujer —estallamos en aplausos, vítores y los agudos silbidos de los viejitos cuando Jonas y Clara sellaron las palabras con un beso. En algún lugar por encima de nosotros, los cohetes de Benny explotaron en el cielo.

—Vamos por el champán —me dijo Ana cuando sus amigos envolvieron a Clara y Jonas. Ana tironeó de mí y silbó rápidamente, sonando como los viejitos. Varios de sus primos se alejaron de sus grupos para venir a ayudar. Nos apresuramos a la bodega por los cubos llenos de hielo y las botellas rosadas frías.

Eché un vistazo a la tienda blanca de Mimi, mientras llevábamos los cubos a la plaza. Todavía estaba cerrada.

—El festival ya ha terminado. ¿Qué está haciendo?

—¿Quién? —dijo Ana con voz tensa de llevar los cubos de metal.

—Mimi —le dije—. Con su tienda.

—¿No lo sabes?

—¿Tú sí? —exigí.

—Es la recepción —rio.

Con un empujón, deposité el cubo sobre la hierba y estudié la misteriosa tienda por centésima vez ese día.

—Entonces, ¿qué? ¿Hay una pista de baile allí? ¿Por qué tanto secretismo? —marché por la plaza, entre la multitud risueña y mareada

por el romance, las luces centelleantes y las burbujas de champán. La tienda era bastante grande y tendría que haber sumado dos más dos, pero nunca consideré que mi abuela sería tan enigmática por una recepción.

–¡Mimí! –grité, con las manos apoyadas sobre mis caderas. Ella me había pedido que la encontrara en la tienda, así que ya tenía que estar adentro–. ¡Sé que esto es para la boda! Voy a entrar.

Nada. Miré a mí alrededor. A Ana la había retenido su madre.

–Basta de secretos. Estoy aquí, comencemos con esta fiesta ya.

Esto es ridículo. Solo ábrela. El sol terminó de hundirse en el horizonte y las aletas de la tienda se movieron un poco, como si hubiera brisa. Fruncí el ceño, confundida.

–¿Mimí? –volví a llamarla. Miré detrás de mí, pero Ana ya se había ido.

En la parte superior de la tienda, la cuerda anudada comenzó a aflojarse. Di un paso rápido hacia atrás, pero no aparté la mirada. Las cuerdas cedieron con un súbito tirón. Uno por uno, los paneles de los lados cayeron y la magia de mi abuela se derramó.

No era solo una fiesta.

Era una fiesta en La Habana.

27

Me encontré con una bulliciosa calle de ciudad con mesas de café, palmeras y velas sobre cada superficie, con luces centelleantes que se derramaban sobre las hojas verdes en lo alto. Crucé la línea invisible entre la plaza familiar de Puerto Coral y la calle tropical de la ciudad. Trompetas, tambores, el rítmico deslizamiento de las cuentas contra la calabaza de un *chequeré* siendo tocado desde algún lugar más adentro. Papá El se paró en la entrada con su carro y me ofreció una paleta de mango, mientras sonreía con entusiasmo.

—¿Cómo? —era la única palabra que podía decir. ¿Cómo había sucedido esto? ¿Cómo cabía todo debajo de la tienda?

—Tu abuela es muy creativa —Papá El rio. Le entregó más paletas a las personas que pasaban junto a mí—. Menos mal que no arruinamos la sorpresa, ¿eh?

Había plantas por todas partes. Verdes y salvajes, incluso en sus brillantes macetas. La brisa marina agitaba las hojas de palma y el aire era dulce como coco. Pequeños puestos que ofrecían rebanadas de pastel de bodas y champán se asentaban a lo largo del camino atestado de gente del festival, algunos transeúntes pasaban junto a mí como si todo esto fuera una parte más de las celebraciones. ¿Cómo era eso posible cuando ya no estábamos en Puerto Coral? El sol había desaparecido y con él la plaza. Estaba segura.

—¡Xiomara! —la llamé y ella se dio la vuelta pero siguió caminando hacia atrás mientras tocaba la guitarra.

—¡Ey, Rosa!

—¿Qué está pasando? —me detuve. La gente caminaba a mí alrededor—. ¿Has visto a Mimi?

—Por aquí, en alguna parte —inclinó la cabeza, confundida y continuó su camino.

Tal vez no conocía a mi propia abuela, porque la mujer que conocía ni siquiera *hablaba* de Cuba. Y sin embargo, aquí estaba, a mi alrededor, seduciendo mis sentidos. Color, sonidos, aromas. La música se elevó hasta que finalmente, un poco más adelante, rodeada por una audiencia absorta, encontré el corazón que latía.

Ana estaba detrás de sus congas de la banda de jazz. Sus rizos eran un halo de luz y su sonrisa era igual de brillante. Tocaba un ritmo rápido y exigente y llamó a los otros bateristas, todos hombres mayores, al círculo que la rodeaba para seguirle el ritmo.

Xiomara se sumó a ellos bailando, ya cantando con su voz profunda y vibrante.

Jonas llevó a Clara a la pista de baile, bajo los vítores de una multitud encantada. No siguieron los pasos de salsa que habían practicado, sino que giraron y se sacudieron, estallando de la risa el uno por el otro. Mi curiosidad dio paso a una gran sonrisa.

La canción terminó y pasó directamente a la siguiente con la llamada de una trompeta. El señor Peña estaba sentado en una de las sillas con su trompeta, marcando el ritmo con su pie mientras tocaba cerca de Ana. Mi mejor amiga se echó a reír, irradiaba alegría. Oh, Dios mío. Por algún milagro, Mimi incluso había conseguido que el *señor Peña* tocara un instrumento. ¿Cómo hizo para que todo esto sucediera? ¿Y por qué?

–¿Lista? –me preguntó Benny sonriendo. Me tomó la mano y me giró suavemente en el centro de la pista.

–¿Por qué la gente me sigue preguntando eso?

Puse mi mano en su hombro y moví la cadera al compás de la canción. Había bailado cientos de veces con Benny en las reuniones familiares de los Peña y éramos buenos. Me llevó a la izquierda y me hizo girar una vez antes de que volviera a colocarme en posición. Olvidé todas mis preguntas e incredulidad y me perdí en la música. El ritmo me envolvió y guio mis pies, mis caderas, mi pulso y mi siguiente aliento. Fluía siempre en ritmo mientras me balanceaba a través del tiempo.

Benny me hizo girar de nuevo –me iba a marear en un minuto– y me detuve en un juego de brazos diferente. Alex me sonrió. Lucía completamente como un Ravenclaw otra vez mientras sostenía una de mis manos, la otra descansaba cuidadosamente en mi cintura, justo por encima de mi cadera.

–Ey –le dije sin aliento–. Se me antoja dar unas vueltas contigo –su risa retumbó con calidez entre nosotros y sus manos se tensionaron un poco, con esa suave y nerviosa mirada en sus ojos. Pero aquí estaba él, listo para bailar. Mi corazón seguramente brillaba en mi pecho.

La canción se ralentizó y nos acercamos más. Esto era diferente a bailar con Benny. Sus manos me apretaron más fuerte.

—La boda fue hermosa —le dije. Hizo un sonido de acuerdo que retumbó contra mi oído. Bajó la cabeza y yo apreté la nariz contra su camisa. Azúcar caliente y menta. Era tanto un peligro como un bálsamo para mis sentidos. Justo más allá de nosotros, finalmente vi a Mimi esperando en el borde de la pista de baile. Dejé de bailar y Alex me miró con preocupación. Se dio la vuelta ante mi expresión. Tomé su mano, y su pecho se levantó y cayó en una respiración pesada.

Mimi nos miró mientras caminábamos hacia ella. Esta noche llevaba un vestido azul medianoche y el dobladillo bailaba suavemente con la brisa. Me pregunté si en sus ojos aún seguía siendo la dulce bebé Rosa.

Y ahí fue cuando caí en la cuenta.

Desearía poder mostrarte mi hogar, nuestro hogar, pero lo intentaré.

—Oh, Mimi —le dije cuando nos detuvimos frente a ella. Solté la mano de Alex y agarré la de mi abuela. Su sonrisa era pequeña, pero la emoción rodaba como olas en sus ojos. Ella acomodó mi cabello detrás de mí oreja y puso una mano suave sobre mi mejilla.

—Debería haber usado mejor mi dolor. Tú y tu madre se lo merecían —susurró en español.

Me soltó y me sentí despojada. No sabía qué decir. Mimi miró a Alex. Me limpié los ojos y me apresuré a presentarlos formalmente.

—Mimi, este es Alex. Alex, esta es mi *abuela*.

—*Hola, doña Santos* —la saludó en un español suave y se inclinó para besarla castamente en la mejilla. Mimi se ablandó y una mirada lejana apareció en sus ojos. Ella sonrió, le apretó el hombro y dijo algo demasiado bajo para que yo lo escuchara cuando *La vida es un carnaval*

de Celia Cruz comenzó a sonar. Con una sonrisa melancólica, tomó la mano de Alex y lo tiró a la pista de baile.

—Ey, esa es mi cita —exclamé juguetonamente, mi voz ronca por todos los gritos y llantos de hoy. Estaba emocionalmente agotada, pero fue una alegría ver a Alex bailar con mi abuela, su sonrisa iluminó la noche. Le supliqué al tiempo que corriera más despacio para poder vivir en este momento un poco más. Reunir todos estos recuerdos y conservarlos entre las páginas de un libro como flores.

Esta noche era un regreso a casa cargado de música, vida y alegría.

—Mira cómo se mueve.

Me volví hacia la voz a mi lado. Mi madre sonrió al ver a Mimi bailando. Llevaba una camisa blanca y pantalones vaqueros, y parecía cansada y arrugada por el viaje. La pintura manchaba su camisa y sus manos.

—¿Ella hizo todo esto? —preguntó sin apartar la mirada. La pista de baile estaba llena de parejas: Dan y Malcolm, Clara y Jonas, e incluso la señora Francis, riendo encantada junto a Simon y con champán en la mano. Sonreí por ella, porque sabía que definitivamente a él le gustaban los perros.

—Sí —le dije—. Aunque no sé cómo.

Fuegos artificiales explotaron por encima del puerto. Amarillo, dorado y rojo. Lo habíamos logrado. Había tanto que quería decirle a mi madre.

—¿Quieres bailar también? —pregunté en su lugar. Mamá sonrió con alivio.

—Siempre, nena —tomó mi mano y desaparecimos entre la música que sonaba como añoranza, dolor y amor, todo en una canción.

28

El cielo ya estaba oscuro cuando la fiesta terminó. Los vendedores empacaron y la multitud se fue a casa. Jonas y Clara nos dieron las buenas noches a todos y nosotros hicimos lo mismo. En los próximos días, sabríamos el total obtenido para el puerto, pero por ahora, mis amigos nos ayudaron a empacar algunas cosas importantes de la tienda. Quería detenerme bajo las estrellas y bailar otra canción. Quería que las manos de Alex me envolvieran mientras girábamos y girábamos hasta que finalmente el tiempo se detuviera para nosotros.

Cuando casi estábamos en casa, todos cargando cajas, la lluvia comenzó a caer.

—Por supuesto —se quejó Benny. Mike maldijo. Alex miró al cielo como si estuviera midiendo la amenaza.

Cayó un rayo y las luces de la calle a nuestro alrededor parpadearon. Todos nos petrificamos, pero suspiramos de alivio cuando

permanecieron prendidas. Hasta que un transformador estalló con un estruendo y chispas azules. Gritamos y corrimos a casa en la oscuridad.

–¿Es un buen momento para admitir que le tengo miedo a la oscuridad? –dijo Benny mientras corríamos.

La lluvia se volvió un torrente. Nos abalanzamos al interior e intentamos no empapar las baldosas de la entrada antes de dejar las cajas. Miré a mamá.

–Trajiste una gran tormenta contigo –ella puso los ojos en blanco y sacudió el agua de su cabello.

–Siempre lo hago.

Algo bueno de que siempre se fuera la electricidad en nuestra casa era que había muchas velas alrededor. Mimi y yo recogimos las que pudimos encontrar en la oscuridad. Mamá fue a buscar cerillas. Su luz suave parpadeó en toda la casa.

–Muy romántico –dijo Benny.

–No es mi peor cita –estuvo de acuerdo Mike y me mostró el radar del clima en su teléfono. El remolino de manchas verdes, amarillas y rojas ominosas no se veía bien. Pero así era Florida–. Es una depresión tropical que acaba de cambiar su rumbo hacia nosotros –anunció.

Le di otra mirada a mamá, que puso los ojos en blanco.

–Sin embargo, se está moviendo muy rápido.

–Sí, me fui de la plaza... No, mamá, no estoy bajo la lluvia... –Ana había llamado a su madre–. ¡Mi cabello apenas está mojado! Estoy en casa de Mimi... Está bien, está bien –puso los ojos en blanco y quitó el teléfono de la oreja–. Me dijo que dejara el teléfono o me electrocutaría y luego me colgaría.

Mimi entró en la cocina, rodeada de velas, puso la cafetera de

metal en la estufa de gas. La luz del piloto se encendió con una pequeña llama azul.

—Ah, eres una genia, Mimi —dijo Benny.

—No tuvimos electricidad nuestra vida entera —ella sonrió.

—El viento se ha calmado —dijo mamá. Su pelo mojado estaba trenzado sobre su hombro. Se veía muy joven—. Vamos a abrir las ventanas antes de que el aire se vuelva viciado —la corriente de aire que se extendió por la casa oscura era fresca y dulce por la lluvia. La luz de las velas nos permitía vernos los unos a otros y unos pasos frente a nosotros, pero no mucho más.

—¿Qué hacemos ahora? —pregunté. Mis amigos estaban bastante atrapados hasta que la tormenta amainara.

—Estate callada o provocarás más truenos —dijo Mimi, con una sonrisa en su voz. Era algo que siempre decía a los niños ruidosos durante las tormentas, es decir, que siempre me decía a mí.

Mamá tomó tazas y esperó a que el café estuviera listo. La noche estaba impidiendo cualquier pelea entre ella y Mimi. El suave silencio calmaba sus asperezas y les permitía moverse en sincronía. Los demás nos acomodamos en la sala. Me tendí en el suelo junto a la mesa de café. Alex se recostó contra la pared a mi lado. Tuve una idea repentina y me incorporé de un salto.

—Vuelvo enseguida —dije. Tomé una vela y fui hasta el estante de Mimi, de la parte inferior saqué lo que habría parecido una maleta para cualquiera que no conociera íntimamente sus domingos de limpieza. Lo puse en la mesa de café y lo abrí—. ¡Ta-chán!

—¿Qué diablos es eso? —preguntó Benny.

—Un tocadiscos —respondí—. Hay que girar la manivela. No necesita electricidad.

Mimi y mamá miraban desde la cocina, entretenidas por mi entusiasmo.

Alex se inclinó sobre él e hizo los honores. Con cuidado coloqué un disco en su lugar. La música comenzó a sonar en cuanto él detuvo la manivela.

La magia nos envolvió: el crujido del tocadiscos, la brisa salvaje y salada que se colaba entre las hojas de palmera de allá afuera y entraba por nuestras ventanas abiertas. Mimi regresó con café para cada uno de nosotros y me dedicó una suave sonrisa mientras se acurrucaba en la silla junto a la ventana.

–Lo escuché cantar esta canción.

–¿De verdad? –pregunté, sorprendida pero esperando por más. Tal vez la noche no había terminado. Todavía había mucho que quería saber.

–La noche en que conocí a tu papi –Mimi miró a mamá. Nunca había escuchado a Mimi llamarlo de una forma tan familiar y presente. Mamá estaba en la ventana, mirando la tormenta.

–Mis hermanas y yo fuimos a La Habana con una de las hermanas de nuestra madre para mi cumpleaños. Tía era joven y nos dejó ir al concierto. Alvaro estaba allí porque conocía al trompetista. Se acercó a mí y me dijo que era la chica más hermosa de La Habana.

–¿Y tú qué le dijiste? –quiso saber Ana.

–Le dije que no era de La Habana.

Nos reímos. Mi madre se quedó de espaldas a la habitación.

–Enamorarse fue tan fácil. No quería marcharme –toqueteó el botón de su vestido. Mamá le ofreció la mano sin apartarse de su lugar en la ventana. Mi abuela la tomó y se la llevó a los labios, la besó dos veces. *Uno mío, uno de él.* Los viejos recuerdos llegaron volando y

me vino a la memoria que Mimi siempre besaba a mamá dos veces cuando yo era pequeña.

—Cuéntanos más —le rogué.

—Cuando lo conocí, Alvaro era estudiante en La Habana. Quería ser profesor y tenía libros por todas partes. ¡Incluso sobre sus muebles! Me pidió que me sentara en una silla, pero era solo una pila de más libros. Volví muchas veces a La Habana ese verano.

—Escandaloso —murmuró Benny.

—En el otoño, Alvaro vino a casa conmigo y le preguntó a Papi si podíamos casarnos. "¿Qué le puede dar un maestro a mi hija?", preguntó, a lo que Alvaro respondió: "Buenas cartas de amor" —su risa pintó de tonos brillantes su historia de fantasmas. Rompió las viejas sombras con luz y amor—. Alvaro nunca había estado en Viñales, pero nos casamos en la iglesia y hablamos de comenzar una granja, al igual que mi familia. Pero él amaba a La Habana, la música y la gente. Amaba tanto a Cuba...

La triste mirada de Mimi se posó en mí. Me dijo en español que mi abuelo marchó con otros estudiantes, que se organizaron y lucharon contra un gobierno hostil e inestable. Que luchó para liberar a su país, pero murió intentando liberar a su pequeña.

—Alvaro trató de conseguirme un boleto para irme, porque... —hizo una pausa mientras su mano se cerraba contra su estómago—. Pero ellos fueron a arrestarlo. Él no podía volver a la escuela y yo no podía arriesgar a mi familia.

Afuera, los limoneros se mecían en el viento tormentoso. Las campanillas tocaban una canción suave.

—Cuba es mucho más que tierra, pero la tierra significa mucho —dijo—. Si sus ciudades se caen, si todos nos vamos, que Dios la

cuide... —agregó, tan tranquila como una oración susurrada en su lengua nativa. El aroma dulce y agudo de las flores de limón se abrió paso en el interior de la casa y nos envolvió. El dolor de su pérdida sangró por todas partes, porque amaba su isla. A pesar de todo, su amor vivía y respiraba, todavía enredado con una esperanza eterna de libertad.

—Siento no haber podido mostrárselas —confesó en voz queda. Miró a mamá y estrechó su mano. Mamá la tomó, se inclinó y besó la frente de su madre. Dos veces.

—Lo hiciste —le dije y me acerqué a sentarme en sus rodillas. Ella había cargado la isla, protegido y cuidado. Siempre había estado allí para que nosotros la encontráramos.

—*Ay, mis niñas* —Mimi tomó nuestras manos, apretándolas contra su pecho.

—*Viva Cuba libre* —le dije con convicción.

—*Pa'lante* —susurró Mimi. *Adelante.*

29

Las luces titilaron y parpadeé con fuerza cuando la habitación a nuestro alrededor volvió a enfocarse. Regresamos al presente, los teléfonos sonaron y las tazas de café fueron retiradas. Nadie sabía realmente qué decir, pero Mike, Ana, Alex y Benny se detuvieron junto a la silla de Mimi para ofrecerle las buenas noches en agradecimiento. No era inadecuado que mis amigos besaran la mejilla de mi abuela en señal de saludo y despedida, pero todos vacilaron. El teléfono de Ana sonó –seguramente su madre asegurándose de que no se hubiera electrocutado–, pero ella también dudaba en irse. Esta noche habíamos encontrado algo que se creía perdido: una historia y un recuerdo del amor de Mimi ante el exilio.

Los acompañé afuera, pero me quedé en el porche delantero con Alex. La noche era pegajosa, en las calles y las aceras prevalecía el vapor de la lluvia. Alex se detuvo en el primer escalón.

–¿Qué ocurre? –pregunté.

—He estado pensando mucho en algo. No estaba seguro de que quisieras, pero después de hoy... —se metió la mano en el bolsillo trasero y sacó un pedazo de papel cuadrado. Supe qué era antes de que él lo desenrollara.

Mi estómago se retorció al ver su mapa. Me lo entregó, sin hablar, y lo miré con cuidado otra vez. Esperaba ver las mismas líneas y coordenadas de antes, pero todo era diferente. Seguí el camino y mi corazón casi se detuvo cuando me di cuenta de que esta vez su viaje lo llevaba a Cuba. Mi mirada se disparó hacia la suya.

—Hablas de ir allí, incluso cuando no estás hablando de eso. Y sé lo decepcionada que has estado por lo que ocurrió con el programa de estudios. Investigué cómo navegar hasta allí. Con las conexiones de mi padre podríamos desembarcar en un puerto cubano y quedarnos en algún lugar de la isla este verano. Podrías ver todo lo que quisieras —luego recitó todas las leyes y regulaciones que había investigado, él había hecho esto exactamente como yo lo haría. Por mí. Algo cercano al pánico me hizo retroceder un paso, dejando a Alex en el último escalón.

—No puedo.

Se calló de golpe.

—¿Qué?

—No puedo ir —esto no era pánico. Era una frustración vacía, rodeada de una ira desesperada. ¿Cómo podía mostrarme ese mapa como si fuera una posibilidad para nosotros? Era un sueño que no podía tener, uno que a él no le correspondía ofrecerme—. ¿Cómo puedes ofrecerme esto?

—Porque ibas a ir —retrocedió confundido. Odié eso.

—Eso era diferente, no iba a lanzarme al medio del océano en un

bote –"Salí de ese bote roto y…" sacudí la cabeza para deshacerme de la voz de Mimi. La noche era muy húmeda y mi piel se sentía tensa.

–Pero nos subimos a un barco hoy –dijo, genuinamente confundido.

–Ni siquiera salimos de nuestro puerto y, como dijiste, ese no era el océano.

–Y como dijiste, semántica –se pasó una mano áspera por el pelo–. Si no quieres venir conmigo está bien, yo nunca… Simplemente no entiendo si es por mi barco o por mí o…

–Tengo escuela y trabajo, y luego tengo que prepararme para mudarme y no puedo simplemente salir de viaje en barco. Ya no iré a Cuba, ¿de acuerdo? –prácticamente lo grité. ¿Me habría escuchado el viento? Había desafiado tanto. Jugado a fingir por demasiado tiempo. Y sin embargo, la amarga ira no me dejaba razonar con claridad. Exhalé con brusquedad y traté de pensar más allá de ella–. Y vi tu primer mapa. Tu viaje era mucho más grande. No puedo quitarte eso a causa de mi neurosis.

–Los planes pueden cambiar –las cejas oscuras de Alex estaban alicaídas. Las palabras de Ana pasaron por mi mente.

–*No*. Ella dijo que cuando comienzas a cambiar los planes del otro, allí es donde todo comienza a ir mal.

–¿Qué? ¿Quién dijo eso?

–No importa –le di su mapa y apreté mis manos mientras retrocedía–. ¿Un viaje en barco? Dios, Alex. Mírame. He pasado dos años preparándome para irme y en el último momento mis planes se desmoronaron. ¿Y qué he hecho para remediarlo? Nada. Estoy postergando y olvidando. Y no me quedaré en tu muelle vacío gritándole al mar.

Se aferró a la barandilla con la mirada clavada en los pies. Él no lo entendía. Miré a la luna y apreté los dientes para controlar las lágrimas que me quemaban la garganta. Me limpié los ojos y exhalé en un resoplido. Había dos mujeres en esta casa destruidas por la pérdida del amor y yo no haría lo mismo. Ni a mí ni a ellas. Estaba repitiendo el patrón, tenía que parar esto. No pondría otra fotografía en mi mesa.

—Lo siento —se disculpó Alex cuando me quedé callada, y metió cuidadosamente el mapa en su bolsillo.

Sus disculpas me destrozaron un poco más.

—Tengo que irme —mis palabras sonaron ásperas y bajitas. Finalmente había perdido mi voz.

—Okey —asintió, con las cejas bajas—. Tal vez te vea mañana, entonces.

—No, Alex. Ya no podemos hacer esto.

Me miró y reconocí esa mirada vulnerable y perdida. La había visto en demasiados espejos. Estaba tratando de entender cómo habíamos llegado aquí, qué signos había pasado por alto cuando alguien en quien confiaba no le dio la oportunidad de prepararse para una despedida.

—Lo siento —susurré justo antes de abrir la puerta y entrar. Me quedé con la mano en la perilla y rogué que no golpeara porque le abriría. Dejé caer mi frente contra la puerta y mi cuerpo se estremeció. Era un desastre.

Encontré a Mimi y a mi madre sentadas juntas, hablando bajo. Las luces estaban apagadas y las velas seguían encendidas. La vida y el amor zumbaban entre las dos, complicadas y vibrantes. Su conexión era un enredo hermoso y caótico. Juntas eran una batalla y

un concierto: felices y tristes, perdidas y encontradas, aquí y en otro lugar.

Cuando levantaron la mirada, la preocupación estropeó la expresión de sus rostros.

—¿Qué pasó? —mamá se incorporó al instante.

—Él me pidió que lo acompañara en un viaje en barco —mis manos cayeron inútilmente a mis costados—. Y le dije que no, porque no quiero que se muera.

Un reconocimiento íntimo ensombreció sus rostros, sus hombros cedieron bajo el peso de su carga. Me hundí entre ellas. Mimi deslizó su mano en mi cabello y me acarició el cuero cabelludo con suavidad mientras mamá pasaba su mano por mi brazo.

—Nela me dijo que no saliera de Cuba con Alvaro —confesó Mimi.

Me quedé quieta.

—¿Tía Nela?

—Tan impaciente —Mimi me echó una mirada—. Sí, Tía Nela.

—¿Fue ella quien te llevó a La Habana por tu cumpleaños?

—No, Nela era la tía de todos. Es difícil de explicar, pero ella conocía a Cuba mejor que todos esos hombres enojados que derramaron tanta sangre. Ella conocía el espíritu de la isla y comprendió que estaba sufriendo. Me advirtió que nuestra tierra estaba sangrando y que el mar exigiría un sacrificio. Pero me fui de todos modos.

—Por mi culpa —dijo mamá, con la voz dolorosamente cansada de ser un mal presagio para todos.

—Por amor —la mano de Mimi pasó frente a mí para sostener la de mamá.

Yo creía tener todo cuidadosamente planificado, pero esos vientos nos habían puesto en este camino desde mucho antes de esta

noche. Los mismos vientos que alguna vez revolotearon a través de los oscuros mechones de cabello de las mujeres que me antecedieron cuando miraron hacia el horizonte y se lanzaron a lo desconocido. ¿En dónde me dejaba a mí eso? Las hijas debían cargar con legados y maldiciones con tanta destreza como los corazones que heredaban. Era un equilibrio delicado y exigente.

—Cuéntame otra historia, Mimi —apoyé mi cabeza en su cuello, reconfortada por el olor a limón y romero. Ella pasó su mano libre por mi cabello y depositó un largo y suave beso en la parte superior de mi cabeza—. Una más.

Las tres mujeres malditas Santos nos acurrucamos mientras Mimi nos contaba una historia más.

30

Acurrucada en la cama, tras no poder dormir más de unas pocas horas, esperé a ver la salida del sol desde mi ventana abierta. El aire de la mañana era frío cuando observé cómo el cielo se iluminaba en un suave azul y me imaginé el mar de los mapas de Alex. Las latitudes y longitudes imposibles.

Ya lo extrañaba, pero un nuevo día me esperaba. Solo tenía que salir de la cama.

La cocina estaba vacía y el café frío. Calenté una taza y me detuve en el umbral del invernadero. Mimi no estaba allí, pero me acomodé en su silla para esperarla. Varias ramitas de romero estaban secándose, así como salvia y tomillo. Abrí mi cuaderno, decidida a crear mi agenda para mayo. Faltaban menos de dos semanas y me encontraría con una decisión tomada.

Destapé mi marcador y recordé mi primer diario. Mimi me lo había dado. "Es importante escribir las cosas", me dijo al entregármelo,

después de que mi madre se marchara por primera vez. Esas páginas en blanco se habían sentido como esperanza. Me había escondido en su jardín y las había llenado con todas las plantas salvajes y acogedoras que me mantenían a salvo.

Mientras trazaba una línea a lo largo de una regla, separando mis días de mis metas, pensé en mi abuelo. ¿Qué había querido enseñar? ¿Cuáles eran sus libros favoritos? ¿Autores? ¿Doblaba las páginas y hablaba con sus manos cuando se emocionaba? El viento y el acero cantaron mientras nuestra campanilla de viento bailaba. Entre dos páginas, sombreé el tallo de una ramita de romero con trazos rápidos y seguros. Si mi padre hubiera regresado, ¿habría tenido yo la valentía suficiente para ir con Alex? La canción de la campanilla se hizo más fuerte. Afuera, el cielo todavía era azul brillante. No había una sola nube, el día era perfecto.

Pero las campanillas de viento de mi abuela se agitaban salvajes del pánico.

Mi piel picaba de sudor y el hielo nadaba en mi sangre. "Instintos", la voz de mi madre susurró desde algún lugar de mi memoria. *"Escúchalos"*.

—¿Mimi? —la llamé en voz alta, pero no hubo respuesta. El silencio se sentía vacío. Lentamente me puse de pie y vi bailar las campanitas de viento. Salté de su silla—. ¡Mimi! —entré en la casa, segura de que estaría en la cocina, revolviendo el café. Se pondría loca al oírme gritando. Pero la cocina estaba vacía.

—¿Mimi?

La encontré en su habitación y el alivio me hizo tropezar contra la jamba de la puerta. Mimi se sentó a un lado de su cama, pero cayó desde el borde. Corrí hacia adelante para atraparla y sus ojos se

encontraron con los míos por un segundo, o tal vez toda una vida, tal vez nuestras dos vidas, antes de que su pequeño cuerpo quedara inmóvil sobre el suelo. En el siguiente latido, mi madre estaba allí, haciéndome a un lado. Se arrodilló al lado de Mimi y comenzó la RCP.

Me paralicé, pero mamá no se detuvo. Sus movimientos eran fuertes y vigorosos mientras empujaba hacia abajo, una y otra vez, en el pecho de mi abuela.

—¡Rosa! ¡Llama a emergencias! ¡Ahora!

La mirada de mi madre se inundó de lágrimas no derramadas, pero no se detuvo. Atrapada en una tormenta enojada e implacable, luchó contra el corazón de Mimi.

Salí corriendo de la habitación y marqué el 911. El operador habló, les rogué que vinieran desde debajo del agua.

—Su corazón —dije. Su corazón era fuerte, pero algo estaba mal. Salí corriendo de la casa y crucé la calle. Golpeé mi puño contra la puerta de Dan y Malcolm. Dan la abrió, cargando a su hija, y su molestia se convirtió en preocupación.

—Rosa, ¿qué pasa?

—Mimi —anuncié de forma ahogada luego de un momento. No podía decirlo. Necesitaba hacerlo, pero no podía. La cara de Dan mutó. Mi vecino despreocupado cambió al paramédico determinado. Me entregó a Penny y corrió dentro. Un segundo después, salió a toda velocidad con lo que parecía una bolsa de lona. Corrí tras él. Una vez en la habitación de Mimi, se dejó caer junto a mi madre y al pecho de mi abuela y se hizo cargo. Mamá peleó con él por un momento, pero Dan no cedió ni explicó nada. No había tiempo. Mi madre se acurrucó y lloró. No pude ir a ella, no me podía mover, necesitaba sostener a Penny. Necesitaba evitar que se hundiera.

Unas luces intermitentes rojas y azules se derramaron por nuestras ventanas y la puerta delantera se abrió de golpe. Los bomberos y paramédicos pasaron junto a mí, llenando el dormitorio de encaje y lavanda de mi abuela con demasiada gente y todo su equipo extranjero.

Penny se echó a llorar e intenté susurrarle la canción que Mimi solía cantarme, algo sobre una rana, en español. Busqué a tientas el primer verso mientras mi abuela se deslizaba en una camilla. Dan caminó con ella, todavía realizando RCP.

Mimi aún no respiraba por sí misma.

Los seguí a través de la niebla. Los vecinos estaban fuera de sus casas, con las manos en la boca, en shock. Dan se subió a la parte trasera de la ambulancia con mi abuela y el otro paramédico me miró. Miré a mi madre.

—Ve —le dije. No dudó. Corrió a la parte trasera de la ambulancia y las puertas se cerraron de golpe. Un momento después, el ruido y el caos se apresuraron a irse con ellos hasta que solo quedamos Penny y yo en una acera vacía.

Estaba sola.

Mis vecinos corrieron el uno al otro, todos tratando de entender y consolarse. La señora Peña se subió a su camioneta cuando Ana pasó corriendo por la casa de Dan. Irrumpió en su auto en busca del asiento de Penny. Todos se movían con propósito en este día imposible.

Penny gimió y dejó caer su cabeza sobre mi hombro. Le froté la espalda.

Ana estaba a mi lado, pero no dijo nada. ¿De qué servían las palabras de todos modos? Nunca podías encontrar las correctas cuando las necesitabas. Las palabras eran islas que se hundían en

el silencio como canciones olvidadas. Con una mano en mi brazo, Ana me llevó al coche de su madre. Las puertas se cerraron de golpe y corrimos al hospital donde luchaban por sobrevivir las últimas piezas de mi familia.

Mi dolor era un compañero estable sentado a mi lado en la sala de espera del hospital, allí donde mi madre habría estado si no estuviera caminando de un lado al otro por el pasillo, o quebrándose, o siendo el representante adulto de la familia Santos. "Paro cardíaco", dijeron. El corazón de mi abuela había fallado. No tenía sentido. Ese corazón fue mi refugio en cada tormenta. Ese corazón era mi hogar.

"Nunca más puedo mirar hacia atrás", susurró la voz de Mimi mucho tiempo atrás.

"Él nunca regresó", lloró mi madre cuando yo era demasiado joven para entender.

La mujer frente a mí respondió una llamada telefónica. La observé tratando de mantener la calma mientras le decía a alguien demasiado lejos que su oportunidad de decir adiós se había ido. No quería saber nada con el adiós. Quería regresar a casa con Mimi. Era de la única forma en la que dejaría aquel lugar. Deseé tener a Penny de

nuevo, su peso en mis brazos para mantenerme con los pies en la tierra, pero Dan se la había llevado a casa hacía horas. Prometió volver más tarde con Malcolm. Yo todavía seguiría aquí, en esta silla junto a Ana y su madre. Estaban tomadas de la mano y miré mis propias palmas vacías cuando su madre comenzó a orar.

Me hallaba a la deriva, con los ojos secos y vacía de palabras, intentando mantenerme lo suficientemente quieta para que este horrible momento no me encontrara. Si me quedaba oculta, tal vez la próxima llamada terrible no fuera a alcanzarme. Si *ella* se levantaba y volvía a respirar, si *ella* me encontraba de nuevo, entonces el resto del mundo me recuperaría.

La puerta se abrió y me armé de valor, esperando que mi madre me diera la noticia que iba a desarmarme, pero se trataba de Benny. Ana se puso de pie y abrazó a su hermano con fuerza. Su madre envolvió un brazo alrededor de ambos.

Si tuviera un hermano u otro padre… ¿se sentiría más ligero el dolor con más manos para cargarlo? Todas esas hipótesis se arremolinaban como sueños. La puerta no se cerró, detrás de Benny entró Alex a toda prisa a la habitación.

Su pelo estaba hecho un desastre. La harina espolvoreaba el delantal que no se había quitado. Me encontró casi de inmediato, con pánico en sus ojos. Mi nombre escapó de sus labios como una oración.

Las lágrimas finalmente llegaron; se derramaron y me ahogaron cuando me paré y fui lentamente hacia él. Me sepulté en sus brazos. Olía a mar y azúcar morena. Aferré su camisa, me levanté sobre las aguas e inhalé una desesperada bocanada de aire.

✕ ✕ ✕

Mimi estaba en la unidad de terapia intensiva incapaz de respirar por sí misma. Había entrado en paro dos veces. Archivé esa información porque si tratara de mirarla por demasiado tiempo, me rompería. Ana y su familia finalmente se marcharon en las primeras horas de la mañana siguiente, después de que les asegurara que estaba bien. Tenían trabajo y escuela, y yo necesitaba espacio. Alex se quedó. Su presencia tranquila era lo suficientemente fuerte y firme como para apoyarse en ella, incluso durante la espantosa espera en las sillas de la sala. Trajo comida y café que mi madre y yo apenas tocamos, pero después de tantas horas sin mejoría, mamá me envió a casa.

—Quiero quedarme —le dije.

—Necesito que te vayas. Revisa la casa, date una ducha y duerme. Estaré aquí con ella si algo cambia —mis ojos ardían de agotamiento y tenía muchas ganas de desaparecer en una ducha caliente, pero no podía simplemente irme. Mimi estaba aquí—. Por favor, déjame ser tu madre y su hija en este momento —suplicó con voz tranquila pero firme.

Después de llevarme a casa, Alex permaneció en el umbral conmigo. La casa estaba muy tranquila. Las velas no estaban encendidas, la radio estaba en silencio y el café no se estaba preparando. Todo estaba muy quieto. Lo odiaba.

—Déjame hacerte algo de comer.

Encendió las luces y se fue a trabajar a la cocina. Lo observé por un momento, pero el tiempo estaba enredado con todas mis esperanzas desesperadas. Miré a la puerta de la habitación de Mimi y me esforcé por escuchar su música, sus zapatillas de cuentas cuando se

arrastraban contra el suelo de baldosas, el tintineo de sus brazaletes, las oraciones susurradas a sus santos. ¿Podrían ellos oírla esta noche?

—Ey —la voz de Alex irrumpió en mis pensamientos. Me enfoqué en el punto donde estaba parado, en el cálido resplandor de la cocina. El rico olor a cebolla caramelizada y pimientos me hizo cosquillas en la conciencia—. Estoy aquí.

—Lo sé —estaba agradecida, pero mi voz sonó cansada.

Me fui a bañar y me quité la ropa. El aguijón de agua caliente fue bienvenido y me quedé inmóvil debajo del rocío. Estaba demasiado vacía como para llorar, pero tan cansada que ansiaba la liberación y el propósito. Quería ser la que se arrodillara y supiera realizar la re-animación cardiopulmonar. Deseaba tener la mirada firme que Dan me había dado. Presioné mi mano contra la pared de azulejos e in-tenté contar mis respiraciones aceleradas. Me había sentado en el suelo de su dormitorio y en la silla de la sala de espera sin cambiar nada. Cerré mi puño y me apoyé contra los azulejos mientras unos sollozos secos e inútiles sacudían mi cuerpo.

El agua se enfrió pronto. Mi piel se volvió de gallina y el aire que exhalaba se sentía caliente. Deseaba que el azulejo pudiera ceder bajo mis manos, porque estaba helada y sola y el mundo giraba de-masiado rápido para mí.

Hubo un toquido en la puerta. Asustada, inhalé bruscamente y tosí en el agua.

—Rosa —llamó Alex. Prácticamente podía sentir su preocupación presionada contra la puerta, pero por el tiempo que había estado en la ducha, sabía que estaba luchando para darme mi espacio.

—Saldré de inmediato —no supe si lo dije en un grito o en un susurro.

Cerré el agua y me sequé entre temblequeos. Arrastré una mano

por el espejo para encontrar mi reflejo debajo de la niebla. *Aquí estoy.* Los ojos de mi madre, la boca de mi abuela. *Todavía están aquí.* Los demás ángulos y bordes estaban formados por fantasmas que nunca llegué a conocer.

Comí por el bien de Alex y porque era importante sentarse a la mesa de la cocina y seguir como de costumbre. Aquí era donde compartíamos las comidas. Si lograba hacer esto, sería una buena señal. Una afirmación positiva considerada suficiente para salvarla.

–¿Quieres que me quede? –preguntó.

No dije "mi abuela me mataría", aunque fue mi primer pensamiento. Estar sola esta noche se sentiría como enfrentar al vacío por mi cuenta, pero necesitaba perderme en mis rituales heredados. Necesitaba luz de velas, aceite y una llama sibilante. Necesitaba susurrar oraciones mientras el humo llegaba a quienes me cuidaban a mí y a los míos. Vacilé afectada por las dudas.

–Regresaré más tarde esta noche o en la mañana –dijo entonces–. Llámame o envíame un mensaje de texto y aquí estaré.

Asentí agradecida. Limpió los platos y la cocina y, luego, depositó un suave pero firme beso en la parte superior de mi cabeza, con sus brazos a mí alrededor. Me dio las buenas noches en la puerta. No podía verlo partir.

Fui directamente al invernadero de Mimi. Escudriñé su estante y encontré velas blancas y su preciado santo medallón de la Virgen de la Caridad del Cobre, patrona de Cuba. Agarré un alfiler y uno de sus aceites. Encontré tres de sus centavos y los metí en mi bolsillo. Regresé a mi habitación, dejé todo en mi escritorio, me eché el perfume en las manos y refregué el Agua de Florida a través de mi cabello mojado. El aroma cítrico me llenó con un sentido de protección.

Las manos maternales de mi abuela siempre olían a esto cuando me cepillaban suavemente la frente y me mostraban cómo honrar y hacer crecer mi práctica. Tomé unos cerillos y encendí todas las velas que pude encontrar. Con el alfiler, grabé el nombre completo de Mimi en la cera a medida que más llamas cobraban vida. Finalmente caí de rodillas ante mi altar ancestral. Llevé mi frente a la foto de mi abuelo y, como una niña, le pedí por su vida a aquel hombre que yo nunca llegué a conocer, pero que la amaba tanto como yo y que luchó contra un mar enfurecido para garantizar su seguridad.

—Tráela de vuelta a mí —mi pulso latía con fuerza y el nombre de mi abuela cayó de mis labios como un canto.

No hubo respuesta. Solo mi esperanza obstinada.

Horas, o quizás solo unos momentos más tarde, me levanté del suelo. Era como moverse a través de arena húmeda, el aire a mi alrededor estaba cargado de energía agitada. Estaba agotada.

Saqué mi diario de mi mochila y me metí en la cama. Pasé a una página vacía para comenzar a hacer listas de todo lo que necesitábamos para una estadía prolongada en el hospital y todo lo que necesitaba aprender sobre el corazón humano. Un pequeño cuadrado blanco salió de entre las últimas páginas. Era un pedazo de papel doblado, aplastado por mi libro. Con un toque de mi mano, se abrió y se convirtió en un bote. En letras pequeñas y ordenadas a un lado, un garabato ponía S.S. Rosa.

Durante aquellas horas perdidas, Alex me había hecho un bote.

Me levanté de la cama y fui a mi ventana abierta. El aire perfumado estaba fresco cuando me apoyé contra el alféizar y sostuve mi bote de papel contra la luna, imaginando que encontraba los vientos correctos y llegaba a casa.

Lo intentamos con todo lo que tenemos, luchamos contra manos que no podemos ver, zapateamos contra la tierra y susurramos todas las oraciones correctas, pero a veces algunas cosas no están destinadas a ser. Crees que la vida siempre será como es y haces planes, pero lo siguiente que sabes es que te estás subiendo a un bote que se hunde en la oscuridad de la noche porque la tierra que amas ya no es segura. El sol se pone, él no logra regresar a la superficie y se acaba el tiempo.

Y el teléfono suena para decirte lo peor.

A las 3:17 de la mañana, mientras aún seguía despierta, mi vida se rompió en dos cuando Milagro Carmen Martín Santos se fue de esta vida.

Mimi se había ido y yo estaba demasiado lejos para despedirme.

32

Para ser una familia tan familiarizada con la muerte, no teníamos idea de cómo celebrar un funeral.

Los huesos de nuestros muertos se perdieron en el mar, no fueron enterrados en cementerios. Mimi sería cremada, según sus deseos, y mi madre y yo volvimos a casa de la funeraria sin nada. Teníamos que esperar una semana para recibirla debido al papeleo. Solo habían pasado dos o quizás tres días desde el festival, pero era un extraño lapso de tiempo vacío y no teníamos idea de qué hacer a continuación. Nos quedamos en la entrada, sin rumbo y desorientadas. Tal vez así sería la vida para nosotras ahora sin Mimi. Hubo un toquido y abrí la puerta para encontrar a la señora Peña, con los ojos llorosos y un recipiente Tupperware.

–Traje sopa –dijo con voz ahogada–. Aunque es de tomate –lloró más fuerte. Mamá y yo nos apartamos de su camino.

La gente continuó llegando. Conocíamos a la mayoría, pero a

algunos no. La puerta no tuvo la oportunidad de cerrarse a medida que más entregas de alimentos llenaban nuestra cocina y los vecinos conmocionados nos ofrecían palabras sombrías de luto con las que aún no sabíamos qué hacer. La señora Peña mantuvo el orden en la cocina mientras los recipientes de sopa luchaban por el dominio contra los muchos guisos. Luego vinieron los clientes de Mimi. Todos estaban llorando y nos ofrecieron hermosos arreglos florales y cosechas de los jardines que Mimi ayudó a crecer y cuidar. Declinamos educadamente cuando alguien trató de darnos un pollo vivo. La señora Peña nos preguntó si estaba bien abrir algo de comida y le dijimos que sí, por supuesto, no había manera de que pudiéramos comerlo todo. La conversación giró en torno a nuestro silencio cuando las personas encontraron a otras que necesitaban compartir su dolor y decir el nombre de mi abuela. El olor del café nos llegó como un viejo recuerdo.

—¿Esto es un funeral? —se preguntó mamá. Yo no había dormido en muchos días y el adormecimiento me hacía sentir una espectadora.

—Mimi probablemente imaginó que seríamos terribles en esto y lo organizó ella misma.

—Típico —la risa de mamá fue dura.

El señor Gómez y el resto de los *viejitos* atravesaron mi niebla, sonaban como una colección de *abuelos*. Mi garganta se cerró cuando me envolvieron en su colonia y humo de cigarro. Sirvieron ron para brindar por nuestra familia e incluso me dieron un vaso pequeño.

—Por Mimi —dijo solemnemente el señor Gómez—. Dile a nuestra isla... —hizo una pausa y cuando trató de continuar, la emoción lo estranguló. Sacudió la cabeza y lo intentó de nuevo, pero no pudo.

—Dile hola por nosotros —mamá terminó, dándole un suave apretoncito en su brazo.

Yo tenía mucha fe en las cosas que no podía ver, pero ahora tenía que aplicarla a alguien que conocía y que amaba profundamente. Alguien que se había ido pero todavía era una parte tan importante de mí como mi próximo aliento. ¿Podría su espíritu estar ya a millas y años de distancia? Se había vuelto demasiado inalcanzable para mí.

Escapé afuera y encontré a mis amigos subiendo por el camino. Benny tenía girasoles y Alex traía cajas de panadería. Ana y Mike intentaban no llorar, pero una vez que me vieron, no lograron luchar contra las lágrimas. Oscar los siguió. Vestía jeans oscuros y una camisa negra, lo cual era típico en él, pero no estaban desteñidos ni salpicados de pintura y aserrín.

—Lo siento por tu madre, Liliana —dijo cuando levantó su mirada.

—Gracias —respondió mamá, de pie junto a mí ahora. Ella tomó mi mano. Oscar nos miró a las dos, sonriendo un poco y compartió una larga mirada con mi madre.

—Lo he visto... Es muy bueno. Se parece a él. Me dio una idea y... —se detuvo para mirar su reloj—. Necesito mostrarles algo a las dos —se dio la vuelta sin otra palabra y se dirigió a la acera.

No entendí nada de lo que había dicho. Miré a Mike, quien suspiró.

—Se le olvidó pedirte que lo siguieras.

Lo seguimos al igual que mis amigos y, tras un momento de curiosidad, todos se reunieron detrás de nosotros. Nuestro pequeño grupo se expandió a medida que avanzábamos por la calle.

—¿Qué está pasando? —Dan se apresuró a cruzar, todavía enderezando su corbata. Malcolm lo siguió con el cochecito—. Estábamos en camino.

—Oscar nos quiere mostrar algo —les dije cuando se pusieron a nuestro lado—. Ambos se ven muy bien —estaban en trajes formales oscuros. Dan me apretó el hombro mientras Malcolm me daba un abrazo.

Casi llegando a la plaza, me acerqué a mi madre.

—¿Fue así cuando mi papá murió? —pregunté.

—Hubo un shock colectivo y una búsqueda intensa, pero después de que encontraron el bote se dieron por vencidos. No había nada que ellos pudieran hacer y yo tuve que renunciar a la esperanza o me habría perdido cuando me necesitabas.

Nuestro grupo se hizo más grande a medida que más vecinos se alineaban con nosotros.

—Tú lo superaste y seguiste adelante, ¿por mí?

—Por... —el recuerdo de nuestra última conversación con Mimi floreció entre nosotras—... amor —completó la frase y tomó mi mano de nuevo.

La tormenta había hecho de las suyas. Llegamos a la plaza donde una suave nieve color pastel cubría el suelo, las vides y guirnaldas de flores de primavera no habían sido rivales para el viento y la lluvia. Nuestros pasos levantaban los pétalos mientras seguíamos a Oscar hasta el rincón más alejado de la plaza, donde había estado recientemente la tienda de Mimi. Había una nueva banca allí. No entendí hasta que leí la placa que llevaba el nombre de mi abuela.

DEDICADA A MILAGRO SANTOS

NUESTRA MIMI Y CURANDERA

DE PUERTO CORAL

No pude decir una palabra. Mamá se tensó y apretó mi mano.

Oscar estaba de pie junto a la banca, en silencio. Mike dio un paso adelante.

—Ha estado trabajando en ella desde ayer —explicó—. Es una locura que ya la haya terminado. Quiero decir, no me sentaría aún porque la pintura podría no estar completamente seca —le lanzó a Oscar una sonrisa orgullosa y su mentor cruzó los brazos—. Pero el plan es construir un jardín a su alrededor. Todo verde y salvaje. Como Mimi.

Oscar se encogió de hombros, pero la esquina de su boca se levantó en una pequeña sonrisa cuando miró a mamá.

La tienda se había ido y con ella nuestra noche perfecta. Pero esta banca se quedaría. Esto no era Cuba, y no era su granja, y le habían arrebatado tanta vida y familia… Pero a pesar de la pérdida y el mar, llegó a esta orilla con mi madre y su historia no se había detenido. Ella hizo algo real y su vida contó aquí también.

—Gracias —susurró mamá para todos.

Las flores crecerían libremente aquí. Florecerían, morirían y volverían a levantarse junto a una banca que invitaba a sentarse y quedarse. Más allá de nosotros había un mar que podías ver e imaginar que estabas en otro lugar. O tal vez, simplemente podrías estar aquí, en Puerto Coral, donde el viento cantaba suavemente y las flores silvestres florecían.

✕ ✕ ✕

De regreso a casa, mamá tomó el camino largo. Pensé que quería evitar las multitudes en la plaza, pero cuando nos detuvimos junto a la estación de bomberos, entendí lo que había dicho Oscar antes.

—Lo terminaste.

Su pared estaba completa. Las aguas azules tranquilas se encontraban con un cielo azul índigo y allí, en el medio, había un simple bote. La vela blanca se hinchaba y fundía en una suave nube. En el timón había un joven de piel café con cabello negro corto y una sonrisa brillante. Parecía feliz, sano y eterno. Y allí, en el costado, estaba el nombre de su barco: *La Rosa*.

—¿Ese era realmente el nombre de su barco?

Mamá asintió, sonriendo.

—Tu nombre fue idea suya —dijo—. Pensé que era extraño nombrar a un bebé en honor a un bote, pero él dijo que era perfecto y que era un buen presagio —su risa estaba bordeada por un viejo y oscuro humor—. Mamá pensó que sería una suerte terrible, pero todo estaba bien en ese entonces. Quería darle a Ricky al menos eso.

—No lo sabía.

—Resulta que aprendí la lección de Mimi —suspiró—. No quiero que tu padre desaparezca o se convierta en un recuerdo encantado del que no podamos hablar. No es justo para ti, para mí ni para él.

Lamenté cada pregunta que había estado demasiado asustada para hacerle a Mimi. No quería volver a cometer ese error por el resto de mi vida.

✕ ✕ ✕

Una semana más tarde Mimi regresó a casa.

Nuestro hogar estaba de alguna manera más tranquilo. Mamá y yo habíamos pasado los últimos días comiendo comida de la bodega y enroscadas en el sofá viendo las películas más amorosas que

podíamos encontrar. Por las noches nos sentábamos afuera para rastrear las estrellas e imaginar lo que podría venir después de la muerte. No encontrábamos respuestas, pero a veces nos golpeaba una brisa de azahar que se sentía como una.

Nos quedamos en el vestíbulo con la urna de Mimi.

–¿Y ahora qué? –pregunté, necesitando que mi madre me diera algo: dirección, un propósito o la seguridad de que podríamos sobrevivir a esto. Ella tomó las cenizas de su madre y caminó por el pasillo. La seguí a mi habitación, se detuvo frente a mi pequeño altar.

Mamá me ofreció la urna. Negué con la cabeza. No podía hacerlo.

Mi abuelo nos miró desde su foto. De pie debajo de un árbol de mango, con los brazos cruzados. Su mirada ahora se enfocaba más allá de la cámara. ¿Siempre había sido así? Estaba sonriendo a lo que veía. O tal vez a quien finalmente veía de nuevo.

Tomé la pesada urna con manos temblorosas. Este lugar siempre me había calmado y centrado, pero ahora me sentía débil. Por primera vez, después de años de honrar a mi familia, estaba colocando a alguien que conocía en esta mesa. Mi abuela me miraba desde una imagen, porque estaba en algún lugar en este polvo y no en la cocina, revolviendo su amor en una sopa o embotellando pociones para curar las encías de un bebé. No estaba en su invernadero, cuidando sus plantas y encontrándome una y otra vez. Ella no estaba arrastrando los pies por el pasillo para decirme que otro día comenzaba. Estaba aquí, en mis manos, y pronto en mi altar, lo que significaba que se había ido para siempre.

Caí de rodillas y, entre lágrimas, coloqué la urna junto a la foto de mi abuelo.

–Espero que ella lo haya encontrado –susurré, mi voz era pequeña.

—Yo también —dijo mi madre mientras se sentaba a mi lado. Puso una mano sobre la urna, luego alcanzó la foto de mi padre y presionó un dedo con suavidad contra ella.

Las dos últimas mujeres Santos se abrazaron y lloraron por su hogar.

33

$\mathcal{A}$ la mañana siguiente crucé en mi patineta la ciudad a la luz de la madrugada hasta la bodega para pedir un desayuno para llevar, mi nueva rutina, pero la ventana estaba vacía hoy y no había ningún Peña a la vista. Me puse de puntillas y el familiar olor del desayuno me saludó. Bacon, huevos, pan tostado con mantequilla. Fui a llamar al señor Peña, pero el sonido bajo e inquietante de una trompeta solitaria me detuvo.

Cada nota estrujó más fuerte mi corazón. Eché un vistazo a los *viejitos*. Estaban reunidos en su mesa habitual, y el señor Gómez me miró y saludó con un gesto solemne. La canción terminó con una nota sombría y desgarradora, y el señor Peña apareció luego de un momento. Parecía sorprendido de verme y consultó su reloj. La pena tenía una forma detener todo, inclusive el tiempo. Sin una palabra, preparó dos platos de desayuno y, cuando intenté pagarle, se negó de nuevo. Le di las gracias, pero cuando estaba por irme me detuvo.

—Rosa.

—¿Sí? —me giré, sorprendida.

—Ella fue una de las mejores personas que conocí.

—También yo —respondí. No estaba lista para el pasado. Sacudí la cabeza en un breve asentimiento.

Regresó al trabajo y yo a casa preguntándome cuántas personas habían sentido que pertenecían gracias a mi abuela.

✕ ✕ ✕

Encontré a mamá en el dormitorio de Mimi, arrastrando los dedos sobre figuras de cerámica, abriendo pequeños y delicados cajones, buscando a su madre en recuerdos agitados por una baratija olvidada. O tal vez ella quería tener la última palabra de alguna manera. Las conocía como adversarias, polos opuestos, dos extremos de un imán destinados a oponerse para siempre al otro, pero ahora, sin el sur de Mimi para luchar contra su norte, ¿se iría? ¿Esto seguiría siendo un hogar? No quería que Puerto Coral se convirtiera en una casa más para perder.

En el invernadero, las mismas hierbas se secaban, esperando un propósito que no vendría. Abrí la ventana para dejar entrar la brisa y escuché la tranquila canción de la campanilla de viento. La tierra alrededor de la hierba de limón estaba seca. Tomé una lata de metal cuando el dolor de extrañarla me aplastó y provocó un llanto profundo. Dejé caer la lata y lloré en mis manos.

Todavía tenía mucho que preguntarle.

—Dime qué hacer —le susurré a la habitación vacía y presioné mi mano contra mi pecho, contando mis respiraciones.

Extrañarla sería una agonía. El tiempo solo empeoraría esto. Porque cuanto más tiempo pasara desde este terrible momento, más lejos estaría de ella.

Odiaba esto. Lo odiaba mucho. Quería negociar con el destino. Dormir y despertar la mañana del festival. Encontraría a Mimi y podríamos salvar su corazón y detener este terrible giro. Podría arreglar esto.

—Puedo arreglarlo, solo déjame arreglarlo, solo déjame... —en el escritorio frente a mí había una pequeña pila de monedas. Conté cuatro. Los tres que encontré la noche que ella murió habían estado en mi bolsillo desde ese momento. Los tomé con una esperanza desesperada y silenciosa por algo que no podía nombrar. Siete peniques. Suficientes para una ofrenda.

Salté de la silla y corrí a buscar mi patineta. Me lancé en una carrera hacia el paseo marítimo y más allá. Recogí mi tabla y la cargué cuando, por primera vez, caminé por la arena.

Una fuerte ráfaga casi me tiró de lado. Mi abuela me enseñó a escuchar al mundo que me rodeaba. A veces había respuestas en una pila de naipes o en las hojas de té en el fondo de una taza desgastada, pero a veces se encontraban en una brisa repentina y la luna menguante.

A veces estaban en lo que más temías.

Dejé caer mi tabla, navegué por la playa vacía y me quité los zapatos. Con los pies descalzos, me adentré hasta la orilla. El agua tibia corrió sobre mi piel y jadeé en respuesta.

Tomé mis centavos. El mar. *Estaba en el mar.* Entré un poco más profundo.

La siguiente ola se estrelló y me alcanzó. Extendiéndose hacia adelante, me lavó los tobillos. Mi pulso latía con fuerza en mis oídos

mientras la sangre corría debajo de mi piel. *Oxígeno*, pensé. *Agua, sangre, fuego*. Me metí hasta las rodillas. El agua ahora llegaba al borde de mi falda, tiraba de la tela con manos seguras. Una risa sorprendida brotó de mi garganta.

Mi primera vez en el mar se sintió como el regreso a algo. Pensé en mi madre y mi abuela, la imagen de las dos, brusca y repentina. Quería ver lo que había al otro lado. Quería encontrar lo que estaba perdido. Quería saber cómo avanzar. Conocía las antiguas oraciones, pero ahora estaba en el mar y no llevaba fruta ni miel. Mi única oferta era mi corazón, humildad, y estas monedas. Mi lengua estaba cargada con el lenguaje equivocado.

Ahora, el agua llegaba a mi cintura. Cerré los ojos y arrojé los centavos a las aguas más profundas. Solo estábamos yo, el océano interminable, y el horizonte donde el cielo se reunía con el mar.

—¡Rosa!

—¿Mimi? —grité. Busqué alrededor, pero encontré a Ana en la orilla, agitando los brazos.

—¿Qué? —grité por encima del océano alborotado.

—¡Hay corriente superficial!

—*¿Qué?*

Antes de que pudiera explicarme fui consumida, aventada y jalada por fuerzas invisibles. Tragada por un mar embravecido. Pateé y empujé para encontrar aire. Cuando no pude hacerlo, el pánico llenó mis pulmones. Agité mis brazos, pero la dirección ya no significaba nada.

No pude aguantar más la respiración.

La luz parpadeó delante de mí. Me moví hacia ella, mi pecho ardía, y fui atrapada en la siguiente ola que me arrastró por encima

del agua. Jadeé y me encontré cara a cara con una Ana-María muy mojada.

—¿No viste esa bandera roja? —me gritó en la cara mientras me llevaba de regreso a la orilla.

—Santa mierda —masaullé luego de ver a mi alrededor y notarla. ¿Esto había significado algo? Me había alejado mucho más de lo que pensaba.

—Creo que nunca antes te había escuchado maldecir —Ana respiraba con dificultad después de nadar, pero se echó a reír. Me tomó de la cintura y nos movimos con cuidado con las olas de nuevo hacia la orilla. Caí sobre la arena, mientras temblaba y tosía fuerte e intentaba recuperar el aliento. Me acosté de espaldas y miré a Ana.

—Estoy viva —declaré maravillada.

—También me debes un teléfono nuevo —sus pantalones y camisa estaban pegados a su piel—. ¿Qué demonios estabas haciendo? No eres buena nadadora, ¿y desde cuándo entras al océano?

—No lo sé —la pena era agotadora y yo era un desastre cubierto de agua salada y arena, tendido de nuevo en la playa. Entrecerré los ojos contra la luz del sol—. Odio tanto esto.

Ella no me dijo que lamentaba mi pérdida ni que entendía cómo me sentía. Se dejó caer a mi lado, se apoyó en los codos e inclinó la cara hacia el sol.

—¿Sigo siendo cubana? —después de un tiempo, finalmente hice la pregunta que llevaba mucho dando vueltas en mi corazón como un fantasma triste.

Ana parpadeó.

—Tendría que estar en la escuela en este momento y es demasiado temprano para esto —suspiró profundamente ante mi sinceridad y se

incorporó para sacudir la arena y el agua de su cabello–. Por supuesto que todavía eres cubana. Eso no desaparece simplemente porque alguien... –vaciló y me echó una mirada preocupada–, muera.

Miré el horizonte. En la distancia, los barcos salpicaban la línea entre el cielo y el mar.

–Me puse a mí misma todos esos objetivos... Si mejoraba mi español. Si estudiaba en Cuba. Si Mimi podía regresar a casa... Pero se ha ido y ya no lo sé. Tal vez todo se fue con ella –Mimi era mi isla y ahora se había marchado. Yo no tenía un mapa y no podía volver atrás.

–Recuerdo que mi padre dijo una vez que, cuando muera, todavía quiere que lo entierren allí –Ana se encogió de hombros y se desordenó los rizos de su cabello. La idea claramente la molestaba, pero intentaba minimizarla–. Lo dijo con tanto arrepentimiento, siempre amará aquella otra vida que no pudo vivir –tomó un trozo de madera y dibujó una línea en la arena–. La diáspora es rara. También lo es el exilio. Vamos a ser diferentes en este lado. Eso no es algo malo.

Me imaginé a las generaciones de mujeres viviendo en mi sangre.

Las veces que debieron haberse sentado así y considerado sus problemas. Sus desamores y sus sueños. Sus susurros nadaban por mis venas sin importar dónde me encontrara en un mapa. El sol quemaba en mi cara.

–Ey, ¿has oído? El festival recaudó suficiente dinero.

–¿Lo dices en serio? –me levanté. Me había ensimismado tanto que no había estado en el conteo final.

–Sip. La universidad aprobó el programa, que detuvo la venta. Jonas dijo que el primer grupo de nerds de biología debería estar aquí tan pronto como llegue el verano.

–Guau –el alivio se abrió camino de manera obstinada entre mi

pesada tristeza. Pude ver el ajetreado puerto desde la playa. Observar el movimiento en los muelles me llenó de una anticipación vertiginosa. Quería ver los cambios y la posibilidad. Por el momento, y tal vez por mucho tiempo, entre todos habíamos salvado algo. Todo esto se quedaría y con suerte se volvería aún más fuerte–. Debo venir a la playa más seguido.

–Definitivamente, te arrojaste al agua a la primera sin dudarlo –Ana se estiró y cruzó los pies en sus tobillos–. Así que, ¿ya has tomado una decisión sobre la universidad?

Me reí. Fue una risa áspera y un poco amarga.

–Ya no tengo idea de lo que estoy haciendo –dije–. Estaba tan segura y ahora estoy sola… cansada –todo se había vuelto demasiado pesado, tratar de pensar a través de la niebla me dejaba sin aliento.

–Toma una siesta, campeona –los ojos de Ana estaban cerrados. Parecía feliz de recostarse mientras el sol secaba lentamente nuestra ropa y cabello.

Extrañaba mi confianza. Antes de que se cancelara el programa de estudios en el extranjero, estaba tan *segura*…

–Mimi siempre dijo que no había visto agua tan azul como la de Cuba.

–Papá dice lo mismo –dijo Ana de acuerdo–. Ese es el Mar Caribe para ti.

Realmente quería verlo, pero Dios, solo deseaba que Mimi pudiera haberlo visto otra vez.

Mi pulso se aceleró. Por primera vez desde que perdí a mi abuela, la convicción abrió la puerta y despejó parte de la niebla. Yo conocía este sentimiento. Extrañaba este sentimiento. Ana estaba a medio camino de una siesta cuando salté sobre ella y la abracé con fuerza.

—Gracias —susurré ferozmente contra su oreja.

—¿Por qué? —bostezó y palmeó mi hombro.

—Por encontrarme —me aparté, me levanté de un salto y tomé mi tabla—. Tengo que irme. Ven a verme más tarde.

—Mientras no estés en el mar, bicho raro —dijo, pero escuché la sonrisa en su voz.

El agua salada goteaba de mi cabello y del algodón de mi vestido mientras corría a casa. En la plaza, me detuve. La Tortuga Dorada todavía estaba en su lugar justo al lado la banca de Mimi. Toqué a ambas para la suerte.

—¡Rosa! —los *viejitos* llamaron al unísono—. ¿Qué paso? ¿A dónde vas?

No me detuve. No pude hacerlo hasta llegar a casa, donde estallé por la puerta principal. Mamá levantó la vista de la mesa, una canción suave salía de un joyero abierto sobre ella.

—Iremos a Cuba —declaré. Cerró la caja de música con un chasquido—. Y nos llevaremos a Mimi con nosotras.

—¿¡Qué!? —gritaron todos a la vez.

Ana, la señora Peña y Malcolm estaban sentados en mi sala de estar más tarde ese día. Mamá llevó a Penny hasta la ventana. Este era mi momento con mi familia de Puerto Coral.

—Mamá y yo nos iremos a Cuba mañana —repetí. Ana se inclinó hacia delante.

—Oh, Dios, Rosa —dijo—. ¿Estabas intentando nadar hacia allí?

—¿Qué? No. Bueno, tal vez metafóricamente.

—¿Hablarás con ella? —Ana se volvió hacia su madre—. ¿Tienes tu pasaporte? Deberíamos acompañarlas.

—Tú tienes escuela —señaló la señora Peña, antes de mirar a mamá y preguntarle—: ¿Realmente irán? —mamá asintió y dio la sensación de que una conversación privada discurría entre las dos. Esta era una posibilidad que ni siquiera existía cuando ellas tenían mi edad.

—No lo entiendo —dijo Malcolm, con las manos en las caderas—.

¿Por qué se van tan repentinamente? ¿Por cuánto tiempo? Todavía tienes tres semanas de clases y... –la comprensión lo golpeó de repente y dejó caer las manos a sus costados–. Mimi.

El nombre de mi abuela tenía peso para nosotros. Aquí, en el lugar donde ella debería estar, decir su nombre se sentía como rezar una oración.

–Solo será por unos días. Me perderé tan solo un par de clases, lo juro.

–Rosa –suspiró con ojos suaves y tiernamente exacerbados conmigo–. Es tu último semestre. No estoy preocupado por eso y tú tampoco deberías estarlo –la puerta se abrió y Dan entró corriendo con su uniforme.

–Llego tarde, lo sé, pero pónganme al corriente.

–Rosa se va a Cuba –dijo Malcom

–Por fin –sonrió Dan.

✕ ✕ ✕

A la mañana siguiente, justo antes del amanecer, coloqué nuestros boletos de avión y mi bolsa sobre la mesa de la cocina. Dentro estaba mi cuaderno junto al de mi abuela. Quería llevar todo lo que pudiera de ella, pero la libreta parecía lo más prudente. Envolví la urna de Mimi en uno de sus pañuelos de seda con delicadeza. La cocina estaba en silencio, no se oía el sonido de brazaletes, tampoco el arrastre de sus pies por la casa, no había jabón de menta o salvia de domingo, y la ventana del cuarto de lavandería estaba cerrada. No sabía si alguna vez volvería a abrirse.

Tenía una última despedida que hacer antes de mi vuelo.

Alex estaba sentado en la parte posterior de su bote con un café y me observó mientras caminaba por el muelle hacia él. El sol estaba saliendo en un cielo rosado limonada y en el puerto aún reinaba la quietud. Al llegar al barco, noté todos los nuevos suministros. Alex se estaba preparando para su viaje. Metí las manos en mis bolsillos, con miedo de acercarme demasiado. *Lo estoy dejando ir,* quería gritarle al universo. *Por favor, mantenlo a salvo.*

—Salgo hoy para Cuba —le dije. Él clavó la mirada en el trozo de cuerda en sus manos.

—Es la gran historia en el Instagram de los *viejitos*. Están intentando rastrear todo tu itinerario de viaje —levantó su teléfono—. Hace tres minutos publicaron que te dirigías hacia aquí.

—Dios mío, son implacables —eché un vistazo por encima de mi hombro—. Bueno, en realidad no tenemos ningún plan —admití—. La pérdida hace que entres en pánico y actúes por impulso una vez que caes en la cuenta de lo rápido que puede acabar todo. Estamos intentando vivir con eso.

Sonreí, pero mi sonrisa se desvaneció con la siguiente brisa del mar. Quería decirle algo valioso, quería ofrecerle palabras importantes para que supiera cuánto significaban para mí nuestros momentos juntos. Me invadía la tristeza y la incertidumbre, pero al verlo en ese barco, recordé cómo le había gritado salvajemente al viento y había creído que todo era posible. Agachó la cabeza antes de volver a mirar hacia arriba con esos ojos tímidos que siempre se volvían cálidos al fijarse en mí, y quise olvidarlo todo. Caminar a sus brazos y alejarme volando junto a él.

Sabía que podía entregarle esas palabras. Pero no las diría aquí, de pie junto a un muelle vacío.

—Espero que encuentres lo que estás buscando, Rosa.

—Yo también.

Se puso de pie y sacó algo de la mesa. Nos quedamos en el muelle. Quería tocarlo, tanto que me dolía mantenerme firme. Luego de un momento de vacilación me entregó el mapa de nuevo.

—Alex… —lo miré confundida.

—Este siempre fue tu viaje. Fue cambiando a tu alrededor, pero no creo que eso sea algo malo, porque yo también lo hice —se encogió de hombros, todavía sosteniendo el mapa—. Solo hazme un favor y míralo una vez que llegues allí. Mira cuán lejos has llegado —lo sostuvo entre los dos.

Lo tomé, mi mano rozó suavemente la suya. El pequeño contacto me provocó una leve inhalación sorprendida. Nuestras miradas se abrazaron antes de soltarnos. Cuando miré el mapa, me di cuenta de que había una cuerda atada a su alrededor. Su cuerda.

—Oh, no. No puedo aceptar esto —la había conservado por mucho tiempo y significaba demasiado para él. Comencé a soltarla.

—Va con el mapa, Rosa. Son una especie de combo. Lo que vas a hacer es algo importante, así que cuando te pongas nerviosa en el avión o después de aterrizar, solo mira las dos cosas y recuerda que eres una gran navegante.

Comencé a abrir el mapa. Su mano salió disparada para detenerme.

—Luego —dijo.

Sonreí. Estos regalos eran sutiles, pero importantes. Al igual que Alex. Estos últimos días nos habían remodelado. Doblé el mapa y lo guardé en mi bolsillo. La cuerda me rodeó la muñeca como un brazalete y Alex sonrió, complacido.

—Me gustaría tener algo que darte también —le dije con la vista clavada en las cajas en su bote.

—Ya me has dado bastante. Fuiste mi segunda al mando.

Me reí. Parecían haber transcurrido cien años desde la regata.

—¿En dónde estás hoy, Rosa? —preguntó.

Sonreí a pesar de las lágrimas que empañaban el hermoso amanecer y al panadero y marinero más de ensueño que conocía. Iba a extrañarlo mucho. Sin Mimi, ya no sabía dónde y cómo encajaba Puerto Coral en mi vida. Me marcharía tras este verano, pero quizás podría regresar un día y visitar a Alex en los muelles. Él miraría hacía arriba y sonreiría, y ambos recordaríamos una lluvia de primavera que pasó demasiado rápido, pero que sabía a paletas de mandarina.

Entrecerré los ojos.

—Camino a cruzar el mar —le dije.

✖ ✖ ✖

Todas las preocupaciones fruto del pánico y la lista de posibles problemas, se redujeron a una hoja de papel. Tenía mi pasaporte por los estudios en el extranjero, pero todavía era técnicamente ilegal ir a Cuba como turista estadounidense, por lo que teníamos que declarar una razón para viajar. Las reglas estaban en constante cambio con nuevas restricciones confusas y una lista de prohibiciones sobre dónde podíamos quedarnos, comprar y comer. Y una vez que llegáramos a Cuba, tendríamos que navegar por dos monedas diferentes: una para los cubanos y otra para los turistas. Aun así, valía la pena. La mayoría de los ciudadanos cubanos no podían ni siquiera viajar a través de su propia isla, así que podría aguantarlo.

–¿Realmente puedo marcar que es una visita familiar? –miré fijo a mi permiso de viaje, dudando ansiosamente de la ortografía de mi propio nombre. Si estropeaba algo, tendría que comprar otro. Y eso serían otros cien dólares. Mi caja de zapatos con ahorros lloraba.

–Sí. Solo que traemos a nuestra familia con nosotras –dijo mamá. Ella ya había terminado con el suyo–. ¿Quieres un café antes de abordar?

–¿Qué? No hay tiempo –miré mi reloj de nuevo y murmuré una oración mientras marcaba la casilla. Estábamos diez minutos adelantadas al itinerario que nos había hecho. No había mucha fila en el escritorio y ya habíamos despachado nuestra maleta, repleta de todo aquello que –según había leído– podríamos llegar a necesitar. Cosas como zapatos, cepillos de dientes y tampones, especialmente fuera de La Habana.

–Es temprano y sé que programaste un descanso antes del vuelo. Lo has subrayado dos veces.

–Sí, pero nuestro margen de tiempo sigue encogiéndose. Necesitamos adelantarnos –ajusté mi mochila. Solo teníamos una maleta de mano para escanear. Dentro estaba la urna, junto a unos zapatos nuevos y artículos de aseo que nos dijeron que la gente necesitaba fuera de la ciudad. Me imaginé a mí misma ofreciéndoselos y entré en pánico

–No sé suficiente español para hacer esto –dije, mamá se rio de mí–. Siempre respondo en inglés y a veces no sé cómo traducir.

–Ajá, bienvenida a *ser bilingüe*. Estás bien –mamá comprobó los letreros a nuestro alrededor–. Necesitas el café más que yo. Vámonos.

Nos hicimos con nuestros *cortaditos* y nos dirigimos a nuestra puerta. Volví a cargar mi teléfono mientras nos sentábamos y esperábamos

la llamada de nuestro embarque. Mamá me daba palmaditas en la rodilla cada pocos minutos.

—Si sigues rebotando así, serás tú la que despegue.

—No lo olvides, Pedro estará en el aeropuerto para recogernos —le dije. Saqué mi cuaderno de mi mochila y revisé mi lista. Marqué la casilla que decía "beber café".

—Lo recuerdo —mamá hojeó una revista—. De la casa particular.

—Es genial que no les importe que extraños se queden en sus casas.

—Los turistas resultan una buena fuente de ingresos cuando la mayoría de los cubanos ganan menos de veinte dólares al mes —dijo.

Mi rodilla volvió a rebotar, mamá volvió a calmarla con suavidad.

Cuando llegó el momento de abordar, me cambié al modo escolar: ponte en la línea, sigue las instrucciones, espera tu turno. Fue un alivio momentáneo y, antes de darme cuenta, ya estaba en mi asiento designado rumbo al Caribe. Aún no podía creerlo cuando el piloto anunció nuestro destino. Quería cimentar el momento de alguna manera. Yo, Rosa Santos, estaba en un avión camino a La Habana. Mamá estaba ocupada charlando con la mujer mayor en el asiento a su lado. Miré por la ventana y observé mientras rodábamos por la pista. Cuando comenzamos a ascender, aferré la medalla de la Caridad del Cobre que ahora llevaba alrededor de mi cuello.

Mamá tomó mi otra mano. Esperaba ver su sonrisa fácil, pero sus ojos estaban cerrados y su mandíbula apretada. Apreté su mano.

—Tantas huidas y nunca he cruzado el mar —susurró sin abrir los ojos.

—Pero ya tenías tu pasaporte… —dije y olvidé todo mi pánico. No sabía a qué lugar iba en sus viajes, pero habría apostado algo a que había ido al extranjero.

–Siempre quise ser valiente... –tomó aliento lento y medido–. O lo suficientemente atrevida, pero cada vez que lo consideraba todo lo que podía imaginar era que nos golpeaba un rayo y alguien debía darte la noticia de que me había perdido en el mar –finalmente me miró y su mano apretó la mía de nuevo.

Mi fijación por conocer Cuba nunca había dejado espacio suficiente como para considerar lo que eso significaba para mamá.

–Mi valiente madre, regresando al sitio donde comenzó a existir –dije, llevé su mano a mis labios y deposité un rápido beso en sus nudillos.

Exhaló lentamente y sonrió.

–Qué poeta –se quejó, aunque se relajó un poco

La energía en el vuelo estaba cargada. La gente vibraba con emoción de vacaciones. Pero algunos llevaban fantasmas también. Fue un vuelo muy corto, el mar Caribe estuvo pronto debajo de nosotros. Todo ese azul me hizo pensar en Alex. Toqué el brazalete en mi muñeca.

Cuando apareció la isla, puse mi mano en el cristal. Mis ojos corrieron sobre carreteras, grupos de ciudades y edificios, y mucho verde. El piloto anunció que estábamos llegando al Aeropuerto Internacional José Martí.

Bajar del avión fue la prueba inicial. Me arrastré a través de las líneas, esforzándome para mirar más allá de los hombros frente a mí con el corazón acelerado. Bajé los escalones y el lenguaje y el calor me resultaron familiares. Palmeras, hormigón; verde y café. Yo conocía este paisaje. Incluso el aeropuerto bullía de una manera que entendía. Había mucho más español y todo transmitía Cuba, pero no se sentía muy alejado de Florida.

Conseguimos nuestro equipaje y salimos con los otros viajeros

hacia los coches que esperaban. Encontramos a un hombre mayor de piel oscura con nuestros nombres escritos en un papel que sostenía en su mano.

–*Hola* –saludé con una gran sonrisa nerviosa.

–¿Liliana y Rosa Santos? –la mirada de Pedro se tornó cálida.

Nos dio la bienvenida a Cuba con un español amistoso que me hizo sentir como en casa. Nos llevó a su coche, un viejo Cadillac azul. Abrió la puerta y nos ayudó con nuestras maletas. Cuando se unió al tráfico, el aire cálido y salado sopló entre mi cabello. Una rumba se abrió paso a través de la estática en la radio. Mi emoción superó mi miedo.

Mamá se inclinó hacia delante entre los asientos y preguntó por los pueblos más pequeños que nos rodeaban mientras conducíamos a La Habana. Más allá de la ventana, todo parecía medio-de-la-na-da-Florida y, sin embargo, mi mente seguía gritando: *¡Estás en Cuba!*

Me quité el pelo de la cara. Pedro dijo algo que no capté cuando me sonrió por el espejo retrovisor.

–Vamos a tomar una ruta con paisaje –me explicó mamá.

Condujimos junto al muro que bordeaba el mar. Olas enormes se estrellaban y rompían contra él, una justo después de la otra. La acera estaba empapada. Saqué la cabeza por la ventana e inhalé profundamente. Pedro rio con gusto.

Nos llevó a su casa en el centro de La Habana. Era un edificio amarillo situado entre uno verde y uno gris. Tenía tres pisos, con balcones en los dos primeros. Una mujer mayor abrió la puerta principal.

–Mi esposa, Marisol –nos dijo. Su esposa se adelantó y nos saludó. Cuando escuchó el español de mi madre, nos abrazó como a familia perdida hace mucho tiempo. Las preguntas llegaron

rápido: quiénes eran los padres de mamá, de qué parte de Cuba eran, cuándo se fueron y qué pensábamos de Florida. Estaba agradecida de tener a mamá conmigo, porque mi español se sentía torpe e insuficiente, a pesar de que entendía casi todo. Mientras Marisol nos guiaba por la casa, los azulejos, la decoración y las ventanas abiertas se sentían cada vez más familiares.

La mujer nos mostró nuestra habitación en el segundo piso. Había dos camas individuales y una pequeña nevera. Mientras mamá tomaba un café con Marisol, yo salí a la terraza. Desde allí podía apreciarse el cielo azul, los edificios y, más allá, el mar.

Una brisa cálida besó mi piel. Lo había logrado, estaba al otro lado. Coloqué la urna en una pequeña mesa de metal y puse mi mano sobre ella. Ojalá no hubiera tardado tanto en llegar. Ojalá mi abuela estuviera aquí también, esta brisa se filtraría a través de su cabello al cerrar los ojos para respirar profundamente. Y cuando volviera a abrirlos, su hogar no habría desaparecido.

Solo quería sentir a mi abuela y saber que estaba bien.

—Mi casa es tu casa —me dijo Marisol, sorprendiéndome. Su mirada tocó la urna con comprensión. No era la primera en traer a alguien de regreso, y no sería la última.

—Gracias —respondí, agradecida y decidida.

—*Deja de escribir* cosas —ordenó mamá.

Desayunábamos huevos, pan y rodajas de plátano. No había mantequilla, y las porciones eran pequeñas, pero estaba delicioso. Solo nos quedaríamos en La Habana un día y luego seguiríamos camino hacia el oeste, a Viñales, donde la familia de Mimi había vivido y cultivado una vez. Mamá y yo realmente no teníamos un plan una vez que llegáramos allí. Teníamos solo tres días y parecía que estábamos esperando alguna señal de Mimi que nos indicara qué hacer. ¿Esparcir sus cenizas? ¿Llevarla de regreso con nosotras? Nos dejábamos llevar por el latir de nuestros corazones apenados.

Pero aún era Rosa Santos, así que por supuesto que traté de trazar un plan.

—Iremos a La Habana Vieja hoy —le dije en inglés. Quería que ver las calles que Mimi había tejido bajo su misteriosa tienda nuestra última noche juntas.

—*Solamente en español* –dijo mamá, haciendo reír a Marisol.

—*Vamos a visitar La Habana Vieja* –dije en tono formal. Marisol aplaudió.

Afuera, la acera estaba blanqueada por el sol. Automóviles viejos pasaban junto a autobuses llenos de pasajeros. Ropa colgaba de los balcones sobre nosotras y niños alborotados pateaban pelotas casi desinfladas. Unos adolescentes mayores, tal vez de mi edad, pasaron caminando con mochilas y ni siquiera se molestaron en mirarnos a nosotras ni a los demás turistas que intentaban tomar una foto panorámica de la calle.

Busqué a tientas mi cámara.

—¿En dónde estamos, Rosa? –preguntó mamá.

Mi cabeza se levantó de golpe. ¿Lo recordaba? No podía ver sus ojos detrás de sus gafas oscuras, pero su sonrisa era blanda por el recuerdo. De alguna manera y contra todo pronóstico, estaba en Cuba.

Quería hacer caber un semestre completo –toda una vida– en un día y verlo todo. Quería quedarme el tiempo suficiente para aprender mi camino y que alguien sentado en su porche me reconociera como la nieta de Milagro y me llamara por mi nombre. Quería ir a la universidad y asistir a una clase antes de buscar algún rastro de mi abuelo.

¿Ya estás aquí, Mimi? Apreté las manos alrededor de las correas de mi mochila.

—Busquemos un mapa –le dije a mamá.

—Mírate, todavía tratando de planificar nuestro día –replicó con una media sonrisa–. Primero encontremos una tienda.

—Pero tú haces las compras. Mi español aún se siente torpe.

Pasó un taxi en bicicleta, con más turistas que se inclinaban para tomar fotos.

—Tu español está bien. ¿Deberíamos tomar un taxi?

—¿Cansada ya, *vieja*? —pregunté. La mañana estaba cálida, se pondría caluroso pronto.

—Venga, mierda —maldijo, sonriendo, y bajó por la calle.

—¡Espera! —era yo la que llevaba el equipaje pesado.

—*¡Solamente en español!* —gritó sin disminuir la velocidad. Mi madre era despiadada. Varios edificios derruidos estaban en construcción y las calles estrechas que los rodeaban estaban llenas de gente. Pasamos junto a ancianos en sillas de plástico envueltos en una conversación animada, niños gritando por un juego —algunos con zapatos, otros no—, adolescentes tomados de las manos que desaparecían en callejones. Los turistas eran fáciles de distinguir, ya que posaban contra los edificios descoloridos, buscando sus mejores ángulos. Un grupo se detuvo a tomarse selfies con mujeres con vestidos brillantes que fumaban puros, deleitados con la intemporalidad y la belleza. Publicarían esas fotografías tan pronto como encontraran una conexión a internet y todos verían esas tomas como parte de la historia de Cuba. Lo sabía porque había visto ese tipo de fotos mientras investigaba obsesivamente a La Habana. Pero parada aquí y ahora, en esta calurosa y húmeda calle, pude observar las historias alrededor de esas imágenes. Las que viven más allá de los filtros de fotografía.

—¿Qué pasa? —mamá también estaba observando la actividad que nos rodeaba. Se puso las gafas de sol en la cabeza.

—No lo sé —respondí. Otro gran grupo de turistas dio vuelta la calle. El guía levantó una sombrilla roja, sonaba cubano—. He estado tan concentrada en encontrar mi lugar y en encajar en él… y ahora estoy aquí —retrocedí para dejar pasar al grupo—. Me preocupa que al final de todo esto obtenga más preguntas que respuestas.

–Suena como tú.

Encontramos un mapa de la ciudad y, después de pasear juntas por varias horas, nos detuvimos para conseguir algo de comer. El hombre detrás de la ventana estaba cortando un enorme trozo de cerdo asado que luego colocaba en pequeños sándwiches. Mamá compró dos y, mientras pagaba, vi un pequeño mercado de flores al otro lado de la calle.

Mamá me entregó mi sándwich, ya mordiendo el de ella. Algo sobre el mercado de flores me resultaba familiar, como si lo hubiera visto en una foto alguna vez.

Junto a él había un edificio con un pequeño cartel numerado que decía 306. También había una puerta azul con un árbol de papaya. La puerta estaba pintada en la pared, un grafiti brillante de colores salvajes.

Mamá gravitó más cerca y la seguí. Habíamos pasado varios murales. Una ciudad controlada por tanta censura aún era capaz de explotar mediante el arte.

–Yo no sería capaz de pintar esto –la mano de mamá vaciló sobre la puerta pintada.

Más adelante, una señora mayor se sentaba en una mesa pequeña. Su cabello oscuro estaba recogido hacia atrás y tenía un cigarro encendido apretado entre sus dientes. Nadie se estaba tomando fotos con ella.

–¿*Están buscando a alguien?* –nos preguntó en español.

–Oh, no. Solo estábamos mirando –respondí automáticamente en inglés. La mujer ladeó la cabeza y me sonrojé por la vergüenza. Y la tristeza. No era Mimi, quien conocía nuestro ritmo bilingüe–. *Perdón*... –comencé, pero la mujer me interrumpió:

–Está bien –me dijo con una sonrisa enigmática–. Comprendo ambos.

Mamá todavía contemplaba la pintura, la mujer la observó por un momento antes de darle una larga pitada a su cigarro.

–Estás buscándola –exhaló una pesada pared de humo.

Mamá se congeló. Miré lentamente a una y luego a la otra. De repente, mi boca estaba demasiado seca como para tragarme el siguiente bocado, la emoción y la incredulidad rodaron en mi estómago junto con el sándwich. *Solo dame una señal.*

–Estás buscando a tu milagro, ¿no? –la mujer continuó fumando. Apareció un delgado gato naranja y blanco y se detuvo a sus pies. Mi pulso se aceleró, pesado y rápido a la vez. Tenía miedo de apartar mi mirada y que la mujer desapareciera, de que fuera algo extraído de mi imaginación desesperada.

–Te llevaré –bajó su cigarro.

–¿Dónde? –preguntó mamá con voz áspera.

–Te llevaré con ella.

Resulta que la esperanza y el dolor pueden conducir incluso a un planificador de primer nivel por caminos bastante extraños. Mamá y yo viajábamos en dirección al sol poniente en la parte trasera de una camioneta de vaqueros cubanos con destino a quién sabe dónde.

Mamá estaba tendida a mi lado. Estaba tranquila, incluso desde que fuimos a buscar nuestra maleta a la casita y seguimos a la mujer mayor hasta este vehículo, al que nos montamos en contra de los consejos de todas las historias de horror sobre viajes y los podcasts de asesinatos favoritos de Ana.

—Ana me mataría si supiera en dónde estoy.

Mamá se incorporó un poco.

—Estás con tu madre —se burló.

—Exactamente.

Miré por la ventana trasera de nuevo. La radio reproducía la

amada música de guajira de Mimi, el sonido áspero y terrenal de su música country. La parte superior de la cabeza de la anciana, ahora cubierta con un pañuelo, seguía el ritmo mientras el vaquero conducía.

—¿Realmente crees que ella sabe algo acerca de Tía Nela? —le pregunté a mamá, luego bajé la voz—: Podríamos estar en camino a encontrarnos *de verdad* con Mimi, ¿entiendes a qué me refiero? —señalé con el pulgar al conductor y luego simulé cortarme el cuello.

—¿No estás siendo demasiado morbosa?

—Estoy cargando las cenizas de mi abuela en mi mochila —parpadeé—, mientras viajo en la parte trasera de la camioneta de un extraño al anochecer, mamá.

—Los latinxs son personas excepcionalmente góticas.

La ciudad dio paso al área campestre y, más allá del camino polvoriento, se veían pequeñas urbanizaciones con edificios de una sola planta, campos abiertos y granjas de tabaco. Rural, verde y abierto, era otro mundo aquí. Mamá se sentó y también observó las tierras agrícolas que nos rodeaban. Se veía fuerte y orgullosa, como una sirena en el casco de un barco, incluso en la parte trasera de esta camioneta.

—¿Esto es Viñales? —me preguntó. Tuve que sostener mi cabello que volaba salvaje al viento.

—Creo que sí.

La camioneta saltó bruscamente y sacudimos nuestros brazos cuando el vaquero se detuvo.

—Procuremos no morir —le dije a mamá, que estuvo de acuerdo mientras ambas saltábamos del vehículo. Estaba casi oscuro, y el neumático trasero se había desinflado. La anciana salió del lado del pasajero —tuvo que saltar del asiento— y se acercó a nosotras. Suspiró al ver la rotura, dio las gracias al vaquero y se encaminó hacia el campo.

—Espera, ¿a dónde vas ahora? —le pregunté, siguiéndola.

—Es por aquí —respondió. El pánico entró en ebullición y dejó un sabor acre en mi boca. Yo era una persona demasiado razonable como para que toda esta situación me pareciera correcta, pero estaba desesperada porque realmente significara algo. Podía ser paciente. Bueno, podía esforzarme mucho por serlo.

—Hay una casa más adelante —señaló mamá. La pequeña casa amarilla era como un faro.

—¿Crees que podrían ayudarnos? —me limpié el sudor de la frente.

La puerta del frente se abrió y otra anciana salió a nuestro encuentro. Llevaba pantalones oscuros y una blusa rosada. Arreglé mi camisa e intenté acomodar mi cabello. Esa pobre señora iba a pensar que éramos turistas que habíamos perdido la razón. Lo cual, pensándolo bien, era una evaluación justa. El saludo fue humilde pero cálido entre las dos mujeres.

La dueña de la casa se volvió hacia nosotras y se presentó como Gloria. Nos invitó a entrar, sosteniendo la puerta abierta para que la pudiéramos seguirla.

—Esta familia necesita lo que has traído —explicó la anciana con la que habíamos llegado—. Zapatos fuertes, cepillos de dientes. Las chicas necesitan ayuda con sus periodos.

Estaba cansada, hambrienta y quería llorar. Pero, más que nada, quería creer.

—Aún no nos ha dicho cuál es su nombre.

—*No importa*. La pregunta es si vas a ayudar —pasó junto a mí e ingresó a la casa.

Eché un vistazo a mamá. Parecía tan cansada y abrumada como yo.

—Tampoco lo sé —dijo en respuesta a mi pregunta silenciosa—. Pero sí sé que así es como Mimi lo haría.

Pensé en la tienda misteriosa de mi abuela. En sus cuadernos con respuestas que me fue entregando en pequeños bocados. En tinturas que llevaron meses y en velas encendidas solo cuando la luna estaba en el lugar correcto.

Mamá suspiró.

—Solo una vez me gustaría que algo fuera simple —levantó la maleta a sus espaldas y la llevó a la casa—. Y ella decía que *yo* era la bruja de la familia.

Gloria también hospedaba turistas, aunque no tenía ninguno por el momento. La mujer nos guio a través de la casa con ventanas abiertas que ofrecían una brisa fresca y vistas impresionantes del valle. Nos mostró una habitación trasera con un pequeño baño.

Sin nada más que hacer en ese momento surrealista, me di una ducha. Cuando mamá fue a tomar la suya, me senté en un pequeño escritorio en nuestra habitación para anotar el día en mi diario. *Estaba en Viñales*. El ocaso parecía salido de una pintura, pero esto no era el fondo de pantalla de una computadora. Puse la urna en el escritorio a mi lado y abrí la ventana. Aquí era donde había nacido Mimi.

—¿Qué piensas? —le pregunté. Silencio, porque era una urna. Solía odiar el hecho de ser una llorona, pero esta última semana me había demostrado lo bien que podía sentirse llorar. Siempre me volvía un poco más fuerte.

—Creo que me hubiera gustado ser hija de agricultores —mamá volvió a la habitación secándose el pelo. Se detuvo a mis espaldas y miró afuera, a las verdes colinas. El cielo naranja se profundizaba en un óxido de bronce.

Me imaginé una versión más joven de mi madre corriendo por ese valle. Tan salvaje, verde y vivo.

—Pero entonces no te tendría —se inclinó para besar mi cabeza.

✕ ✕ ✕

A la mañana siguiente, la vecina de Gloria trajo tres caballos.

—¿En serio? —los miré y luego a nuestra viejecita.

—Claro que sí —de alguna manera desafió la gravedad y montó de un salto con suavidad. Sorprendida, miré a mamá, quien se encogió de hombros.

—Guajiras —dijo.

Subimos a los caballos y emprendimos por el camino de tierra detrás de la mujer.

—Deja de hacer muecas —dijo mamá, trotando a mi lado—. Has montado a caballo antes.

—No, no lo he hecho —me aferré con firmeza, esperaba no transmitir mi pánico. Los animales pueden oler el miedo—. Sé bueno —murmuré justo antes de que el caballo sacudiera un poco la cabeza. Ahogué un grito—. ¿Qué te *acabo* de decir?

—Sí, lo has hecho —dijo mamá llanamente—. Estábamos en Colorado, creo, y montaste un poni. Pasamos toda la semana en ese rancho vaquero.

Más o menos pude recordar unas botas de vaquero color púrpura y una cabaña con una gruesa colcha azul. Nos habíamos acurrucado debajo de ella junto a un fuego mientras mamá hablaba con el vaquero.

—Espera, ¿era tu novio?

—No realmente.

—¿Él sabía que… Sabes qué, mejor no respondas.

—Perdóname por no tomarme en serio a todos los Tom, Dick o Harry que se me cruzaron en el camino.

—Por favor, no digas *Dick* —le supliqué.

El valle que nos rodeaba parecía fuera de este mundo. Casas pequeñas y luminosas, con techos de paja, rodeadas por todos lados por colinas cubiertas de hierba que se convertían en montañas. Los campos estaban vivos con hileras e hileras de tabaco. Los burros tiraban del equipo agrícola mientras los granjeros caminaban a su lado. Los niños jugaban y trabajaban. Mi abuela alguna vez había corrido por estas tierras.

También había más turistas. Muchos de ellos. Viajaban en grupos, también a caballo, y se detenían a visitar las granjas de tabaco. Mamá y yo los observábamos moverse por el campo mientras seguíamos con nuestro ritmo tranquilo.

—Hace años, le vendí una pintura a una mujer que sabía que yo era cubana. Ella me dijo que estaba planeando un viaje aquí.

—Déjame adivinar, ¿quería venir antes de que *todo cambiara*? —había escuchado esa frase antes y siempre me hacía apretar los dientes—. Sí, no querríamos que cosas como un sistema económico fallido, censura y escasez de alimentos cambien jamás. No puedes tener libertad de prensa si matas *la onda*.

—Cuidado —dijo la anciana—. Los cubanos no tenemos la libertad de hablar tan fuerte.

La culpa hundió sus garras en mi pecho. Quería paz y dignidad para la gente de esta isla. Poder para hacer oír sus voces, incluso si estaban en desacuerdo. Quería que comieran.

"Pa'lante", había susurrado Mimi.

Dos horas más tarde, llegué a la conclusión de que era absolutamente inútil preguntarle a nuestra guía a dónde nos dirigíamos. Se lo pregunté cuándo paramos para conseguir agua para los caballos y luego en el puesto que vendía jugo de caña de azúcar. Le pregunté cuándo se detuvo en la orilla del río en busca de rocas, y luego en un campo para recoger flores silvestres. Nos estábamos quedando sin tiempo. Nuestro avión de regreso a casa salía mañana por la noche y, aun así, esta mujer imposible solo señalaba hacia delante.

—Es por aquí —decía.

—¿Realmente estás recogiendo flores otra vez? —exigí, sudorosa y delirante.

—Impaciente —gruñó, y encendió su cigarro.

—¿Crees que solo nos está llevando de regreso a La Habana? —pregunté cuando regresé con mamá, que estaba comiendo un mango maduro. Me paseé delante de ella.

—Bueno, esto es una isla. A veces hay que volver atrás para seguir adelante.

Era la historia de mi vida en estos días.

Regresamos a los caballos y partimos de nuevo. La isla se volvió más salvaje a mi alrededor y me entregué a ella, dejé de intentar controlar nuestra dirección y nuestro tiempo. Yo también podía ser salvaje.

Finalmente, alcanzamos el final. El océano rugió en algún lugar más allá de la línea de plantas por delante de nosotras. Navegamos con cuidado a través de los árboles, detuve suavemente mi caballo cuando dejamos atrás los últimos y me encontré frente al agua más azul que jamás había visto.

—Mimi tenía razón —quería llorar pero reí.

—Ella partió desde aquí —dijo la anciana tras bajar de su caballo y guiarnos hasta el borde del agua.

—¿Qué? —me detuve abruptamente. Mi mirada vagó por la playa vacía.

—Esa a quien cargas. Él la espera.

Di un paso automático hacia atrás. Se me escapó un suspiro y miré a mamá. Habíamos venido a encontrar algún tipo de paz para Mimi, y pensé que estaba preparada para esparcir sus cenizas. Parecía lo correcto de cara a la muerte. Pero después de viajar con ella de esta manera, no sabía si estaba lista para dejarla ir. Todavía estaba intentando volver a encontrarla.

Los ojos de mamá se humedecieron. Miró al mar antes de marchar directo hacia él.

—Al menos podrías haberle advertido que veníamos hacia aquí —dijo.

Me quedé donde estaba y miré a la anciana, que también estaba observando a mamá.

—Las advertencias nunca ayudan —suspiró.

Mamá caminó por la playa. Pateó la arena antes de meterse en las olas. Cuando comenzó a gritar, el viento se levantó rápido y furioso, y se tragó sus palabras.

Me tropecé en la arena, luego me agaché y observé, llena de preocupación, como mi madre se desataba. Cuando finalmente se detuvo, el viento se calmó.

Ella se volvió y me miró.

—¿Ahora qué? —preguntó con el pecho agitado.

El sonido de un motor rompió el silencio. En la distancia vi un

bote que se dirigía hacia nosotras. Mis nervios despegaron. *No podía ser Mimi*. Lo comprendía a un nivel lógico, pero parada en medio de esa playa, observando las aguas azules, algo me cosquilleó en la conciencia y sonó como las campanillas de viento de mi abuela.

Tragué saliva mientras la embarcación se acercaba. Me sentía tan mareada que no estaba segura de si vomitaría o me desmayaría. Cuando llegó a nosotras, vi que se trataba solo de un niño que manejaba un bote de un solo motor. Al detenerse, nos indicó que subiéramos.

Levanté la urna, pero la decisión no era mía.

–¿Qué piensas, mamá? Haremos lo que tú digas.

Se quedó rígida y se mordió el labio tembloroso. Era difícil adivinar quién apartaría la vista primero, si ella o el mar.

–Quiero saber quién está ahí afuera –le dijo finalmente a la anciana antes de mirarme–. ¡Vamos!

Nos metimos en el agua tibia y el joven nos ayudó a subir a bordo. El motor se encendió y nos pusimos en marcha. El impulso casi me tira de lado, pero mamá me atrapó.

–Voy con mi hija en un pequeño bote sucio, conducido por un niño de ocho años, a arrojar las cenizas de mi madre al mar –dijo.

–Tengo trece –corrigió el niño.

La risa de mamá fue salvaje y llena de emoción.

El bote dio una pequeña sacudida cuando el motor se apagó. Según nuestro guía, estábamos a tres millas de distancia. No estaba segura de qué venía a continuación. ¿Derramábamos las cenizas y decíamos algunas palabras? Necesitaba una señal de mi madre, pero ella solo sostenía la urna contra su pecho y observaba el horizonte. Su pelo oscuro jugaba con la suave brisa marina. El chico apartó la vista de nosotras, ofreciéndonos toda la privacidad que podía.

Enfrentar el mar abierto se sentía como estar sentada frente a mi altar. Los antepasados querían ser recordados.

—La traemos de vuelta —susurré, rompiendo el pesado silencio.

Mamá me miró. Estaba nerviosa e insegura, pero seguí adelante.

—Milagro nos construyó una vida increíble con amor, magia y valentía. Y nunca, ni por un solo momento, dejó de amarte —mamá seguía mirando al mar, sus lágrimas caían abiertamente—. Soy Rosa, por cierto —dije con una risita tensa y llorosa—. Soy la hija de Liliana y la nieta de Milagro. Y tuya también.

El bote se meció con suavidad mientras el sol se hundía lentamente en el horizonte dorado ofreciéndonos lo último de su luz. Mamá abrió la urna y derramó las cenizas de su madre en el mar. Las aguas tranquilas acunaban nuestro bote. Y allí, entre la brisa marina salada, percibí el olor a limón y romero.

—Nos vemos, mami —susurró mi madre al mar.

Nos veremos pronto.

37

Estaba casi completamente oscuro cuando regresamos a la playa. Hice saltar arena por los aires cuando volví corriendo junto a la anciana.

—Tú eres Tía Nela, ¿verdad? —indagué en cuanto la alcancé.

—Si sus ciudades se caen, si todos no vamos, que Dios la cuide... —murmuró, mirándome directamente a los ojos.

Fue como un puñetazo directo a mi plexo solar. La pena se apoderó de mí. Fría, aguda, rota.

—¿No podías simplemente decírnoslo? —estallé—. ¿Por qué tanto misterio inútil? Podrías haberte detenido en cualquier momento y decir: "Ah. Ey, por cierto, soy Nela", pero no. Dios, nunca una respuesta real. "Sé paciente, ten fe". Estoy exhausta.

El niño se acomodó contra su bote y nos observó.

—¿Por qué la maldijeron? —chillé—. Ella lo perdió todo, pero no fue suficiente. También tuvo que pagar mamá. ¿Soy la siguiente? —una

imagen de Alex navegando hacia una tormenta fue un cuchillo que se clavó en mi herida sangrante–. ¿Cuántas personas más tenemos que perder antes de que nuestro cheque se acredite y se nos permita vivir y amar de nuevo?

Nela me miró. Traté de respirar alrededor del dolor de perder a Mimi.

–A veces una madre da a luz al espejo que su bisabuela perdió –dijo.

Estaba agotada de los poemas. De las preguntas de ensayo y de los malos augurios. No conocía a mi bisabuela, no sabía su nombre ni cómo murió. Solo quería a Mimi.

–¿Quién eres? –me preguntó Nela.

–Qué gracioso –se me escapó una risa amarga–. ¿Me lo preguntas ahora? –estiré un dedo hacia el mar–. Soy su nieta. Y su hija, pero eso no es suficiente –mi voz era pequeña. Me di la vuelta y concluí con un murmullo–: Nunca ha sido suficiente.

–Tú eres Rosa de la familia Santos, y es hora de regresar al mar.

–¿Qué?

Tía Nela silbó al niño quien regresó a su bote, aceleró el motor y se alejó. Recogió mi mochila de la arena y la abrió. Creí que tomaría mi libreta o la de Mimi, pero, en lugar de eso, sacó las hierbas y flores que había recogido en su camino hasta aquí. ¿Cuándo las había puesto allí? Después sacó una botella oscura y un coco. No quería apartar la vista de ella, incluso mientras me preguntaba qué otra cosa habría estado cargando. Rompió el coco contra una roca cercana y bebió un sorbo de las dos mitades antes de dividir el contenido de la botella oscura entre ellas.

Nos ofreció la mitad a cada una.

Bajo los últimos rastros del sol, mamá y yo bebimos del coco. Me quemó la garganta, pero al final se volvió dulce como el néctar. A continuación, Nela nos entregó a ambas ropa blanca. Nos desnudamos y el aire frío del anochecer bailó sobre mi piel. Nela encendió un bulto de hojas y un humo dulce se levantó entre nosotras, llenó mi nariz y convirtió a la noche en bruma. Nela asintió con la cabeza hacia el mar.

–Espera –intervine–, ¿quieres que vayamos *ahora?* –estaba oscuro. El agua estaba prácticamente inmóvil, pero era *el océano por la noche.*

Nela esperó.

Mamá sacudió los brazos como si se estuviera preparando para ir a nadar. O a luchar contra el océano.

–Está bien –susurré en voz baja y moví mis hombros en un esfuerzo por relajarme–. Puedo hacer esto.

Esto era Mimi enseñándome qué palabras debía susurrar sobre una vela silbante. Era su mano sobre la mía mientras me mostraba cómo verter aceite de unción y triturar hierbas. Era como hundirme en un baño caliente que ella preparó con flores y sal para limpiar mi energía. Podía hacer esto.

Mamá y yo caminamos hacia el mar mientras Nela entonaba un canto, su intensidad era tranquila, su voz nunca se tornaba más fuerte.

–¿Sabes lo que es raro? –preguntó la mamá mientras entramos más profundo.

–¿Por dónde quieres que empiece? –nos señalé a ambas y a la situación en la que nos encontrábamos.

–Acabamos de esparcir las cenizas de Mimi. Así que, técnicamente, las tres estamos en el mar.

Cuando el agua llegó a nuestra cintura nos detuvimos. El mar

estaba en calma. ¿Debíamos simplemente zambullirnos o seguir caminando? Nela continuaba cantando, pero no yo no comprendía las palabras. ¿Por qué el aire de repente olía tan verde y salvaje como el invernadero de Mimi?

—¿Qué hacemos ahora? —le grité por encima de mi hombro. Nela dejó de cantar.

—¡Paciencia! —me gritó en respuesta.

—Parecen los retos de Mimi —murmuré, cortando con mis manos a través del agua oscura y calma. La luz de la luna brillaba sobre ella, y observé las pequeñas ondulaciones que provoqué.

—Sus antepasados están muy orgullosos de ustedes —nos dijo Nela con una sonrisa en la voz.

—¿Qué? —giré la cabeza de un sacudón.

Una ola rompió con un rugido ensordecedor y me consumió.

Desaparecí. En un momento estaba en el océano y al siguiente no fui nada. Mis pulmones ardían por aguantar la respiración, protegiendo el aire que podía, pero pronto tendría que dejarlo ir. Tal vez esto fuera ahogarse. Esta era otra corriente superficial y Ana no estaba aquí para salvarme. Mi pecho y mi garganta estaban en llamas, y mis brazos y piernas no me llevaban a ninguna parte. Estaba muriendo.

Respira, Rosa.

Jadeé y no me ahogué. No había agua. No había nada. Capté el sonido de los tambores y olí el aroma dulce y potente del jazmín nocturno que florecía bajo la luna. Mi piel se calentó y algo resonó cerca.

—¿Hola? —no hubo respuesta, pero seguí al sonido y finalmente lo reconocí cuando un rico olor me golpeó. Inhalé con avidez. Era la sopa de Mimi cociéndose a fuego lento en la estufa. Y allí, allí estaba la música de su disco, el suave crujido de la distancia y el anhelo. El

dolor de esas sensaciones familiares fue demasiado, incluso cuando el nuevo peso que llevaba en mi pecho se hacía más ligero.

No llores, Rosa.

—¡Espera! —corrí pero no me moví a ninguna parte. ¿Todavía estaba en el mar? Destellos de voces pasaron a mi lado en una conversación. Era como estar de pie en un pasillo interminable y escuchar fragmentos de palabras cuando las puertas se abrían y se cerraban a mi alrededor. Piezas de un lenguaje que no conocía. Estaba perdida y sola hasta que reconocí una voz.

Mimi pasó llamando a Alvaro. Una voz profunda la recibió con alegría. Me reí, encantada. La aguda dulzura del limón me hizo cosquillas cuando capté el sonido de ella diciendo mi nombre. Todo estaba sucediendo detrás de puertas que no podía ver, pero mi nombre pasó flotando. Una vez, dos veces, otra vez. Guiando y discutiendo. Campanillas de risa suave. Una defensa decidida y un orgullo inspirador. Ellos me estaban recordando. Justo mientras yo los recordaba.

Algo retumbó. Sonaba muy lejos, pero se movía rápido como un tren. O una tormenta. El aire se sentía pesado. Húmedo y salado. Se estaba acercando. La presión cambiaba a medida que el trueno se hacía más fuerte y la luz se colaba en la oscuridad de la tinta.

Los rayos se agrietaron y me atraganté con agua salada. Se precipitó por mi nariz y boca, quemando mi pecho y pulmones. Aire. Necesitaba aire. Justo cuando estaba segura de que estaba perdida o muerta, alcancé la superficie.

Y me di cuenta de que todavía estaba de pie en la playa.

Bajo la luz del día, mamá y yo —agobiadas por una tos desesperada— éramos dos criaturas marinas ahogadas, con el agua hasta las rodillas. La marea baja se precipitó sobre la arena antes de regresar

al mar. Al muy tranquilo y muy azul mar.

Nos tambaleamos por la arena y nos dejamos caer de espaldas, hicimos un esfuerzo heroico para recuperar el aliento. Mamá parecía tan aturdida como yo. Se apartó de la cara los mechones salvajes de su cabello, se encontró con mi mirada.

–Nunca volveré a beber de un coco –me dijo.

Un viejo pescador de piel café y arrugada pasó junto a nosotras.

–*Santeros* –murmuró mientras sacudía la cabeza.

Nos echamos a reír a carcajadas.

38

Lo único que nos esperaba en la playa era mi mochila. Tía Nela se había ido. Desapareció tan de repente como había aparecido. Olíamos a aceite, hierbas y magia potente, y nuestros vestidos se secaban a la luz de la mañana. Revisé mi mochila, solo contenía lo que empacamos. La coloqué en mi hombro.

—¿Tienes alguna idea de cómo volver? —no sabía si debía preguntarle a mamá qué le había sucedido, pero no quería intentar explicarle lo que había experimentado yo. Simplemente quería mantener esta calidez y ligereza y seguir adelante.

—Ni siquiera sé dónde estamos —respondió, no parecía muy preocupada. Sonrió al mar como si deseara tener su cámara.

Caminamos hasta la carretera y encontramos un coche esperándonos. El conductor era un joven de piel oscura que nos observó con los ojos muy abiertos mientras nos acercábamos. Temí que tendríamos que darle explicaciones, pero simplemente preguntó:

—*¿Están listas?*

¿Estábamos listas? ¿Listas para qué?

Mamá le preguntó a dónde se ofrecía a llevarnos.

—A La Habana —respondió.

—Por supuesto —me preguntaba si Nela estaría de vuelta junto a la puerta azul. De pronto me di cuenta de algo y me detuve.

—Oh, Dios mío —exclamé—. Ella fue nuestro *Yoda*.

A mi lado, mamá se rio tan fuerte que tuvo que agarrarse de mí para no caerse. Su risa fue más ligera de lo que nunca la había escuchado.

El viaje a La Habana llevaría algunas horas, y nos detuvimos para almorzar papaya, arroz y pollo asado. Era un pequeño restaurante al costado del camino y todos eran amables. Debíamos de irradiar cierta aura de misticismo, porque nos vieron comer casi con reverencia. Cambiamos nuestra ropa en el baño y continuamos viaje. Luis, nuestro conductor, se dio cuenta de que éramos estadounidenses y nos habló todo el resto del camino sobre el béisbol y Tom Petty. Cuando llegamos a la ciudad, nos dejó en medio de La Habana Vieja.

—Chicas estadounidenses —dijo mostrando una gran sonrisa y un pulgar arriba, antes de irse. Mamá y yo nos enfrentamos a la pared en donde todo esto comenzó. No estaba Tía Nela a la vista y no estaba la puerta.

Pero había un gran y hermoso mural de una ola azul.

—La vida —mamá se rio a medias—. Tengo que dejar de sorprenderme tanto por ella. Vamos.

Compramos una *cajita* —una pequeña caja de cerdo asado, arroz y pepinos marinados en un aderezo de vinagre— para cada una y caminamos hasta el Malecón, la gran muralla que separa a La Habana del mar.

—¿Cuánto tiempo tenemos hasta nuestro vuelo? —pregunté mientras saltábamos para sentarnos en la pared. Crucé las piernas y miré al mar mientras comíamos.

—Cuatro horas —dijo mamá. Después de terminar su comida, se echó hacia atrás e inclinó la cara hacia el sol.

Aproveché el momento para anotar en mi diario todos mis nuevos recuerdos. Todavía eran demasiado brillantes, afilados y míos. Destapé un marcador y sumé a mi familia perdida a la lista, a una niña pequeña explotando de risa mientras perseguía a una cabra en Viñales, a la abuela que siempre tenía un dulce extra para compartir, cuando su mundo estaba vivo con paz y posibilidades. Agregué a un Alvaro sonriente, a todo color, corriendo por los escalones de la universidad, con un libro bajo el brazo y esperanza en su corazón.

—No está mal —dijo mamá, mirando por encima de mi hombro—. No tienes que contármelo todo… —agregó luego de un momento, con voz pequeña y vulnerable—, pero solo dime algo que me confirme que él era real.

¿Él?

—No vi nada —murmuré, ella se desanimó—. Pero los oí. Escuché a Mimi encontrar a Alvaro. Ella me llamó por mi nombre. Y creo que escuché a papá. Donde fuera que estuviéramos. Fuera eso lo que fuera… ellos también estaban allí.

La sonrisa de mamá floreció.

—¿Qué va a pasar con la casa? —tuve que preguntar. No podía esperar más—. Sé que nunca quieres quedarte en Puerto Coral, pero ahora que Mimi no está, ¿sigue siendo tu hogar? ¿Seguirá siendo nuestra?

Mamá quiso decir algo, pero se detuvo mientras luchaba para encontrar la manera de explicarlo.

—Yo no soy ella, y no puedo prometer ser para ti lo que ella era —dijo—. Pero esa casa es nuestra. Siempre será nuestra. Y Puerto Coral siempre será nuestro hogar —balanceó las piernas y se encogió de hombros—. Tal vez pueda acomodar mis caballetes en el invernadero y abrir la ventana de vez en cuando.

Eso me liberó de mi último miedo. Se alejó flotando como una nube oscura cuando el sol finalmente me calentó por completo.

—¿Qué pasará contigo? Según ese pequeño diario tuyo, mañana es el primero de mayo.

—Lo sé —saqué mi teléfono. No lo había cargado desde Viñales y solo le quedaba un cinco por ciento de batería. Por suerte, el Malecón ahora contaba con Wi-Fi. Había sido un gran paso y un avance para la gente de La Habana. Me apresuré a confirmar mi lugar.

—Me estás matando, Rosa —mamá estaba inclinada sobre mi hombro.

Abrí el borrador del único correo electrónico no enviado en mi bandeja de salida. No había estado totalmente segura de mi decisión, pero, por supuesto, ya tenía mi carta de aceptación en la cola, esperando por la respuesta que finalmente encontré aquí. Respiré hondo y pulsé enviar. Estaba hecho. Iba a ir a Florida.

—¿De verdad? —preguntó mamá, curiosa—. ¿Después de todo este drama?

—*Fue* dramático para mí —me retorcí el cabello, enredado por el viento, en un nudo alto—. Tanto quedarme como irme eran asuntos serios. Charleston es genial y el campus es hermoso, pero solo me interesaba para estudiar en el extranjero. El hecho de estar a solo unas pocas horas de casa puede no parecer emocionante, pero permanecer en el estado me permite ahorrar dinero, y eso también es

importante. Además, puedo combinar mis Estudios Latinoamericanos con Economía Sustentable. Aprender sobre los lugares que amo, pero también *hacer* hago algo por ellos.

—Eres tan razonable —mamá sonrió.

—Y tal vez el próximo semestre o año ofrezcan estudios en el extranjero a La Habana o Camagüey o Viñales. ¿Quién sabe? Son solo dos años. De cualquier manera, regresaré —abrí mi mochila y busqué el mapa de La Habana para planear nuestro camino hacia el aeropuerto. Pero cuando abrí el mapa, no era el de La Habana que habíamos comprado. Era el mapa que Alex me había dado.

—¿De dónde sacaste eso?

—Alex —respondí. Una línea azul navegaba desde Florida a través del mar Caribe hasta casi donde me encontraba ahora.

Miré al estado de Florida e imaginé mi ciudad natal donde las plantas florecían, los fuegos artificiales estallaban sobre el puerto y perceptivos gatos negros te guiaban por los paseos marítimos. Donde podías comprar paletas de mango en el parque y algunos de los mejores pastelitos de guayaba y queso a un marinero tranquilo. Seguí las líneas que conducían hasta aquí y mi dedo llegó hasta la costa de La Habana, se detuvo en un punto dorado brillante.

Eso no estaba allí cuando Alex trató de dármelo por primera vez. Estaba segura de ello.

Me acerqué el mapa a la cara y miré al punto dorado, esperando que desapareciera. No lo hizo

—¿Qué pasa? ¿Estamos perdidas de nuevo?

Las palabras estaban escritas en un pequeño garabato negro junto al punto dorado.

En tu último día, estaré en el Puerto Hemingway.

Mi mirada sorprendida se disparó hacia la de mamá.

—¿Qué ocurre?

—Él es mi Tortuga Dorada —a penas pude escuchar mi propia voz sobre el martilleo de mi corazón.

39

Con el corazón en la garganta, dejé caer el mapa antes de sujetarlo de nuevo para que no cayera al mar. Esto era demasiado osado. Demasiado imposible.

"Allí radica su encanto. Si yo hubiera estado a cargo del anuario, creo que habría hecho un desastre parecido", recordé mis palabras de cuando nos dirigíamos a buscar la tortuga. Más importante aún, *él* había recordado mis palabras.

—Aw, recuerdo cuando escondimos esa cosa —mamá estudió el mapa con una sonrisa—. Tu padre y yo amábamos esa pequeña isla. Era muy aislada.

—Asqueroso —miré mi reloj y luego reparé en lo que ella acaba de decir—. Espera, ¿*tú* fuiste quien la perdió?

—No la perdimos. La escondimos. Y luego yo dibujé el mapa y lo metí en el anuario.

—¿Por qué no dijiste nada?

—Porque la vida pasó. Y después de tu padre, no estaba pensando en aventuras y desafíos —sonrió—. No hasta que tú llegaste. Vamos, en marcha.

Saltamos de la pared y corrimos. Era mi último día, pero mi vuelo salía en unas pocas horas. ¿Podría él realmente haber navegado hasta aquí? Corrimos por los callejones, zigzagueando a través del tráfico con pasos seguros. Las olas se estrellaban contra la pared del mar y nos dirigimos hacia el puerto. Tal vez él sabía que yo estaba lista y tal vez todo esto era real y la noche anterior realmente había sucedido. Corrí más rápido

Y recordé que odiaba correr.

—Esto es terrible —tosí y me detuve.

—Solo recuerda que tú eres la vieja, no yo —mamá paró a un taxi.

Un convertible Oldsmobile rosado brillante se detuvo. Otro coche clásico. A pesar de nuestra prisa, nos paramos en la calle y nos quedamos boquiabiertas ante el imposible tono neón. Mamá rio fuerte.

—¿Quién diría que mi caracola mágica sería un auto vintage rosado en La Habana?

—Siempre tengo razón —mamá subió de un salto—. Recuerda eso, porque está aquí para llevarte en tu próxima aventura.

—¿*Pa 'dónde van?* —nos preguntó el conductor.

—Al Puerto de Hemingway, ¡y píselo!

—¿Qué? —se sobresaltó.

—Olvídelo —dije y me encogí de hombros para mamá—. Eso es lo que dicen en las películas en esta parte.

Se incorporó al tráfico y condujo junto al Malecón, donde las olas rompían contra la pared. Una multitud se reunía junto a una pequeña banda.

Era demasiado: el océano salvaje, el canto y los tambores de la rumba, y el olor dulce del cigarro del conductor. Eché la cabeza hacia atrás y, como un pájaro que ha avistado el hogar, dejé escapar mi salvaje alegría.

Aquí estamos, le dije a la isla de mi familia, *vivas*.

El taxi llegó al edificio de color azul brillante y, mientras mamá pagaba, salí de un salto y me eché a correr. A partir de aquí, no tenía mapa.

Me apresuré a pasar junto a la piscina y lo que parecía ser un pequeño hotel. Había un canal más allá con botes atados a los lados. Veleros, yates, más viejos y más nuevos, pero no vi a Alex. Mis pies vacilaron y aparté el cabello de mi rostro para mirar la fila una vez más.

Mi corazón alborotado se detuvo.

Quizás había sido una tontería, una locura, pero se trataba de una posibilidad que no podía dejar pasar.

Mamá me alcanzó mientras exploraba el resto de los barcos.

La puerta de uno se abrió más adelante y de él salió un marinero muy lindo. Junto a mí, mamá seguía mirando hacia otro lado.

La cabeza de Alex estaba inclinada sobre el libro en sus manos. Lo dejó caer sobre la mesa y se cruzó de brazos. Su pecho se levantó y cayó en un pesado y preocupado suspiro. Estaba nervioso, sin embargo, brillaba bajo el sol abrazador. Mi corazón se reinició. El agua y el cielo eran demasiado azules detrás de él.

Levantó la mirada y se encontró con la mía. No pude controlar mi sonrisa y él tampoco la suya.

Corrí hacia él. Bajó del bote y se apresuró para encontrarme a medio camino.

No pude esperar, salté a sus brazos y lo besé. Él me atrapó.

—Estaba tan preocupado de que no vinieras –dijo contra mis labios.

—Casi no lo hago. Pensé que el mapa era una metáfora.

Alex rio y mi corazón cantó. Sus fuertes brazos me apretaron y lo besé de nuevo.

—Estás aquí para llevarte a mi hija, ¿verdad? –preguntó mamá, de repente a nuestro lado.

—¡Mamá! –me escurrí de los brazos de Alex.

—Quería verte antes de irme durante el verano –explicó él. Se metió las manos en los bolsillos. Sabía que no podía estar buscando su cuerda, porque la llevaba alrededor de mi muñeca–. Ya no estarás allí cuando regrese a Puerto Coral, así que tenía que aprovechar esta oportunidad.

—Qué espontáneo –le dije.

—Me inspiraste –sonrió–. Quiero decir, mírate. Estás brillando ahora mismo.

¿Qué podía decir? No estaba segura de qué había experimentado estos últimos dos días, pero sabía que la chica que estaba frente a él no era la misma que había dejado Puerto Coral. Algo dentro de mí se había expandido bajo este cielo y en estas aguas. Yo seguía siendo yo, pero más.

Era un horizonte y era suficiente.

—¿La invitación a navegar contigo sigue en pie? –pregunté. Fui audaz, pero tenía un mapa en mi mochila y estaba lista para volar–. Porque aprendí que ser invitado a abordar es lo que indica la etiqueta náutica.

Sus ojos se agrandaron.

—Si así lo deseas, por supuesto que sí –dijo de manera apresurada

tras un segundo de confusión–. Siempre serás invitada a mi barco –Alex se concentró en mí, su expresión era seria y abierta. Estaba emocionado–. ¿Quieres venir? Después de esta parada planeo detenerme en las Bahamas y luego cruzar el Atlántico.

Deseaba mucho hacerlo.

La idea se desplegaba como las velas de un barco en mi mente, pero me preocupaba la escuela.

–Solo tienes unas pocas semanas más de clases –mamá interrumpió mis pensamientos–. Wi-Fi. Consigue una computadora. Le diré a Malcolm que por fin te volviste un poco irresponsable. Solo regresa antes de la graduación –miró a Alex–. Graduación –repitió, sonando como una madre.

Los recuerdos vinieron a mí rápidamente cuando me encontré con su mirada brillante: viajes largos en coche con antenas rotas y ventanas abiertas, sus suaves dedos rozando mi cabello mientras me dormía en su regazo otra vez, violetas, estaciones de radio de campo y el tintineo de las llaves el día que se tragó su orgullo, se enfrentó a sus fantasmas y me llevó a donde anhelaba estar.

La abracé.

–Gracias por traerme aquí –le susurré al oído.

Sus brazos permanecieron apretados a mi alrededor durante un largo tiempo.

–Ellos están orgullosos de nosotras –volví a susurrar.

–También yo.

Cuando dio un paso atrás, sus ojos brillaban, pero se mantuvo firme y besó mi frente.

Dos veces.

–Necesito comprar algunas cosas antes de comenzar esta gran

aventura contigo, marinero –miré mi reloj y luego a Alex–. ¿Quieres ver La Habana antes de que nos vayamos? Podría mostrártela.

Su sonrisa floreció brillante y se enredó con las cosas nuevas que crecían en mi corazón.

–Definitivamente –dijo y tomó mi mano. Deslizó un dedo reverente debajo de la cuerda en mi muñeca–. ¿A dónde estamos hoy? –me preguntó mientras caminábamos de regreso a La Habana.

Rodeados del agua más azul, sonreí y se lo dije.

Agradecimientos

Escribí este libro para esa niña que solía sentarse en su habitación de paredes púrpuras con una gran margarita que su madre había pintado, y miraba historias de amor que se desarrollaban en ciudades pequeñas, mientras soñaba vivir allí ella también. En un lugar bilingüe que la acogiera y aceptara, que la alentara a descubrir quién era. Esta es mi carta de amor para ella y para ti.

Gracias a mi agente, Laura, quien –al igual que Rosa– ha demostrado que algunos de los campeones más feroces son los ratones de biblioteca que usan suéteres. Has estado allí para mí y para todas mis niñas de las flores, y no puedo esperar a ver qué historia contaremos a continuación. Gracias a Uwe por la base del #EquipoTriada, por darme la bienvenida y creer en mí desde el principio.

Esta historia no sería lo que es sin mi editora, Hannah. Entraste en Puerto Coral e hiciste un hogar. Entendiste a Rosa, honraste mi magia, protegiste mi voz y los ayudaste a florecer mucho más brillantes. Te aseguraste de que yo tuviera espacio para curarme después de la tragedia y esta historia se convirtió en un libro gracias a ti. Ojalá pudiera construirte una banca como la de Mimi. Gracias a todos en Hyperion que defendieron esta historia romántica, a veces desgarradora, pero –como la magia y el amor– esperanzadora. Estoy eternamente agradecida por el espacio que me guardaron en el estante.

A mi compañera y mi capitana, Kristy. Tuve la suerte de encontrar una mejor amiga cósmica y construiremos esta casa en el árbol hasta la próxima galaxia. Gracias a Jaye, mi primer sí y el primero en leer a Rosa cuando era una historia completamente diferente. Has hecho que creer en mí parezca algo fácil de hacer, incluso cuando todo lo que obtenía eran rechazos. Estoy muy agradecida de que hayas escapado junto a mí a un huerto de naranjos. A Alicia, quien escribió el nombre de mi primer libro que nunca se vendió en su puerta, te quiero para siempre. A Dalia, que mantiene a salvo todas mis historias de adolescentes y siempre supo que podía hacer esto. Ali, gracias por leer y amar a Rosa cuando ya no creía que pudiera. A mi hermana y diáspora del amor, Tehlor. Gracias por cada vela, tarjeta y por proteger a este aquelarre conmigo. Velaste por mi espíritu y mi corazón mientras sanaba este año, te quiero siempre. Cuando el anuncio de mi libro se hizo público, me sentí abrumada con tanto amor por parte de otros compañeros escritores y lectores latinxs, y los amo y aprecio mucho a cada uno de ustedes. Gracias a las Musas. Mi reino de croquetas pertenece por siempre a Alexis. Gracias por ser la primera en dibujar a Rosa y Alex, por la carta después de que perdí todo y por convertirte en mi prima perdida.

Rosa es una historia que viene de mi corazón, pero cuando intentas pintar tu espíritu en una página, es difícil no quebrarlo. Mientras escribía este libro pasé muchas tardes en la piscina con el humo del cigarro de mi papá en el aire y sus ojos un poco distantes mientras me ofrecía los últimos recuerdos del niño que había sido. Ese que se despidió de su amada tía e isla a través de una cerca de alambre, sabiendo que nunca los volvería a ver. Todo en nombre de la libertad y la esperanza. La angustia y el sacrificio de mi padre me guiaron como un faro. Quería hacerlo bien. Yo quería ganármelo. Mientras trabajaba en esta historia, escribí apresuradamente los nombres de sus ciudades y sus recuerdos perdidos, desesperada por mantenerlos a salvo. Camilo Carlos Moreno fue un amante de los libros y el aprendizaje, y mi primera biblioteca. Amaba la ciencia y hacer preguntas. Nuestra luna y mapa, fue un hombre que resistió mucho y su historia fue una de milagros y amor.

En la mañana de domingo más larga de mi existencia, mi padre nos dejó para sentarse junto a su padre y nuestros ancestros. Esperó por mí en ese cuarto de hospital, en el que lo rodeamos y sostuvimos su mano mientras partía. Mis últimas palabras al hombre que me dio las mías fueron que esperaba que las aguas fueran tan azules como él las recordaba.

Más tarde esa semana, me puse a editar este libro. Con palabras torpes y un corazón roto, busqué esa mano que ya no podría encontrar. Me fui a casa con ese dolor.

Para mi hermano y mi hermana, Carlos y Victoria, soy la mejor versión de mí misma junto a ustedes dos. Este triángulo ruidoso como el infierno me salva todos los días. Somos los administradores de esta historia, y sé que él está muy orgulloso de nosotros. Y a mamá, mi puerto y mi hogar. Tú construiste este corazón capaz de contener y crear tanto. Estoy muy agradecida con la chica atrevida que salía por su ventana, con la madre joven y feroz que me mantuvo a salvo mientras estallaba un huracán, y la que me tomó de la mano cuando mi propia hija vino a este mundo. Él construyó esta casa, y tú mantienes el fuego encendido. Esta historia de amor es interminable y estoy

muy orgullosa de que sea tuya. Papá, te extraño mucho y te debo una primera edición. ¿Cómo son las estrellas? Mantendremos nuestra magia fuerte y escucharemos tu canción.

Abuelo y Abuela. Yeya y Abi. Ustedes cruzaron kilómetros de mar y tierra por sus hijos. A toda mi familia y a nuestros antepasados: estoy aquí por la historia de todos nosotros.

Gracias a mis bebés, Phoenix y Lucía, que me demostraron que yo también podía hacer magia. Y finalmente, a Craig. Se supone que no debes encontrarte con tu alma gemela en la escuela secundaria, pero aquí estamos. Leíste cada palabra y escuchaste cada historia y siempre creíste en mí, incluso cuando quería deshacerme de todo.

Buscas en el cielo señales de buena suerte para mí, pero, mientras lo haces, yo siempre te estoy mirando a ti.

A todos esos niños de la próxima generación, regidos por costumbres antiguas que temen perder algo incluso cuando estamos creando cosas nuevas:

Tú eres magia y eres suficiente.

Viva Cuba libre.

ROMA

¿Qué locuras harías para conquistar al chico que te gusta?

CREO EN UNA COSA LLAMADA AMOR - *Maurene Goo*

¿Y si el villano se enamora de su presa...?

FIRELIGHT - *Sophie Jordan*

Personajes con poderes especiales

SKY - *Joss Stirling*

Dos jóvenes que desafían las reglas...

NIGHT OWLS - *Jenn Bennett*

NCE

Un amor que nace del milagro de la Navidad

NOCHE DE LUZ -
Jay Asher

Un romance invernal para derretirte el corazón.

EL AMOR Y OTROS CHOQUES
DE TREN - *Leah Konen*

De la amistad al amor hay solo un paso.

BAJO LAS ESTRELLAS -
Jenn Bennet

SERÁS -
Anna K. Franco

JUNTOS A MEDIANOCHE -
Jennifer Castle

¡QUEREMOS SABER QUÉ TE PARECIÓ LA NOVELA!

Nos puedes escribir a vrya@vreditoras.com
con el título de este libro en el asunto.

Encuéntranos en

facebook.com/VRYA México

twitter.com/vreditorasya

instagram.com/vreditorasya

COMPARTE tu experiencia con este libro con el hashtag
#RosaSantos